Il pleut des bombes sur Beyrouth.
Par légions de dix mille, les fléaux
s'abattent sur la ville déchirée
par la guerre civile.

Bassam et Georges sont deux amis
d'enfance qui ont grandi au milieu d'un
enfer de gravats et de sang, dans l'écho
assourdissant des détonations. Les deux
voyous vivent de menus larcins jusqu'au
jour où la dure réalité les contraint à un
choix difficile : prendre les armes ou
prendre la fuite. Tandis que Georges est
séduit par les idéologies guerrières de la
milice, Bassam, de son côté, rêve de
s'enfuir en Europe. Mais ceux qui partent
ne reviennent jamais…

Rawi Hage

Parfum de poussière

Traduit de l'anglais (Canada) par Sophie Voillot

Alto

Les Éditions Alto remercient le Conseil des Arts du Canada
pour son soutien financier.

La traduction de cet ouvrage a été rendue possible
grâce à une aide financièredu Conseil des Arts du Canada
et du ministère du Patrimoine canadien par l'entremise
du Programme d'aide au développement de l'industrie de l'édition.

La publication de cet ouvrage a été rendue possible grâce à l'aide
financière de la Société de développement des entreprises culturelles
(SODEC) et du ministère du Patrimoine canadien
par l'entremise du Programme d'aide au développement
de l'industrie de l'édition (PADIÉ).

Gouvernement du Québec – Programme de crédit d'impôt
pour l'édition de livres – Gestion SODEC.

Titre original : *De Niro's Game*
Éditeur original : House of Anansi Press Inc.
ISBN original : 0-88784-196-1

ISBN : 978-2-923550-24-4

« Et leur largeur sera de dix mille. »
— Livre du prophète Ezéchiel

« Qui se cachera du feu qui ne se couche pas ? »
— Héraclite d'Éphèse

« Moi, j'ai les mains sales. Jusqu'aux coudes. Je les ai plongées dans la merde et dans le sang. »
— Jean-Paul Sartre

À mes parents

I
ROME

1

Les bombes pleuvaient et j'attendais Georges.

Dix mille bombes s'étaient abattues sur Beyrouth, cette ville surpeuplée, et j'étais étendu sur un divan bleu couvert d'un drap blanc censé le protéger de la poussière et des pieds sales.

C'est le moment de partir, me suis-je dit.

La radio de ma mère était allumée, comme toujours depuis le début de la guerre, grâce à ses piles Rayovac d'une durée de vie moyenne de dix mille ans. Ma mère gardait sa radio enveloppée dans un morceau de toile cirée verte bon marché percé de trous, couvert de traces de doigts et de résidus de cuisine. La poussière accumulée sur ses boutons les faisait gripper sur les bords, mais rien n'empêchait jamais les airs mélancoliques de Faïrouz d'en sortir.

Ce n'était pas la guerre que je cherchais à fuir, mais Faïrouz, la star de la chanson.

L'été venait de débarquer avec ses chaleurs ; la terre cuisait sous un soleil si proche qu'en tapant sur le toit, il faisait rôtir notre appartement. Juste sous la fenêtre blanche, des chats chrétiens arpentaient négligemment les rues étroites sans jamais faire leur signe de croix ni s'agenouiller devant les prêtres en robe noire. Des deux côtés de la rue, empiétant sur les trottoirs, étaient garées des voitures qui bloquaient le passage aux piétons suffoqués dont les pieds fatigués, les visages aux mines allongées maudissaient et accusaient l'Amérique à chaque pas, au moindre sursaut de leur existence minable.

La chaleur tombait du ciel, les bombes pleuvaient et les vauriens coupaient les files d'attente étirées devant les boulangeries, arrachaient la nourriture des mains des faibles, faisaient peur au boulanger et pelotaient sa fille. Les vauriens ne font jamais la queue.

Georges klaxonna.

Le noir cadavéreux des gaz d'échappement de sa motocyclette montait vers ma fenêtre, son bruit moussait jusque dans ma chambre. Je franchis le seuil en maudissant Faïrouz : *cette pleurnicheuse qui fait de ma vie un lugubre enfer.*

Ma mère descendait du toit, portant un seau dans chaque main ; elle volait de l'eau dans le réservoir des voisins.

Il n'y a pas d'eau, dit-elle. Elle ne coule que deux heures par jour.

Elle parla vaguement de quelque chose à manger, comme d'habitude, mais je me suis contenté d'agiter la main et j'ai descendu l'escalier quatre à quatre.

J'ai enfourché la moto de Georges, je me suis juché derrière lui et nous sommes partis le long des grandes rues où pleuvaient les bombes et où les diplomates saoudiens venaient autrefois lever des putains françaises, rues que les Grecs de l'Antiquité parcouraient en dansant, rues envahies par les Romains, où les Perses affûtaient leurs sabres, où les mamelouks venaient rafler le pain des villageois, où les croisés mangeaient de la chair humaine et où les Turcs avaient réduit ma grand-mère à l'esclavage.

La guerre, c'est pour les vauriens. Les motos aussi, et pour les adolescents aux cheveux longs comme nous, avec une arme collée au bas-ventre, un réservoir rempli d'essence volée et nulle part où aller.

La moto ne s'arrêta qu'au bord de la mer, sur la rampe d'accès d'un pont, et Georges me dit : J'ai un *machkal**.

J'ai dit : Parle.

Ce type, je pense qu'il s'appelle Chafik Al-Azrak, il gare sa voiture devant chez ma tante Nabila. Quand il s'en va, il se réserve tout de même la place. Moi, je pousse les deux piquets qui marquent l'endroit pour que ma tante puisse se garer. Alors, elle se gare et on monte se faire un café chez elle. Le type, le Chafik en question, il frappe chez ma tante et il lui demande de bouger sa voiture. C'est sa place, qu'il dit. Ma tante répond que la rue est à tout le monde. Il se met à l'insulter, elle se met à crier… je sors mon revolver, je le lui braque sous le nez et je le jette dehors ! Il descend l'escalier au pas de course et me menace depuis le rez-de-chaussée. Mais on va lui apprendre, hein ? Tu ne dis rien ?

J'avais écouté en hochant la tête. On est remontés sur la moto et on est repartis sous

---

* Pour la traduction des mots arabes en italiques, voir le lexique en fin d'ouvrage.

la pluie de balles ; on s'en foutait. On a traversé le vacarme des chants militaires, d'un millier de postes de radio qui, tous, criaient victoire, en reluquant les jupes courtes des filles soldats, en frôlant les cuisses des écolières. On roulait sans but, deux mendiants, deux voleurs, deux Arabes en rut avec nos cheveux bouclés, nos chemises déboutonnées, un paquet de Marlboro coincé dans une manche, deux rebelles, deux nihilistes sans pitié avec nos revolvers, notre mauvaise haleine et nos jeans américains.

On se voit ce soir, tard, précisa Georges en me déposant devant chez moi. Et il s'éloigna.

Minuit vint ; le bruit de la moto de Georges envahit le voisinage. Je suis descendu dans la ruelle où les hommes fumaient sur leurs balcons exigus en regardant le film égyptien du vendredi soir, en vidant des bouteilles de bière froide et d'*arak,* en écalant des amandes vertes et en écrasant de leurs sales ongles jaunes des cigarettes américaines dans des cendriers aux motifs folkloriques. Dans leurs maisons, au fond d'antiques baignoires à la turque, leurs femmes maigres vidaient avec parcimonie sur leur peau brune des seaux d'eau en plastique rouge pour en laver la croûte, mince comme celle d'un baklava, formée par la poussière, les odeurs, les méchancetés débitées par les commères en sirotant leurs dés à coudre de café, la pauvreté de leur mari, la sueur qui coulait de leurs aisselles velues. Elles se lavaient avec la minutie des chats chrétiens qui se pourlèchent les pattes à l'ombre du moteur des petites voitures européennes suintant le pétrole capitaliste que les travailleurs exploités du Nigeria tirent de la terre habitée par les démons et les vers qui grugent les racines des arbres morts, étouffés par la fumée des usines et le souffle avide des ingénieurs à la peau blanche. Chats paresseux qui lézardent sous les voitures sales en contemplant la parade des chaussures italiennes, des ongles vernis, des revers de pantalons multicolores et déchirés, des talons aiguilles, des tongs en plastique, des pieds nus qui trépignent et des chevilles, les délicieuses chevilles nues que des grosses mains attrapent pour les relâcher et les reprendre un peu plus haut, finissant par remonter jusqu'à la source chaude qui se change doucement, généreusement, en légère inondation fleurant l'anguille, le poisson rouge et l'eau de rose.

On a d'abord roulé très vite en direction de chez la tante de Georges. En arrivant, Georges a dit : Ça, c'est l'auto de Chafik Al-Azrak, et il a sorti son revolver. J'ai mis plein gaz. Le moteur a rugi. Georges a tiré dans les pneus de la bagnole et tout l'air s'en est échappé. Puis il a visé plus haut et fracassé les phares, la portière, la vitre teintée, le siège du conducteur, jusqu'à son reflet dans le rétroviseur. Il tirait en silence, dansant calmement autour de la voiture, puis visait et tirait de nouveau. Le métal déchiré fut rapidement truffé de minuscules trous d'une précision délétère. Ça m'a plu, ce geste de vengeance destructeur, réjouissant.

Quand il a eu fini, on a pris la fuite. J'ai piloté la moto dans les quartiers endormis aux innombrables portes de bois. Je sentais dans mon dos frotter le revolver de Georges. Quand on a débouché sur la grand-route, nos chemises de coton ont embrassé le vent, éperonnant la peau de nos visages, s'allongeant sur nos yeux. Je conduisais vite, impétueusement ; le vent me palpait les paupières, pénétrait dans mes narines et mes poumons. J'enfilais des rues aux lampadaires en miettes, aux murs couverts de trous de balles et du sang versé qui se métamorphosait en taches sombres sur la poussière des trottoirs déserts. Je roulais, la soif dans les veines, l'air frais dans ma poitrine convalescente. Derrière mon épaule, Georges haletait bruyamment, comme un chien fou jetant dans le vent des hurlements de triomphe et des éclats de rire démoniaque.

Un cocktail, cria-t-il à mon oreille. On s'offre un cocktail ! D'un seul coup, j'ai fait demi-tour à fond la caisse. J'ai retourné la moto de Georges en mordant la route comme un cavalier mongol. La roue arrière raclait le bitume, broyant les petits cailloux. On a fait volte-face dans le nuage de cendre qui montait de la terre et j'ai roulé droit vers le bar à jus ouvert toute la nuit sur l'autoroute, à l'autre bout de la ville, dans le quartier arménien, très loin des Turcs qui avaient réduit ma grand-mère à l'esclavage. On est passés devant le cinéma Lucy, où des jeunes hommes et des masturbateurs chroniques fixaient le grand écran sur lequel des Américaines aux grosses poitrines se faisaient tringler en vitesse par des hommes aux grosses queues déguisés en cow-boys ou en profs de lycée, avec des coiffures afro comme dans les années 1970, en écoutant du jazz au bord d'une luxueuse piscine, avec des bonnes en tablier blanc qui levaient leur petit jupon dans les coulisses, contre la porte du réalisateur ou sur le siège arrière du caméraman, et qui agitaient leurs petits culs libérés des années 1970 sur le bord des chaises longues en plastique, prêtes à servir leurs verres à cocktail rouges aux ombrelles de papier miniatures.

Au bar à jus, Georges et moi, on a bu du nectar de mangue garni de fromage blanc, de miel et de noix.

On s'est assis pour siroter nos cocktails en se léchant les doigts et on a parlé du revolver, à quel point il était silencieux.

2

Dix mille bombes, ça déchiquette à tout vent. Ma mère était toujours dans la cuisine à fumer ses longues cigarettes blanches. Vêtue de noir de la tête aux pieds, elle portait le deuil de son père et du mien. Elle faisait bouillir de l'eau sur son poêle à gaz, coupait la viande sur sa planche à découper, rejetait la fumée du tabac contre notre mur en ruines, à travers le verre brisé de notre fenêtre. Ici, dans sa cuisine, une bombe était tombée, ouvrant dans le mur un trou béant qui nous procurait une vue imprenable sur l'immensité du ciel. On n'allait pas le réparer avant l'hiver, pas avant que la pluie ne se mette à tomber, emportant la terre qui recouvrait les corps enterrés par nos soins. Ici, dans cette cuisine, mon père était mort ; le sien avait perdu la vie plus au nord.

Le lendemain, quand Georges est allé voir sa tante, elle avait garé sa voiture à la place de celle de Chafik Al-Azrak.

Chafik Al-Azrak est venu me voir ce matin, il s'est excusé et il m'a offert de partager la place, dit la tante de Georges en jouant avec ses cheveux teints en roux. La tante Nabila avait dans les quarante-cinq ans. Elle était employée de banque. Jamais mariée, coquette, bien faite, elle portait des jupes moulantes, des talons hauts, du maquillage aux couleurs vives et des chemisiers plongeants qui révélaient son généreux décolleté chaque fois qu'elle se penchait. Elle appelait

Georges «Gargourty», un surnom d'enfant qui le mettait mal à l'aise.

Je passais régulièrement chez la tante Nabila quand j'étais à la recherche de Georges. Elle ouvrait souvent la porte en chemise de nuit, une cigarette en équilibre sur sa lèvre charnue. J'imaginais qu'elle m'invitait à prendre le café, qu'elle m'offrait de l'eau à la table de sa cuisine, qu'elle s'agenouillait pour offrir ses dévotions au bas de mon nombril, qu'elle défaisait ma fermeture éclair *made in Japan,* prélevant les fluides que j'y distillais, m'assurant tout ce temps que Georges n'était pas là.

Il n'est pas à son travail? dirait-elle. Gargourty est au travail!

Georges. Mon ami d'enfance. Il travaillait dans un tripot de machines à poker. Il encaissait l'argent des joueurs qui passaient la journée dans la pénombre verdâtre éclairée par le petit écran des machines. Il leur suffisait d'appuyer sur un bouton pour perdre les bijoux de leur femme, la maison de leur père avec ses oliviers, la chemise de leurs enfants. Tout ce qu'ils possédaient, siphonné. Extirpé de leurs poches de polyester par la ronde des as et des jokers hilares. Georges prenait leur argent, le convertissait en crédit sur les machines, leur vendait du whisky et des cigarettes, nettoyait les chiottes, ouvrait la porte, baissait l'air conditionné, balayait la poussière, vidait les cendriers, servait de gardien, et quand les miliciens passaient, il mettait l'argent dans des sacs scellés qu'il leur remettait. Puis il sautait sur sa moto et rentrait chez lui.

Il doit bien y avoir une façon d'en faucher une part, m'a-t-il suggéré une fois où j'étais allé le voir. Tu marches avec moi?

Abou-Nahra nous arrachera la tête s'il nous pince.

Je sais, c'est risqué, mais il doit y avoir un moyen.

J'ai dit : Tu veux vraiment te frotter à la milice?

Georges a haussé les épaules, pris une grande bouffée d'huile de hasch bien noire, fermé les yeux et retenu la fumée dans sa maigre poitrine. Puis il a exhalé, lentement, les yeux fermés, étirant le bras comme un crucifix coupé en deux ; tendant deux doigts, il m'a passé le hasch.

Les bombes tombaient comme la mousson sur l'Inde lointaine. J'étais agité, prêt à tout, j'avais besoin d'argent, d'un meilleur boulot. Je travaillais au port. Opérateur de treuil. On déchargeait des navires remplis d'armes qui portaient des numéros de série hébreux, anglais ou arabes. Des fois, c'était une cargaison de pétrole, et il fallait alors raccorder des tuyaux menant à des camions. Les fruits venaient de Turquie. Les moutons morveux qui poussaient des bêlements inquiets venaient aussi de Turquie. Nous, on vidait tout. Quand la cargaison se composait d'armes, toute la zone était cernée par les jeeps de la milice. On déchargeait toujours la nuit. Aucun éclairage n'était permis, pas même la lueur d'une cigarette. Après le quart de nuit, je rentrais chez moi et je dormais toute la journée. Ma mère faisait la cuisine en maugréant. Les rares fois où je travaillais au port ne suffisaient pas pour mes cigarettes, pour faire taire ma mère, pour acheter à manger. Où aller, qui voler, escroquer, supplier, séduire, déshabiller, palper? Assis dans ma chambre, je contemplais le mur couvert d'images étrangères : posters fanés d'idoles pubères, de blondes aux dents blanches éblouissantes, de footballeurs italiens. Je me disais que Rome avait l'air d'un bon endroit où se promener librement. Les pigeons, sur les places, avaient l'air heureux. Bien nourris.

Je réfléchissais à la proposition de Georges, aux machines à poker. J'ai décidé d'aller le voir au travail.

Dans les petites ruelles qui menaient au casino, je suis passé devant chez Oum-Sami, la couturière dont le mari l'avait plaquée pour une femme de chambre égyptienne. Elle était occupée à planter des aiguilles dans la robe blanche d'une jeune fille qui allait se marier dans une chapelle exiguë au son d'un enregistrement de cloches électronique de mauvaise qualité qui grésillerait comme un vieux disque des années 1930, dont le père avait accepté pour gendre un ingénieur canadien entre deux âges, dont la mère s'affairait à pétrir de la pâte, à rassembler des chaises et à couper du persil en vue du grand jour, dont le frère s'apprêtait à tirer des coups de fusil en l'air pour célébrer le dépucelage officiel de sa petite sœur et dont le cousin, dans sa longue voiture rutilante, allait la conduire à l'église, puis jusqu'à un navire sur la Méditerranée. La mer emplie de larmes pharaoniques, d'épaves de vaisseaux pirates, d'ossements d'esclaves, où se déversaient des rivières d'eaux usées charriant des tampons français.

En face de la couturière, Abou-Dolly, l'épicier, agitait son éventail pour chasser les mouches de son visage et de ses légumes pourrissants. Abou-Afif jouait au tric-trac avec son neveu Antoine. Claude se cherchait toujours un mari. Pas moi, j'ai dit. Ça ne sera pas moi ! Le ciel était bleu sombre. Il en tombait, au hasard, des balles et des bombes. Regarder le ciel au-dessus de notre pays, c'était voir la mort te plonger dessus : toi la flaque d'eau répandue au milieu d'une rue sinueuse, la mer saumâtre débordante de poissons écarlates, toi le filet de cordes où bondissaient des enfants ; toi le cache-sexe brodé où se glissaient des orteils peints, le fourreau incrusté de diamants d'un poignard recourbé ; toi...

Je passais devant chez Nabila. J'ai décidé de monter la voir. Elle a ouvert la porte. J'ai souri, immobile, sans rien dire, me contentant de respirer.

Tu cherches encore ton ami ? m'a-t-elle demandé.

J'ai répondu : Ici, je n'ai que des amis.

Elle a souri, elle a éclaté de rire, elle a secoué ses cheveux, elle m'a invité à entrer.

Je me suis assis, agité comme un puceau qui s'apprête à se branler.

Tu veux du café ?

J'ai répondu oui. Je regardais à travers le tissu translucide de sa robe. Elle avait les jambes rondes et pleines. On voyait les lignes de sa culotte dessiner la frontière entre son cul majestueux et le haut de ses cuisses.

Elle est passée à la cuisine. Je l'ai suivie.

J'ai dit : Je vais voir Georges.

Au travail ?

Oui.

Pourquoi tu es venu ici alors, si tu sais qu'il est au travail ?

Je me suis dit que tu voudrais peut-être lui envoyer quelque chose comme un sandwich ou une pomme.

Elle s'est approchée de moi, m'a pincé la joue gauche et m'a soufflé : Tu n'es pas si innocent que ça, jeune homme, tu rends visite à la tante de ton meilleur ami pendant qu'il est parti travailler.

Je lui ai pris la main ; elle a tenté de se dégager. Je me suis accroché à son petit doigt et je l'ai attirée lentement vers moi. Elle a souri. Je l'ai embrassée dans le cou. Elle sentait la crème de beauté, le lait et ces cigares que fument les gros banquiers. Elle m'a laissé balader mes lèvres sur son cou, puis elle a plaqué sa paume ouverte contre ma poitrine et m'a repoussé gentiment.

Le café fume sur le feu et tu dois partir, jeune homme.

Georges m'attendait. J'ai marché droit vers lui et je lui ai tendu cinquante livres en

chuchotant : Fais comme si tu ne me connaissais pas.

Vous les voulez dans quelle machine ?

Pardon ? j'ai fait.

Quelle machine ? Il avait l'air exaspéré.
Pour que je transfère le montant dedans.

Ah oui. Numéro trois.

Je me suis placé devant la machine
numéro trois : dans un coin de l'écran, en
haut à droite, cinquante livres de crédit
m'attendaient.

J'en ai joué vingt et j'ai perdu. Je suis
retourné le voir et je lui ai dit que j'avais
besoin de récupérer les trente qui restaient.

Il me les a rendues.

En rentrant chez moi, je me suis dit oui, il
doit y avoir un moyen.

Dix mille bombes en chute libre comme
des billes sur le parquet de la cuisine et ma
mère faisait toujours la popote. Mon père
était toujours couché sous la terre ; seul le
Christ est revenu d'entre les morts, à ce
qu'on raconte. J'avais perdu l'habitude d'attendre que l'auteur de mes jours ouvre sans
bruit la porte, qu'il se dirige vers la cuisine
avec lenteur, qu'il prenne place à la table,
qu'il attende que ma mère lui serve un bol
de salade avec du pain azyme. Les morts ne
reviennent pas.

Dix mille bombes, ça fait siffler les oreilles,
mais je refusais toujours de descendre dans
l'abri.

J'ai perdu trop d'êtres chers, disait ma mère. Viens avec moi.

Je n'y allais pas.

Dix mille cigarettes collées à mes lèvres, un million de gorgées de café turc versé dans mon gosier cramoisi. Je pensais à Nabila, aux machines à poker, à Rome. Je pensais à quitter cet endroit. J'ai allumé la dernière bougie, bu au seau d'eau, ouvert le frigo et je l'ai refermé. Il était vide et ça fondait à l'intérieur. Pas un bruit dans la cuisine ; ma mère était descendue dans l'abri avec sa radio ; étouffée par la distance, elle jouait pour les rats et les familles entassées les unes sur les autres. Quand les bombes pleuvaient, l'abri se faisait maison, palais de sucre, camp de jeu pour les enfants, cuisine et café, lieu saint, lieu sombre, lieu sûr avec un poêle, des matelas de mousse et des jeux de société. Mais ça sentait le renfermé et j'aimais mieux mourir en plein air.

Une bombe venait de tomber dans la ruelle voisine. J'entendais des gens hurler ; il devait déjà couler un fleuve de sang. J'ai attendu ; la règle, c'était d'attendre la deuxième bombe. Comme les Américains du Midwest qui visitent Paris, elles allaient toujours par deux. La seconde est tombée. Je suis sorti de l'appartement sans me presser. J'ai descendu l'escalier et, guidé par les hurlements, l'odeur de la poudre, celle des pierres éclatées, j'ai suivi les ruelles. J'ai trouvé le sang autour d'une petite fille. Tony le joueur était déjà là. Sa voiture était prête à partir. À moitié nu, il bégayait M-a-r-i-e mère de Dieu, sainte Marie m-ère de Dieu. Il n'arrêtait pas de répéter la même chose avec difficulté, à bout de souffle, glacé d'horreur. J'ai soulevé la petite fille. Sa mère m'a suivi sur le siège arrière de l'auto, poussant des gémissements hystériques. J'ai enlevé ma chemise pour en couvrir les côtes ensanglantées de l'enfant. La voiture de Tony volait vers l'hôpital. Il a fait hurler la sirène. Dans les rues désertes, les maisons paraissaient voilées, étranges. Le sang de la petite fille coulait sur mes doigts et le long de mes cuisses. Je prenais un bain d'hémoglobine. Le sang est plus sombre que la couleur rouge, plus doux que la soie ; sur la main, il est chaud comme l'eau d'un bain avec du savon. Ma chemise se teignait de pourpre royal. Je criais, j'appelais la petite fille par son nom, mais ma chemise buvait son sang ; j'aurais pu la tordre et remplir la mer Rouge, y plonger mon corps, la revendiquer, faire le tour de ses bords et me baigner dans son soleil. J'appuyais des deux mains sur la plaie ouverte de l'enfant. Elle déclinait ; ses pupilles chavirèrent et disparurent derrière un écran de rêve lisse et laiteux. Sa tête pendait vers le sein rond de sa mère, qui reprit le mantra de Tony. Ils répétaient à l'unisson Marie mère de Dieu, sainte Marie mère de Dieu. Je me suis dit que la petite nous quittait pour aller à Rome. Elle s'envole pour Rome, quelle chance elle a. Dans les rues dépeuplées, Tony se mit à marteler un rythme funèbre, une élégie.

Le lendemain matin, j'avais rendez-vous avec Georges au coin de la rue, devant la boucherie Chahine. Une file de femmes attendait de la viande. À l'intérieur pendaient des chèvres privées de peau. Viande rouge, viande blanche : elle tombait du ciel, coupée en morceaux, écrasée, martelée, découpée, hachée, enfournée dans des sacs en papier et tendue aux femmes qui faisaient la queue, femmes en noir aux visages mélodramatiques et peinturlurés, avec leur posture soumise de grenouilles de bénitier, leurs visions d'horreur, leur faim cannibale de chair crucifiée, leurs crampes menstruelles de saintes vierges, leurs positions hermétiques de castrées, à genoux, à la merci du couteau de bouchers incultes. Du sang de bête coulait par terre. Des mouches à tête rouge se promenaient partout. Les couteaux du boucher paradaient sur les murs jaunis, maculés. Comme les bombardements avaient cessé, les femmes étaient sorties de leur trou pour aller chercher de la viande tendre à mettre sous la dent de leur mari chômeur, avec laquelle farcir leur ventre enflé.

Georges marchait dans la rue. Dès que je l'ai vu, il a agité une main vers moi. Un homme l'a arrêté. Il portait l'uniforme vert de la milice. Ils se sont serré la main ; Georges l'a embrassé trois fois sur les joues.

Moi j'attendais, je regardais les mouches se poser sur les tuiles de mosaïque et se gorger de la rondeur parfaite des gouttes de sang.

J'ai demandé à Georges : Qui c'est ?

Khalil. Il travaille pour Abou-Nahra.

C'est peut-être pas très bon qu'il nous voie ensemble. Je pensais aux machines à poker.

Il ne vient presque jamais au casino. Ne t'en fais pas.

J'ai dit : il y a sans doute moyen de détourner une partie de l'argent. C'est peut-être même très simple. J'entre, je te donne l'argent, tu inscris le crédit dans la machine sur laquelle je joue. Est-ce que les machines ont une mémoire… je veux dire : supposons que je gagne avec une quinte, est-ce que ça laisse des traces quelque part ?

Non. Je ne crois pas, a répondu Georges.

Il faudrait en être sûrs. Je vais passer lundi. On peut essayer. Pendant que je joue, tu pompes un peu de crédit là-dedans. Un petit peu, pas beaucoup, juste pour voir.

Viens le matin, de bonne heure… en général, il n'y a personne, a dit Georges. Et j'ai ajouté : il vaudrait peut-être mieux qu'on arrête de se voir en public pour le moment.

Je suis allé à l'enterrement de la petite fille, celle qui était partie en voyage à Rome. Les hurlements de sa mère. La petite rue encombrée de femmes aux cheveux étouffés sous un voile. Ma mère aussi était là, chuchotant d'un ton moralisateur : ils viennent à nos enterrements, on va aux leurs.

Le père de l'enfant était venu par avion de l'Arabie saoudite où il travaillait dans les champs brûlants de sable et de pétrole. Il s'est dirigé jusqu'à la première rangée, croisant ses mains épaisses, le feu sur ses joues déjà tannées, des sanglots plein ses yeux sombres. Ses pieds laissaient des traces de sable et de poussière. Le léger cercueil blanc de la petite fille parcourut le long chemin jusqu'au cimetière sur les épaules de ses cousins et de ses voisins ; la lumière du soleil, en se posant dessus, faisait briller le métal, briller la caisse de bois livide. Tout le monde brillait, même moi je brillais.

Suivaient à pas lents, longeant les boutiques fermées, des hommes en complet gris et cravate noire, leur lourde tête penchée vers le sol. Tony marchait derrière moi ; il racontait en bégayant son histoire d'auto, de mort et d'hôpital. J'étais entouré de visages familiers envahis par le chagrin. Derrière nous, la mère à moitié évanouie pesait sur les bras des femmes qui la tiraient, la giflaient, l'aspergeaient d'eau de rose, bramaient des chants de noces et d'adieu en se frappant la poitrine, en gémissant, en agitant bien haut leur mouchoir blanc vers la Tour penchée de Pise.

3

Lundi matin, j'ai marché jusqu'au boulot de Georges. Il n'y avait personne, que lui. J'ai payé ; pendant que je jouais, il a gonflé le crédit de la machine à sous. Ça marchait ! J'ai pris l'argent et je suis sorti.

Le même soir, j'ai retrouvé Georges sur les marches de l'église.

J'ai dit : Faut attendre pour voir s'ils s'en aperçoivent. Ils ont peut-être une façon de vérifier. Ce n'est pas une grosse somme. S'ils s'en rendent compte, on peut toujours dire que c'est une erreur.

Je lui ai donné la moitié de l'argent et on est repartis chacun de son côté.

Je suis passé devant chez Nabila. C'était sur mon chemin. Il n'y avait pas de lumière. Toute la ville était dans le noir. Pas une télé d'allumée, pas d'eau froide nulle part ; le sorbet fondait dans les cubes des frigos et les vieux buvaient leur whisky sans glace. Quand j'ai vu Rana, ma voisine, j'ai mis du temps à la reconnaître. Elle a dit bonsoir et j'ai répondu *Bonsoiraïn* à toi, où tu vas comme ça dans le noir, un châle de soie sur les épaules ?

Au magasin, chercher des bougies.

J'ai dit : Avec un visage comme le tien, qui a besoin de bougies ?

Elle a ri, Rana, elle m'a conseillé de rentrer chez moi, de faire attention dans l'escalier. Il fait noir, a-t-elle ajouté.

J'ai dit : La lune est toute proche.

Il fait noir tout de même.

J'ai suggéré : On pourrait allumer une bougie.

Où ? répondit-elle. Chez ta mère ou chez moi ? en posant ses deux mains sur la courbe de ses hanches. Ses cheveux coulaient sur ses épaules, ses grands yeux noirs attendaient que je réponde.

J'ai chuchoté : À Rome.

Quoi ?

J'ai traversé la rue sans dire un mot de plus.

Mon voisin Saad a reçu son visa pour la Suède. Il a fait une grande fête la veille de son départ. Il a frappé à la porte pour m'inviter à son festin d'adieu.

Stockholm, disait-il. Ouais, Stockholm, en secouant la tête.

À sept heures du soir, je suis arrivé chez lui. Affamé. Sa mère avait préparé un *mezzeh*. J'ai rompu le pain et plongé mes doigts dans les petites assiettes de terre brune. L'électricité n'était pas revenue, mais on avait allumé des bougies et une lanterne. Plusieurs mouches avaient fait le voyage depuis la boucherie ; elles gravitaient autour de la lanterne et finissaient par s'y brûler. Le frère de Saad, Chahker (un imbécile prétentieux, à mon avis) était là. Il y avait aussi sa cousine Miriam, une partie de sa famille, en plus de son père, sa mère et plusieurs amis. Et Georges, qui buvait et fumait en silence.

Je l'ai regardé, il m'a souri.

On faisait des plaisanteries au sujet de la Suède et du froid, des Suédoises et des blondes en général. Un homme aux mains épaisses de villageois, au cou large, a commencé à chanter avec l'accent des montagnes. Toute la famille de Saad s'y est mise. Je n'avais jamais entendu les airs qu'ils entonnaient, chansons de village aux paroles inconnues, hymnes d'adieu, de retour, de mariage, comportant des avertissements. Il ne faut pas épouser une fille d'un autre village : *Nos femmes sont les plus belles du monde, elles ne te déshonoreront pas et ici, l'herbe est plus verte que partout ailleurs. Va faire fortune et reviens... elle t'attendra.*

Mais ceux qui partent ne reviennent jamais, chantait mon cœur.

Georges buvait sec. Il riait beaucoup et flirtait avec la cousine de Saad, ce qui rendait Chahker anxieux et jaloux : il avait demandé la main de la cousine de Saad, mais elle avait refusé. Elle avait sa jeunesse, des joues roses et de longues jambes. Coincée entre les lois de son village et ses efforts pour montrer ses manières de citadine récemment acquises. Saad et sa famille étaient des réfugiés ; ils avaient fui leur petit village quand un groupe de forces armées l'avait attaqué, et massacré un grand nombre de villageois et de fermiers.

Vers la fin de la soirée, Georges était fin soûl. Je l'ai tiré dans la rue et il a vomi sur le trottoir.

Il voulait prendre sa moto, mais je l'en ai empêché alors il s'est mis à me cogner dessus. Je lui ai pris les mains, je lui ai parlé, j'ai essayé de le calmer, je lui ai demandé : arrête de crier. Et puis je l'ai traîné chez sa tante. Je l'ai laissé écroulé au pied de l'escalier, j'ai gravi les marches quatre à quatre et j'ai frappé chez Nabila. Affolée, elle a ouvert la porte. Qui ? a-t-elle demandé. C'est Gargourty, hein ? Qui est-ce ? Oh ! vierge Marie, venez-nous en aide. Qui ?

J'ai dit : Personne. Tout le monde est vivant. C'est juste Georges qui est soûl, il a vomi.

Où il est ?

En bas.

Nabila est descendue en courant, à moitié nue, poussée par la peur. Sa main touchait à peine la rampe. Elle s'est mise à caresser les joues de Georges, à lui baiser le bout des doigts.

À nous deux, on l'a soulevé et on l'a porté jusqu'en haut. Nabila l'a lavé, elle lui a enlevé sa chemise, ses chaussures, son pantalon, l'a installé dans son lit et l'a couvert d'un vieil édredon. Puis elle s'est assise sur le divan et elle a fondu en larmes.

Je m'en fais beaucoup pour lui, tu sais ? Quand le téléphone sonne, la nuit, je pense toujours que quelqu'un est mort. Il est armé, maintenant. Pourquoi il est armé ?

J'ai répondu : Il en a besoin. Pour son travail.

Il faudrait qu'il étudie. Je pourrais payer ses études. Si seulement il retournait à l'école.

Elle m'a offert du café, j'ai accepté. Elle est partie sur la pointe des pieds vers la cuisine où elle a versé de l'eau dans une *rakweh*. Elle a pris une petite cuiller, du café et du sucre et fait bouillir le café trois fois. Puis elle l'a apporté sur un plateau d'étain et l'a laissé reposer comme un grand vin avant de m'en verser dans une petite tasse.

J'ai bu. Nabila m'observait.

Il est sucré comme tu l'aimes ? m'a-t-elle demandé.

Oui.

L'autre jour, j'ai lu dans la tasse de Georges. C'était sombre, très sombre. Attends, je vais lire la tienne.

J'ai murmuré : J'y crois pas.

Elle a pris ma tasse et a regardé dedans. Elle a vu des vagues, une terre lointaine, une femme et trois signes.

J'ai ricané : Oui, les superstitions habituelles.

Non ! C'est vraiment là. Viens ici, tu vois ? Ici c'est la route, ça c'est la mer et voici la femme. Tu vois ?

Non, mais…

Elle sentait la nuit. J'ai posé une main sur son genou.

Nabila m'a pris la main, elle l'a serrée fort et l'a repoussée vers ma poitrine. Non Bassam, rentre chez toi. Elle m'a embrassé la main comme si j'étais son enfant. Veille bien sur Georges, dis-lui de retourner à l'école. Toi aussi tu devrais étudier. Tu es un garçon intelligent, tu aimes lire. Quand tu étais petit, tu récitais des poèmes avec ton oncle.

J'ai dit : Bonne nuit.

Veille sur Gargourty, a répété Nabila en me suivant jusqu'à la porte.

Je suis rentré chez moi, dans mon lit. À mon réveil, Saad était parti pour la Suède.

Les bombes pleuvaient, les guerriers se battaient, nos ordures s'entassaient au coin des rues. Chats et chiens, gavés, grossissaient de jour en jour. Les riches en partance pour la France lâchaient leurs bêtes dans la jungle urbaine : toutous orphelins, bichons de luxe dressés à être propres, bassets portant prénom français et nœud papillon rouge, caniches frisés au pedigree impeccable, cabots chinois ou génétiquement modifiés, clébards incestueux agglutinés en bandes qui couraient les rues par dizaines, unis sous le commandement d'un bâtard charismatique à trois pattes. La meute de chiens la plus chère du monde errait dans Beyrouth, courait sur la Terre, hurlait à la lune énorme et dévorait des montagnes de déchets à tous les coins de rue.

Je longeais une chaîne de collines immondes. L'odeur des os, la vue de tout ce qui pourrit, tout ce qu'on rejette, me poussait à courir sans but précis en direction de la station-service, où de longues files de voitures attendaient de pouvoir remplir leur réservoir. J'ai vu Khalil, l'ami de Georges, dans une jeep de la milice sans vitres ni toit qui roulait droit vers la station encombrée. Il s'est arrêté devant, est descendu, revolver au poing, et a tiré en l'air. Criant et gesticulant, il a ordonné aux voitures de reculer, d'avancer, de se pousser. Puis il a tiré de nouveau. Les voitures se sont dispersées. Khalil a approché sa jeep de la pompe, il a rempli son réservoir et il est reparti.

Cette nuit-là, je suis monté sur le toit. Pas de bombes, pas d'explosions, dévastatrices comme des collisions d'étoiles. Je contemplais le ciel obscur et calme, marécage bourbeux posé à l'envers au-dessus de moi. Tout me paraissait au bord de se déverser dans un flot de nuit où je me noierais. Il y avait sur le toit un gros baril que j'utilisais souvent comme cachette. Je l'ai soulevé pour prendre un bout de tuyau que je me suis enroulé autour de la taille en attendant que Georges arrive. La lune ronde planait au-dessus de ma ville. La lune et moi, on regardait danser doucement les bougies dans les chambres des vierges qui s'habillaient pour la nuit, se glissaient dans leur lit simple, rejetaient leurs cheveux bien brossés sur des oreillers en plume d'oie brodés par des grand-mères prénommées Georgette ou Jamilah, voilaient leur pilosité pubienne sous des draps de coton ou de soie, rêvaient qu'un homme blanc glabre au volant d'une voiture sport leur racontait en cachette des contes de fées dans une langue étrangère pour faire retrousser leurs petits orteils sous la couette, loin du regard de leur maman.

J'avais la lune impure pour complice. Plus elle brillait, mieux je voyais.

Quand Georges est arrivé, on a roulé jusqu'à Sursok, un vieux quartier bourgeois où chaque dame riche avait une bonne à son service, des robes françaises chic et un immense placard plein à craquer d'escarpins de cuir fin. Un appartement à Paris, un mari importateur de cigarettes, de conteneurs ou de pièces d'auto qui passait son temps en palabres dans des banques suisses, assis à des bureaux d'acajou massif occupés par le neveu du patron d'une chocolaterie ou le petit-fils d'un magnat du cacao africain régnant sur des champs parsemés d'ouvriers aux doigts meurtris, un mari qui travaillait sous un soleil ou l'autre, même le samedi, même le vendredi. Un mari qui dînait dans des restaurants tapissés de velours, qui dormait dans des hôtels cinq étoiles avec de grands lits, des femmes de chambre portugaises et des serviettes moelleuses. Il suçait de gros cigares cubains, consultait sans arrêt sa grosse montre en or, crachait des mots obscènes comme « expédition » ou « facturation », avec un verre de cognac à la main et de la musique d'ascenseur pour fond sonore ; mots qui rebondissaient sur les grands miroirs et le crâne chauve du barman servant des prostituées polyglottes qui déversaient leurs longues boucles d'oreille en argent sur le complet-veston des grosses légumes avec une expression d'ennui amer.

J'ai dit à Georges : Sur les voitures américaines, le réservoir n'a pas de serrure. Ce sont celles-là qui sont bonnes à vider.

On s'est arrêtés à côté d'une Buick blanche. J'ai déroulé le tuyau qui me ceignait la taille et je l'ai fait tourner en sifflant au-dessus de ma tête. Georges s'est mis à rire. Je l'ai agité de nouveau et il a encore sifflé. J'ai ouvert le capuchon du réservoir pendant que Georges alignait sa moto sur le côté. J'ai introduit le tuyau lentement, en le faisant glisser comme un serpent qui rentre dans son trou. Posé mes lèvres sur sa queue, inspiré, aspiré un flot d'essence qui s'est précipité vers mes dents. Dirigé le jet vers notre réservoir à nous. On l'a rempli et on s'est tirés, échappés, évaporés dans la nuit de brume et de rosée. L'odeur de l'essence dans ma gorge me donnait mal au cœur. On s'est arrêtés devant une épicerie pour prendre un carton de lait. Je l'ai bu et j'ai vomi du poison et du pain entre deux bagnoles rouillées.

Jeudi matin, je suis retourné voir Georges à son travail. Je lui ai tendu un peu d'argent, je me suis perché sur un tabouret devant une machine à poker et j'ai joué. Sur l'écran, je voyais mon crédit augmenter. À deux machines de moi était installé un vieil homme mal rasé. Une cigarette allumée pendait à sa lèvre et ça faisait tressauter sa paupière ridée. Il appuyait sur les boutons à l'aveuglette, sans regarder ce qu'il faisait.

J'essayais d'imiter sa rapidité, sa posture nonchalante, sa familiarité avec la chance et le destin, son détachement face à l'échec, son silence, sa sérénité. Il était pendu à son siège comme s'il était fixé au plafond par des cordes soutenant son corps défait, levant ses bras pour les faire retomber sur les boutons de plastique ronds en gestes kamikazes.

Ce soir-là, je suis allé retrouver Georges chez lui. Il vivait au bas de l'escalier construit par les Français, dans une vieille maison de pierres haute de plafond, seul dans l'espace vide, avec ses quelques meubles et une photo de sa mère décédée. Jamais il ne parlait de son père. On racontait que c'était un Français qui n'était venu dans notre pays que pour s'envoler vers le nord comme un oiseau migrateur, abandonnant sa semence dans le ventre juvénile de sa mère.

J'ai sorti l'argent que j'avais gagné ce matin-là, j'en ai compté la moitié et je le lui ai tendu.

Assis sur un vieux canapé, au milieu des murs nus du salon de Georges, on conspirait à voix basse en s'échangeant des billets, en buvant de la bière, en roulant du hasch dans du papier lisse et blanc, et je chantais les louanges de Rome.

Rome? s'étonnait Georges. Va plutôt en Amérique. Il n'y a pas d'avenir à Rome. Bon, d'accord, c'est joli, mais l'Amérique, c'est mieux.

Je lui demandais : Et toi ? Tu pars ou tu restes ?

Je reste. Je me plais bien ici.

Il a mis de la musique. On s'est mis à chanter en chœur et en buvant.

Il fallait que je répare la moto ; le pot d'échappement est à remplacer, m'avait informé Georges. Passe au casino mardi matin, tu pourras jouer encore un coup. Un peu d'argent, ça ne serait pas du luxe. Et prends ton temps, la dernière fois on aurait dit que tu surveillais tes arrières. Ne t'en fais pas si tu vois entrer Abou-Nahra ou quelqu'un de la milice. En cas de problème, je t'apporterai un whisky sans glace. Ça sera le signal pour que tu sortes. *Capisce,* le Romain?

On planait tous les deux, on avait sommeil, on se sentait riches.

Cette nuit-là, j'ai dormi sur le divan de Georges et lui, dans le lit de sa mère.

Je me suis réveillé quand l'aube s'est enflammée contre mes yeux bruns. Elle a tiré sur ma paupière et m'a ordonné d'aller marcher.

Georges dormait toujours. Sur la table, il avait laissé le revolver qui pesait de tout son poids sur les billets de banque. J'ai pensé: Il n'est pas encore levé, le vent qui pourrait le déloger. Quand je suis sorti, la ville était calme, les rues encombrées de poussière et de voitures parquées. Tout était fermé sauf Saffi, le boulanger matinal. Je lui ai acheté une *mankoucheh* et je l'ai toute mangée. Ce n'était pas encore l'heure des taxis, les boutiques n'avaient pas relevé leurs rideaux de métal, les femmes ne faisaient pas bouillir le café, personne ne chargeait une charrette de légumes, pas un cheval ne battait le pavé, pas un joueur ne pariait une livre, pas un soldat ne nettoyait son arme. Tout le monde dormait. Pour l'instant, Beyrouth, ma ville, était sans danger.

4

Dix mille bombes étaient tombées et j'attendais que la mort vienne prélever sa dîme quotidienne dans son réservoir d'abattis et de sang. J'ai descendu la rue sous une pluie de bombes. Toutes les rues étaient vides. Sous mes pas, le sol truffé d'abris où les gens se terraient comme des colonies de rats. Je passais devant des photos de jeunes morts épinglées au bois des poteaux électriques, aux entrées des maisons, enchâssées dans de petits cadres.

Beyrouth était la ville en guerre la plus calme du monde.

Je marchais au milieu de la rue comme en pays conquis, traversant un monde paisible. J'aimais la ville dépeuplée : on devrait toutes les vider de leurs hommes et les livrer aux chiens.

Non loin de moi, une bombe est tombée. J'ai cherché la fumée, attendu les gémissements, les hurlements : rien. C'était peut-être sur moi qu'elle avait atterri. J'étais peut-être mort, étendu sur le siège arrière d'une voiture, versant mon sang en joyeuses petites fontaines épongées par la chemise d'un inconnu. Qui buvait mon sang ? Un chef militaire ou un dieu quelconque à la soif inextinguible, un dieu tribal mineur, un dieu jaloux, ivre de carnage et du sang de son clan, un dieu qui préférait une servante à une autre, un dieu seul, dément, imaginaire, intoxiqué par les bols d'argent et de plomb, avec pour seule distraction des orgies divines ou des mariages arrangés, qui mêlait le vin et l'eau, aiguisait son épée pour mieux la tendre à ses nombreux prophètes vêtus de peaux de chèvres, à ses saints castrés, ses eunuques conjurés.

Sur le balcon d'une vieille dame, j'ai vu un oiseau dans une cage, un chat accroupi sur le sol, juste en dessous, un caniche affamé à la recherche d'un cadavre où planter ses dents racées, rêvant d'arracher un bras mollet, une jambe tendre. La chair humaine ne nous est pas interdite, à nous les chiens ; ces lois ne s'appliquent qu'aux humains, m'a expliqué le meilleur ami de l'homme, qui n'avait pas été tondu depuis un bail. J'ai opiné de la tête et j'ai continué à marcher. J'entendais des coups de feu et encore des bombes. Cette fois-ci, elles visaient le côté musulman, cherchant à infliger des blessures, à faire couler de nouveau le sang des petites filles. Une bombe qu'on tire fait plus de bruit qu'une bombe qui tombe.

Debout au milieu de la chaussée, je me suis roulé une cigarette. J'ai aspiré, expiré ; la fumée qui sortait de ma bouche s'étalait comme un bouclier. Les bombes tirées vers moi ricochaient dessus et repartaient d'un bond dans le ciel, vers des planètes lointaines.

La nuit est tombée, comme toujours. Georges et moi, on a décidé d'aller faire un tour dans la montagne. On a roulé jusqu'à Broumana, un village haut perché que les riches avaient transformé en refuge de luxe.

Partout des bars, des cafés, des tables rondes, des serveurs empressés. Dans les rues étroites du village déambulaient des femmes peintes à moitié nues que dépassaient les Mercedes des miliciens avec leurs croix pendues au rétroviseur. Les restaurants déversaient de la musique de danse tonitruante. On est entrés dans une boîte, on s'est assis à une table pour observer les couples qui dansaient, les gens qui buvaient sans parler.

Personne n'avait grand-chose à dire. Tu ne sais donc pas que la guerre coupe les langues, rétame la pierre, impose le silence ? m'a demandé mon verre. Georges et moi, on sentait le déodorant, les chemises de soie, les montres contrefaites et la mousse à raser. Georges m'a montré une fille en robe bleue et m'a dit : Celle-là, je la veux. J'ai commandé deux verres de whisky tandis qu'il lui faisait des sourires. Elle s'est tournée vers sa copine, puis elles ont regardé toutes les deux dans notre direction en gloussant. On y va, m'a dit Georges. Il s'est levé pour aller vers les deux filles. Pendant qu'il parlait à la fille en robe bleue, je suis resté assis, j'ai payé nos verres et siroté mon whisky en observant les gens. La poitrine appuyée contre les épaules de la jeune femme, Georges parlait en remuant les mains. Sur la piste de danse, d'autres greluches ondulaient des hanches au rythme de la musique arabe. Un homme affublé d'une épaisse moustache a posé sa main sur mon épaule : Dans ce monde, il n'y a rien, mon ami. Rien ne vaut la peine ; amuse-toi. Demain, nous serons peut-être tous morts. Allez *yallah,* à ta santé. On a cogné nos verres ensemble et il est entré sur la piste de danse, les deux bras en l'air, un verre vide dans une main, une cigarette posée sur la lèvre inférieure.

Georges est revenu à notre table et s'est appuyé sur moi en chuchotant : pourquoi t'es pas venu avec moi ? Sa copine est seule et elles m'ont posé des questions sur toi en français, mon chéri, en français ! J'ai pris son numéro. Est-ce que c'est mon verre ? Tu aurais dû me suivre. Elles sont riches, et maintenant elles s'en vont. Si seulement on avait une auto, on aurait pu les ramener chez moi.

J'ai bu, Georges est allé sur la piste et il a dansé seul. J'ai beaucoup bu pendant qu'il dansait.

Finalement, il est venu me rejoindre et il a fait signe au serveur. Il a tiré des billets de sa poche, il a payé et on a bu encore.

Enculés.

Je les enculerai tous.

J'ai demandé : Qui ?

Dieu et ses anges et tout son putain de royaume, a répondu Georges.

Il était vraiment très soûl, halluciné, violent. Il a sorti son revolver en criant : je les enculerai tous ! Je lui ai empoigné la main, je l'ai tirée sous la table en visant le plancher et je lui ai dit tout doucement, à voix très basse : sur la tombe de ta mère, je t'en supplie… c'est moi, ton frère, moi, ton frère qui verserait son sang pour toi. Donne-moi le revolver.

Je l'ai embrassé sur la joue, j'ai posé mon bras sur son épaule, je l'ai calmé. Ensuite, j'ai doucement retiré le revolver de sa main et je l'ai caché contre mon ventre, sous ma chemise de soie la plus chère. J'ai essayé de le décider à partir, mais il résistait. Je l'ai encore supplié, baratiné, inondé de compliments et de baisers.

J'ai promis : On les enculera tous plus tard. Demain, t'en fais pas, on enculera leurs voitures, leurs rétroviseurs, leurs pneus tout ronds. Par Allah, Jésus et tous ses anges, viens, allons-nous-en d'ici.

On est sortis. Georges jurait, bousculait les gens, bramait en pleine rue : J'ai pas de père, pas de mère et pas de Dieu, bande de *ya wled'charmouta*. J'ai de l'argent, bande de putes, je peux toutes vous acheter ! Il a tiré de sa poche d'autres billets qu'il a lancés en l'air.

Je lui ai fait quitter l'avenue principale et on a enfilé une rue transversale où les petits cabanons villageois avaient été convertis en cafés et en bordels chic, avec des divans de velours et des enseignes roses au néon. J'ai arrêté un jeune homme qui trottait gentiment vers la musique et je lui ai demandé de nous recommander un endroit où dormir. L'homme nous a indiqué une auberge et on s'est dirigés par là. J'ai laissé Georges dehors, appuyé au bord du trottoir, et je suis entré. J'ai pris une chambre, hissé Georges en haut de l'escalier et je l'ai allongé sur le lit. Il s'est endormi.

Dehors, la nuit était encore noire et bruyante. Les enseignes au néon inondaient toujours le village de leur appel aux jeunes. Ignorant toutes ces tentations, j'ai pris la moto de Georges et j'ai roulé vers la ville.

Le vent me gardait éveillé et je roulais aussi vite que lui. Encore plus vite que lui, j'échappais aux balles sifflantes du temps et de l'espace. La mort ne vient pas quand on lui fait face ; elle est pleine de traîtrise, c'est une lâche qui ne s'intéresse qu'aux faibles et qui frappe les aveugles. Je volais sur les courbes de la route. J'ai dévalé la montagne déchiquetée, frôlant les phares des autos, les arbres oubliés, les fleurs sauvages qui se referment la nuit. J'étais un arc et sa flèche d'argent, la lance d'un dieu, un marchand ambulant, un voleur dans la nuit. Je volais sur une machine terrible qui faisait trembler la terre que je foulais en dévorant le vent. J'étais le roi.

Au poste de contrôle, un gamin m'a braqué son AK-47 dessus en disant : vos papiers. Je lui ai donné mon certificat de naissance avec mon âge, mon lieu de naissance et celui de mes ancêtres, la couleur de mes yeux, ma religion et une photo de moi en train de sourire au photographe arménien, les yeux tournés vers son appareil photo 4 × 5 bien-aimé, apporté de Russie par son père qui l'avait sur lui pendant la traversée du désert de Syrie, alors que des jeunes Turcs massacraient ses cousins sur le pas de leur porte, visaient les grandes croix de leur fusil et tuaient toutes les chèvres en gueulant des hymnes à la gloire de la modernité.

À qui appartient la moto ? m'a demandé le gamin.

J'ai répondu : À mon ami.

Lève les bras.

J'ai obéi. Le garçon m'a fouillé ; dès qu'il a senti mon revolver, il m'a mis la main sur la gorge et vite, il me l'a pris. Il a reculé en me visant de sa kalachnikov.

Descends lentement et couche-toi par terre, m'a-t-il ordonné.

J'ai obéi.

Qui c'est, ton ami ?

J'ai répondu : Georges. Son surnom, c'est De Niro.

Et tu as un permis pour le revolver ?

Non.

Tu m'attends ici, a lancé le gamin. Tu restes par terre, tu bouges pas. Si tu remues un orteil, je tire. Il a appelé son supérieur. J'ai vu venir vers moi un homme dans la trentaine avec un T-shirt noir, des bottes de l'armée, une moustache et une barbe. Il tenait à la main le revolver de Georges comme si c'était le sien.

Ce revolver, tu l'as volé ? m'a-t-il demandé en agitant sa torche électrique sous mon nez.

J'ai dit non.

Ton nom ?

Bassam.

Domicile ?

Achrafieh.

Profession ?

Je travaille au port.

Tu es bien un voleur, alors.

J'ai dit non.

Ouais, tu travailles au port, tu voles des marchandises, c'est ça ? Tu es un voleur.

J'ai protesté : Dans cette guerre on est tous des voleurs.

Mais tu me réponds ! L'homme m'a donné une baffe, puis il m'a tiré et poussé dans sa jeep verte. Il est reparti en soufflant comme une hyène, balançant le revolver vers le sol sablonneux.

Trois heures avaient passé et j'attendais toujours sur le siège arrière de la jeep. À l'aube, le soleil s'est mis à effacer lentement la nuit barbouillée de lumière. Le gamin de la milice est parti sur la moto et il a disparu en direction des collines. Ils ont démantelé le poste de contrôle et la jeep, où j'étais assis en compagnie de l'air des montagnes et de mon estomac vide, s'est ébranlée.

Devant moi, le milicien conduisait comme un malade, à croire qu'il transportait d'urgence un blessé à l'hôpital. La jeep roulait en cahotant, bondissant dans les airs, projetant mon corps contre les sièges. Je me suis accroché à la barre de métal comme un singe à une branche d'arbre. Suspendu par les mains, je voyais mes pieds valser comme ceux d'un cheval de cirque. Le conducteur remontait à contre-courant les ruelles étroites, forçant les autres voitures à se pousser, ter-rorisées. Alors il a freiné brusquement et les roues ont hurlé sur l'asphalte. La barre m'a glissé des mains ; j'ai été projeté à l'arrière de la jeep. Je gémissais de douleur. Le milicien est sorti de la jeep, il a sorti son revolver, il a visé le ciel et il a tiré. Les voitures qui lui bloquaient le chemin se sont mises à reculer. Dans leur panique, les conducteurs klaxon-naient à tue-tête. Lui, il restait planté au milieu de la rue, les jambes écartées, l'arme braquée vers le ciel, les épaules basses, la tête comme une rangée de briques posées dans une seule direction. Il a baissé le bras, attendu, relevé le bras et tiré encore quel-ques coups. La voie était libre. Il est remonté dans l'auto, maudissant d'une seule phrase concise tous les saints du calendrier chrétien. Puis il a gravi la colline jusqu'à une base militaire.

On m'a emmené dans un bureau. Une photo du plus haut commandant, connu sous le nom d'Al-Rayess, était accrochée au mur. Derrière lui, je voyais un cèdre et un drapeau.

Assieds-toi. Alors, ce revolver, il est pour qui ? m'a demandé le milicien. Il s'est mis à faire les cent pas autour de moi. Où tu l'as pris ? Et à qui as-tu volé la moto ?

Georges. On l'appelle aussi De Niro. C'est mon ami. Il travaille pour Abou-Nahra. Le revolver et la moto sont à lui. Je n'ai rien volé du tout.

Abou-Nahra, le commandant ? a demandé le milicien.

Oui.

Je vais appeler Abou-Nahra. Et pourquoi c'est toi qui as le revolver de ton ami?

Il était soûl. Je le lui ai enlevé.

Je vais vérifier tout ça avec Abou-Nahra. Si tu me mens, tu vas pourrir dans une cellule, compris? Comment il s'appelle encore, ton copain?

Georges. Si vous dites «De Niro» au commandant, il saura de qui vous parlez.

Et comment on t'appelle, toi? Al Pacino?

L'auteur de ma capture m'a fait entrer dans une pièce vide à l'exception d'un matelas mousse où j'ai dormi. Et quand j'ai ouvert les yeux, il n'y avait que les murs de béton. Le matelas était criblé de trous de cigarettes. J'en ai tiré un paquet de ma poche; le poids de mon corps l'avait tout aplati. J'ai fouillé partout pour trouver des allumettes : rien. J'ai cogné sur la porte. Personne n'a répondu. J'ai collé une oreille dessus, mais tout ce que j'ai réussi à entendre, c'est une radio, au loin. J'ai reconnu la voix de Faïrouz qui se lamentait le long des couloirs.

Le lendemain, De Niro s'est pointé, un ordre de libération signé par Abou-Nahra sous le bras, et ils m'ont relâché.

Tous les deux, on a pris l'autoroute sur la moto. Il faisait une chaleur insupportable. Les chauffeurs de taxi attendaient dans leurs vieilles Mercedes garées au coin des rues, à l'ombre des murs sales. Georges et moi, on se faufilait dans les embouteillages. On roulait sur les trottoirs, dans les ruelles, au milieu de la voie, d'un côté à l'autre des routes non pavées, soulevant des nuages de poussière qui allait se déposer sur les vitrines ou sur les cuisses lisses et nues des femmes ; tout le monde la respirait, on voyait le monde à travers la poussière laissée par les fossoyeurs, les démolitions, les murs écroulés, les fronts pieux des chrétiens inclinés pour le Jeudi saint. La poussière nous aimait tous de la même façon ; c'était notre amie, la fidèle compagne de Beyrouth.

J'ai suggéré à Georges : Si on mangeait ?

Il a répondu : *Mankoucheh* ou *knéfeh* ?

J'ai dit : *Knéfeh.*

On s'est arrêtés devant une boutique fermée par une porte à moustiquaire et on s'est assis à une table ronde. Au-dessus de nous, le miroir accroché au mur était tellement moucheté qu'il réfléchissait à peine. Derrière le comptoir, un homme moustachu maniait plus d'un couteau. J'ai bu de l'eau. Georges s'est allumé une cigarette. Une femme est entrée avec un bébé dans les bras. Les nouvelles jouaient : on dénombrait deux morts et cinq blessés ; un diplomate arabe était en visite à Beyrouth ; un diplomate américain était aussi en visite à Beyrouth. La lune était ronde, le drapeau du diplomate était fiché dedans et elle servait de cible à un tireur fou.

On a mangé nos assiettes de *knéfeh*. Je regardais le bébé mordiller le revolver de plastique avec lequel il jouait. J'avais besoin de me raser, de me baigner, on avait tous besoin d'eau. J'ai rendu son revolver à Georges en dessous de la table.

Sa cigarette se consumait dans le cendrier et la mienne était toujours dans le paquet de Georges. Il avait les yeux tristes, ça me rappelait que sa mère était morte, que son père l'avait quitté et que mon père était mort, lui aussi. Je me suis fait la réflexion que depuis la mort de mon père, mon oncle Naïm venait nous voir plus souvent, ma mère et moi. Le dimanche, je le voyais donner de l'argent à ma mère, et elle, les yeux baissés vers le sol, elle le prenait et l'enfournait dans son soutien-gorge. Naïm m'emmenait faire de longues promenades, il m'achetait des livres et des habits. Quand je lui avais dit que mon père était auprès de Dieu, il m'avait répondu que Dieu n'existe pas, que c'est l'homme qui l'a inventé.

Mon assiette était vide ; Georges m'a offert une cigarette. Je pensais à ma mère qui passait ses journées à faire la cuisine, à se plaindre et à demander de l'argent à mon oncle, le communiste. Une nuit, il était passé à Beyrouth-Ouest. La milice était venue le chercher chez ma mère. Ils avaient frappé à la porte au milieu de la nuit et demandé Naïm le communiste.

J'étais perdu dans la contemplation des mouches qui mouraient d'envie d'entrer ; mais la porte les en empêchait. Seule la poussière était libre d'aller et de venir à sa guise. Je me suis rappelé que Beyrouth était une ancienne ville romaine. Qu'une autre ville était enfouie sous nos pieds. Que les Romains eux aussi, n'étaient plus que poussière. Quand j'ai ouvert la porte pour sortir, les mouches se sont précipitées à l'intérieur.

Georges m'a ramené chez ma mère. Je me suis endormi au-dessus de la Rome antique, enfoui dans mes rêves tandis que la ville s'étouffait dans la poussière.

5

Chaque matin à l'aube, les femmes de mon immeuble prenaient le café ensemble. Elles discutaient du prix des légumes, de la viande et des fruits, répétaient ce qu'elles avaient entendu aux nouvelles comme des perruches multicolores sur le pont d'un navire pirate.

Les cris des femmes m'ont tiré de mon sommeil. Pendant que je me lavais le visage et que je me brossais les dents, j'en ai entendu une appeler Rana. J'ai enfilé mon short avant d'aller au salon. J'ai salué les femmes. Elles m'ont répondu en criant mon nom. Salma, une voisine de palier, m'a demandé un baiser : Viens ici, viens embrasser ta tante Salma. Tu as beau grandir, ici, tu es toujours notre bébé.

Je l'ai embrassée et je me suis approché de Rana. Elle a rougi ; les femmes retenaient leur souffle ; la mère de Rana souriait. Je l'ai regardée droit dans les yeux et je lui ai demandé : que fais-tu assise avec les vieilles ?

Cris et quolibets des femmes : Il n'y a personne de vieux ici, jeune homme !

Rien ne m'empêche d'abattre mon mari et de m'en trouver un plus jeune quand je veux, a déclaré Abla, et tout le monde a éclaté de rire.

Rana s'empourprait de plus belle. Moi, je m'amusais bien. Ma mère a versé le café avec un grand sourire. Elles parlaient toutes plus fort les unes que les autres. Une des commères lisait la tasse de thé de Rana. Qu'est-ce qu'elle était belle avec sa minijupe. Sa poitrine se soulevait et retombait à chaque souffle. Elle avait souligné le contour de ses yeux d'un trait noir et gras. De ses jambes croisées, elle protégeait sa virginité contre les yeux, les langues, les dents croches des prédateurs.

Je suis sorti de la pièce et je suis allé l'attendre sur l'escalier qui menait à l'entrée de l'immeuble. Rana n'a pas tardé à descendre, accompagnée de sa mère qui m'a dépassé la première ; je lui ai dit au revoir d'un signe de tête. Rana traînait derrière. Je l'ai happée par le poignet et je lui ai demandé : Alors, que prédit la tasse de thé pour Rana ce matin ?

Elle dit qu'on va demander ma main.

Qui ça, on ?

Celui qui s'en va.

J'ai dit : C'est triste.

Non, pas si je pars avec lui.

Je viendrai te chercher ce soir à six heures.

J'ai trop de choses à faire.

Quoi donc ?

Des choses, c'est tout. Bassam, je t'en prie, il faut que tu me lâches maintenant, on nous regarde.

J'ai ouvert ma paume et elle s'est sauvée.

Abou-Nahra m'a demandé d'entrer dans sa milice, m'a annoncé Georges.

Je l'ai averti : Georges, ne fais pas ça.

Il dit qu'ils ont besoin d'hommes au front.

Tu n'as qu'à refuser.

Et lui, il n'a qu'à engager quelqu'un d'autre à ma place. Georges m'a versé du whisky en plantant son regard dans le mien.

J'ai dit : Il faut s'en aller d'ici. Il faut juste s'organiser un peu. Faire un gros coup et s'en aller. Il suffit de choisir un moment où il y aura beaucoup d'argent dans la caisse. Tiens-moi au courant. Je lui ai rendu son regard.

Il m'a demandé : Qu'est-ce qu'il y a entre Rana et toi ?

Comment tu le sais ?

Tout le monde est au courant de tout ici. Elle est grande maintenant.

J'ai hoché la tête.

Tu pourrais lui donner rendez-vous ici. Je vais te donner une clé. C'est pas ma mère qui va venir vous surprendre, m'a-t-il assuré en me regardant dans les yeux avec un grand sourire.

On a bu. De son balcon, on voyait les toits des maisons avec leur charge de lessive blanche, d'antennes et de citernes vides. Toutes les maisons étaient reliées entre elles par un réseau de fils électriques attachés aux poteaux de bois envahissant la ville de béton qui n'avait plus un seul arbre où pendre ses Judas, plus la moindre prairie à offrir à ses envahisseurs, plus que des toits plats et des mortels qui faisaient la queue pour un peu d'eau et de pain. Sur le trottoir, j'apercevais des vélos d'enfants et des traces de dessins à la craie. Dans nos maisons, des femmes en rade dans leur cuisine préparaient à manger. En bas, une radio jouait, une mère appelait son petit, quelques voitures roulaient lentement dans le corridor étroit de ma rue. Et ce silence, cette accalmie qui régnait avant que les bombes se remettent à tomber, les dents à claquer, les mioches à pisser dans la culotte de leur frère aîné, les filles à saigner avant l'heure, les fenêtres à voler en éclats et les fragments de verre à déchirer nos sombres chairs béantes.

Le Johnny Walker, c'est le meilleur whisky, a affirmé Georges. Avec ou sans glace, c'est ça la vie, mon ami. Il a levé son verre et l'a embrassé.

J'ai attendu Rana en bas de l'escalier, mais elle n'est pas venue. J'ai hélé Danny, le fils de ma voisine Nahla, qui se promenait sur sa bicyclette VelAmos. Viens ici, j'ai dit. Tu vas aller chez la famille Damouny, entrer dans la maison sans te faire voir et donner cette lettre à Rana. Personne d'autre ne doit la voir, tu comprends? Non... reviens! Tu as compris? Personne ne doit voir ça.

Le petit garçon a fait oui de la tête.

Je te donnerai quelque chose de bon après. Va maintenant, ne tarde pas.

Danny m'a fait un sourire, s'est élancé dans l'escalier et s'est envolé vers la maison de Rana comme un pigeon voyageur.

J'avais rendez-vous avec Rana au pied de l'escalier des Français. Il faisait noir, mais je l'ai vue descendre la côte. Dissimulée dans l'ombre des murs, elle se faufilait entre les voitures.

Dès qu'elle m'a vu, elle m'a fait bonjour de la main, de loin.

J'ai pris Rana par le poignet et je l'ai emmenée vers l'arrière d'un immeuble. Je me suis adossé au mur et je l'ai attirée vers moi.

Elle a protesté : Il va falloir que tu arrêtes de me tenir comme ça.

Personne ne nous regarde.

Il faut que tu demandes la permission, a-t-elle blagué.

Ah oui, et à qui ?

À moi.

Depuis quand ?

Depuis la fois où je t'ai battu à la lutte, la fois où je t'ai fait mordre la poussière. Elle a ri.

Je l'ai embrassée sur la joue ; j'ai passé mon bras autour de sa taille.

Elle m'a rendu ma main, m'a repoussé doucement en disant : Pas ici.

J'ai chuchoté : Viens.

Je l'ai attrapée par l'avant-bras, je lui ai fait monter l'escalier et j'ai repéré la porte de Georges dans le noir total. J'ai cherché la serrure du bout des doigts comme un aveugle au soir de ses noces, comme un loup dans la

63

bergerie. J'ai introduit la clé et tourné mon poignet lentement, doucement. Puis j'ai repris Rana par la main et je l'ai attirée dans l'appartement de Georges. Elle résistait, mais je l'ai embrassée dans le cou. Ensuite, j'ai verrouillé la porte et j'ai cherché une bougie à allumer. Mais quand j'ai gratté une allumette, quand la flamme s'est mise à danser au bout de mes doigts, elle a soufflé dessus en disant : Non. Pas de lumière.

J'ai déposé sur son corps dix mille baisers en cascade sous une pluie de bombes délicieuses. On a étalé nos vêtements par terre comme des tapis de prière, nos corps sur le lit comme des macchabées dansants. Dix mille autres baisers sur son corps. Les bombes tombaient plus fort et plus près. J'ai glissé ma main sous sa jupe. Elle s'y est agrippée. Elle tenait bon. Mon autre main s'est glissée vers sa poitrine. Là, elle se laissait faire, alors j'ai baissé son soutien-gorge pour tâter ses mamelons : sombres, doux, pointus, maternels. Ma langue descendait vers son nombril ; je l'ai suivie. À ce moment-là, elle m'a repoussé en disant : arrête. Arrête Bassam s'il te plaît, arrête. Ma mère doit me chercher partout. Je lui ai dit que j'allais voir Nada. Il faut que je parte.

Je vais marcher avec toi.

Marcher avec moi ? Ou bien courir ?

On a couru entre les bombes. Quand on est arrivés chez elle, Rana a dégringolé l'escalier qui menait à l'abri. Moi, je suis rentré en marchant sur la terre.

Abou-Nahra paraissait la cinquantaine. Il avait les cheveux gris et une dent en or. De métier, il était prof d'arabe. Mais il avait quitté son poste pour celui de haut commandant de la milice chrétienne. Il était rond, chauve, portait toujours un revolver à la ceinture et, autour du cou, une longue chaîne épaisse où brinquebalait un assortiment d'icônes et de croix incrustées dans sa volumineuse poitrine velue. Il commandait le district sud de Beyrouth-Est et c'était lui qu'on tenait responsable du système de taxation des maisons, des stations-service et des magasins pour soutenir l'effort de guerre. C'était lui aussi qui avait installé les minicasinos et les machines à poker qui représentaient une véritable poule aux œufs d'or. Abou-Nahra conduisait une grosse Range Rover; deux voitures le suivaient en permanence pour assurer sa protection. Dans les embouteillages, ses gardes du corps sortaient le canon de leurs armes par les vitres et tiraient en l'air pour dégager le chemin de Sa Majesté. Tout le monde connaissait Abou-Nahra. Il représentait le christianisme, l'argent et le pouvoir.

Georges l'avait rencontré par l'entremise de la tante Nabila, qu'Abou-Nahra « courtisait » à l'époque. Nabila lui avait demandé de donner du travail à son neveu bien-aimé, et il l'avait fait. Mais depuis que Nabila avait quitté Abou-Nahra, son poste était menacé.

Il y a toujours un prix à payer, a expliqué Georges. Il veut que j'entre dans sa milice. L'autre jour, il a envoyé Khalil me demander si je voulais descendre sur la ligne verte avec lui.

Qu'est-ce que tu lui as dit?

Que je ne pouvais pas laisser le casino comme ça. Khalil a répondu qu'il repasserait après la fermeture et qu'on pourrait y aller un moment, tirer quelques balles, vider deux ou trois chargeurs, voir les hommes et revenir; qu'on ne serait pas partis longtemps. Je l'ai attendu, mais il ne s'est jamais pointé. Il repassera demain, j'en suis sûr.

J'ai dit: J'irai avec toi. Donne-lui rendez-vous quelque part. N'y va pas seul; je vais t'accompagner. Et garde ton revolver bien chargé.

Tu crois qu'ils sont au courant de notre système au casino?

Non, mais au cas où, garde ton revolver chargé. S'ils sont au courant, Abou-Nahra va donner l'ordre de te buter. J'irai avec toi. Donne juste rendez-vous à Khalil.

J'ai vu le petit Danny qui jouait aux billes sur un carré de sable. Je l'ai appelé et il a couru vers moi.

Alors, tu as donné la lettre à Rana l'autre jour?

Il a répondu oui.

Qu'est-ce qu'elle a fait?

Elle l'a lue. Et puis elle a souri.

Tiens. J'ai sorti de ma poche une poignée de pièces. Va vite acheter des bonbons pour toi et tes amis. Il a filé rejoindre ses copains et ils sont tous partis au galop vers la boutique d'Abou-Fouad, excités comme des puces.

Sur le lit de Georges, Rana, couchée sur le ventre, a levé les chevilles vers le plafond, redressé les orteils et posé la main sur ma poitrine.

Elle m'a demandé : Tu m'aimes ?

Je l'ai embrassée sur la bouche.

Elle a répété, plus fort : Tu m'aimes ?

J'ai répondu : Oui, bien sûr, en étouffant mes paroles dans un nuage de fumée.

Emprisonnant mon menton entre ses doigts fins, elle a planté son regard dans le mien. Regarde-moi bien dans les yeux, dit-elle. Est-ce que tu m'aimes ?

J'ai affirmé : Oui. Je t'aime. Puis j'ai essayé de l'embrasser sur le sein, mais elle a repoussé mon visage vers l'oreiller en proclamant : Bassam Al-Abyad, si tu me mens, je te fracasse la tête ! Je te connais. Tu n'arriveras jamais à me duper. C'est moi, Rana, tu me reconnais ? Je te tuerai, tu m'entends. Ma main sur la croix, je te tuerai.

Je l'ai prise par la taille en riant aux éclats. Elle regardait le plafond, muette. Pour finir, elle a lissé sa jupe et remonté son soutien-gorge, m'a embrassé et m'a demandé de remonter sa fermeture éclair. J'ai posé un baiser sur son épaule et elle s'est enfuie.

Georges et moi, on est allés retrouver Khalil près de l'immeuble de la compagnie d'électricité. Il était assis dans une jeep, sur le siège du conducteur. Un autre milicien, celui qu'on surnommait Abou-Haddid, était assis sur le siège arrière, tenant dans la main gauche une kalachnikov tchèque.

Georges a embrassé Khalil et nous a présentés. On a parlé un peu, trouvé des relations communes, discuté bagnoles et armes à feu. Abou-Haddid m'a dit qu'il connaissait un homme nommé Charbel qui travaillait au port avec moi.

Georges est monté dans la jeep à côté de Khalil. Je les ai suivis avec la moto. On a roulé dans les rues désertes, au milieu des immeubles détruits par les bombardements. C'était facile de passer les postes de contrôle. Tout le monde connaissait Khalil.

Quand on est arrivés au quartier général, j'ai reconnu deux types avec qui j'étais allé en classe : Joseph Chaiben et Kamil Alasfar. Ils étaient devenus barbus tous les deux, sales et fatigués. Quelqu'un avait peint une Sainte Vierge sur la crosse de bois de la kalachnikov de Joseph ; quant à Kamil, il avait entre les mains une mitrailleuse de tireur d'élite. Quand Joseph m'a vu, il m'a visé en disant : les élèves désobéissants, on n'en veut pas ici. Il a souri ; on s'est serré la main et on s'est assis sur des sacs de sable et des barils.

Joseph m'a pris de côté pour me montrer la position de l'ennemi. Là, m'a-t-il indiqué. Tu vois ce gros conteneur ? Ils sont cachés derrière. Écoute ! Il s'est mis à crier : Hassan, fils de chien !

De l'autre côté, un homme a répondu et ils ont échangé des insultes.

Est-ce qu'il ne vient pas de maudire ma sœur? a demandé Joseph à Kamil.

T'as même pas de sœur.

N'empêche, c'est une insulte à mon honneur, a dit Joseph en armant sa mitrailleuse.

Il a visé dans la direction de Hassan avec un sourire narquois et tiré plusieurs coups de feu. Toute la zone s'est embrasée. Les balles volaient à gauche, à droite, devant, derrière. J'ai plongé derrière les sacs de sable; l'arme de Joseph crachait des douilles qui se posaient à mes pieds, encore chaudes. Quand ils ont tous arrêté de tirer, la voix de Hassan s'est élevée de l'autre côté. Quelque chose au sujet d'une pute et des mères chrétiennes. Tout le monde a ri.

Georges est sorti de derrière une maison voisine, un fusil à la main, le sourire fendu jusqu'aux oreilles. Il rigolait avec Khalil, qui a passé un bras sur les épaules de Georges. Ils se sont éloignés.

En les attendant, j'écoutais Joseph me raconter les deux dernières nuits qu'il avait passées, à quel point les combats étaient violents, les bombes pleuvaient dru, comment ils avaient eu à défendre leur terrain. Sans pouvoir bouger, sans camion de ravitaillement, ils mouraient de faim et d'envie de fumer; leurs munitions baissaient et les *Majalis* se foutaient complètement de leur envoyer des renforts. Il tirait sur sa cigarette en se plaignant : on n'est pas organisés. Il m'a emmené à l'intérieur et m'a offert une cigarette.

Tu te souviens de Souad, la prof? Il a ri. Quelles jambes! s'est-il exclamé. Elle avait vraiment de longues et jolies jambes.

J'ai dit : Elle est en France maintenant.

Ouais, je sais. Elle a épousé le prof de français, a-t-il ajouté. Elles veulent toutes épouser un Français.

Il a dégainé sa mitraillette et me l'a tendue. Tiens, tire quelques coups, t'auras peut-être la chance de toucher Hassan dans le cul. L'autre jour, je lui ai fait une peur de tous les diables. Il était en train de chier de l'autre côté, par là. Moi, j'étais au deuxième étage ; dès que je l'ai vu, je me suis dépêché de prendre le fusil de Kamil et j'ai tiré entre ses jambes. Tu aurais dû le voir courir les culottes baissées.

Tu l'as pas tué?

Non, non. On s'est promis qu'à la fin de cette guerre, on ira tous prendre un coup ensemble.

J'ai refusé le fusil que Joseph me tendait ; il a secoué la tête en disant : tu as toujours été timide. Toujours tranquille… mais je me souviens qu'une fois, à l'école, tu t'es battu avec les frères Baa'liny. Un vrai sauvage. Pas grand monde n'aurait voulu avoir affaire à toi. Alors, qu'est-ce que tu fais ici?

Je suis venu voir Khalil avec Georges.

Vous venez vous engager?

Non. J'ai secoué la tête.

Avant, on était tous bénévoles, mais aujourd'hui, il faut s'engager, et on reçoit une solde. On ressemble de plus en plus à une armée et de moins en moins à une milice. Maintenant il faut même porter l'uniforme. Au début de la guerre, on était tous en jeans. Al-Rayess, le commandant en chef, il a de grands projets. Reviens nous voir un de ces jours.

En revenant vers chez Georges, je lui ai demandé ce qu'il voulait, Khalil.

Il a répondu : Rien. Juste parler.

Juste parler ?

Khalil est au courant.

De quoi ?

De notre plan.

Abou-Nahra aussi ?

Non. Khalil veut sa part.

Comment il s'en est aperçu ?

Il a déjà travaillé sur les machines à poker alors il a eu la puce à l'oreille. Il m'a bluffé : d'abord, il me dit qu'il a un message de la part d'Abou-Nahra, qu'Abou-Nahra est au courant. Il prétend qu'il y a un compteur sur la machine. Après il me propose de parler à Abou-Nahra de ma part. Si je rends l'argent à la milice, qu'il dit, ils vont me pardonner et oublier toute cette histoire. Mais quand j'ai dit que l'argent, je ne l'avais plus, il a changé de chanson. C'est là qu'il m'a avoué qu'il est le seul à savoir et qu'il veut sa part.

J'ai demandé à Georges : Il habite où, Khalil ?

En bas, près du pont.

Où au juste ?

Au-dessus de chez Appo. Le marchand de *lam b'ajin.*

Il vit seul ?

Ouais.

Dis-lui que c'est d'accord, qu'on va partager avec lui.

J'ai marché jusqu'au pied du pont et j'ai observé la maison de Khalil.

Je suis entré dans la boutique du rez-de-chaussée et j'ai commandé deux *lam b'ajin* que j'ai mangés en buvant de l'*ayran.* Ensuite, j'ai monté l'escalier en cherchant le nom de Khalil sur une sonnette.

Ne le trouvant nulle part, je suis rentré directement chez moi.

À midi, le lendemain, Georges est passé à la maison. En bonne Arménienne, ma mère lui a offert à manger. Elle l'a embrassé sur les deux joues et lui a parlé de sa mère : Ta mère était une femme merveilleuse, Dieu ait son âme, une grande dame. Elle serait tellement fière de te voir si beau, si grand ! Tu es un vrai homme maintenant, Georges.

Puis elle lui a posé des questions sur sa tante Nabila, sur son oncle qui habite à la campagne, sur toute sa famille. Elle déversait des tonnes de nourriture dans l'assiette de Georges, le sommait de bien manger et répétait sa rengaine bien connue : Vous autres, vous ne savez pas vous servir des épices, pas comme nous, les Arméniens.

Georges lui a fait le baisemain en l'appelant *tante* et il a mangé toute son assiette.

Après le repas, on est allés dans ma piaule. Georges s'est allongé sur mon lit. Moi j'ai pris le divan.

Combien il veut, Khalil ?

La moitié. Ça nous laisse un quart chacun.

La moitié ! Il sait que je suis dans le coup ?

Il se doute bien qu'il doit y avoir quelqu'un d'autre dans la combine.

J'ai dit : Donne-lui rendez-vous sous le pont.

Il viendra pas. Khalil, c'est un vrai serpent.

Bon. Alors dis-lui qu'on va aller le voir au front.

Cette nuit-là, un homme du nom de Samir s'est fait attaquer par un chihuahua en rentrant chez lui. Samir Al-Afhameh avait déjà été un monsieur respectable, propriétaire d'un cabinet d'avocats dans la partie détruite du centre-ville de Beyrouth. Réduit au chômage, trop fier pour se trouver un autre travail, il vivotait avec le peu d'argent que son fils lui envoyait du Kentucky.

La meute de chiens le suivait en grognant chaque fois qu'il passait près de leur amas d'ordures. Avant, le chihuahua qui l'avait attaqué appartenait à madame Kharazi, qui était partie précipitamment pour Paris. Elle s'était rendue en taxi au poste de contrôle qui séparait Beyrouth-Est de Beyrouth-Ouest. De là, grâce à un homme riche qu'elle connaissait à Beyrouth-Ouest, elle s'était fait conduire à l'aéroport par un colonel musulman à la retraite qui avait connu son mari avant la guerre. Le petit chien avait attaqué Monsieur Samir sur l'ordre de son colonel à trois pattes.

Le lendemain, Monsieur Samir s'est rendu au quartier général de la milice afin de dénoncer aux hommes qui montaient la garde le chihuahua qui l'avait attaqué et la meute de chiens qui avait envahi sa rue. Il les a bien avertis de l'ambition que nourrissaient ces chiens de contrôler toute l'enclave chrétienne, armés de leurs dents pointues et d'une technique d'intimidation très au point qui consistait à grogner, avec l'appui de la montagne de déchets qui pouvait les nourrir indéfiniment ou jusqu'à ce que la rage leur rougisse les yeux et fasse dégouliner la salive de leurs gencives répugnantes.

Monsieur Samir s'était fait rabrouer par le commandant local, une brute qui marchait les pieds écartés comme un canard, qui portait été comme hiver de lourds godillots dont l'odeur vous agressait les narines et qui était connu pour ses rapines de légumes ou de volailles dignes d'un moine médiéval sur la route des croisades.

Monsieur Samir, l'avocat éduqué par les prêtres jésuites aux longues robes noires qui notaient méticuleusement chaque détail et qui lui avaient enseigné la discipline ainsi que la langue française, avait relevé ses lunettes, marché droit vers la maison de Nabila, gravi l'escalier et frappé à sa porte.

Nabila était venue ouvrir dans toute sa splendeur, pieds nus, vêtue d'un short minuscule qui soulignait la rondeur de ses cuisses, les rendant plus appétissantes que jamais. À la vue du physique monumental de Monsieur Samir, dressé de toute la dignité du corps juridique, agitant la queue avec furie et, à ce moment précis, un brin d'excitation, elle avait rectifié ses cheveux et sa voix. Baissant la tête en signe de respect, Monsieur Samir s'était lancé dans un soliloque solennel et sans fin, digne d'un juge corrompu et d'une bande d'hyènes vautrées sur le banc du jury, guettant les restes d'une lionne nourrissant ses petits au pied d'un flamboyant d'Afrique.

Pardonnez-moi, Madame Nabila. Mais tout le monde doit savoir ce qui se passe dans notre quartier. Voyez-vous, j'ai été attaqué la nuit dernière par la plus belle meute de chiens du monde. Vous avez raison, nous risquons tous de mourir d'une minute à l'autre sous une pluie de balles et de bombes, mais si ces chiens princiers nous donnent la rage, nous risquons l'épidémie. Je suis venu vous voir expressément parce que je sais que votre neveu possède une arme à feu et qu'il a des amis dans la milice. Peut-être connaît-il quelqu'un de haut placé qui pourrait intervenir dans ce dossier. Si seulement j'étais armé, si seulement je savais tirer, j'en débarrasserais moi-même le quartier. Il y a des enfants, des femmes qui risquent de se faire attaquer, un amoncellement d'immondices à deux pas de chez vous, ces bêtes pourraient très bien s'en prendre à vous ou à n'importe qui...

Oh! mon Dieu, vous avez entièrement raison, Monsieur Samir, il faut absolument faire quelque chose. J'ai terriblement peur des chiens.

Oui.

Entrez, je vous prie.

Euh... eh bien... d'accord.

Mais d'où peuvent-ils bien venir? Nous n'avions pas de chiens comme ceux-ci, avant.

Eh bien, depuis qu'il n'y a plus de gouvernement, plus de loi, plus d'ordre, tout le monde jette ses ordures à la rue. Il y en a même qui les laissent tomber de leur balcon. L'autre jour... nos voisins du dessus...

Que Dieu nous vienne en aide... quelle vie nous vivons.

Les choses ont bien changé, Madame Nabila. Tout a changé... avec cette guerre, plus personne n'a de respect pour rien...

Un café, professeur Samir?

Euh... eh bien... non, merci.

Oh, mais il faut boire un petit café. Cela nous calmera les nerfs.

Bon, mais alors sans sucre, je vous prie... Il faut nous en débarrasser, Madame Nabila, à tout prix.

J'en parlerai à Gargourty. Comment se porte votre fils?

Très bien, merci.

Est-il toujours en Amérique?

Oui, au Kentucky. C'est difficile avec le
téléphone. Les lignes, vous savez… Il essaie
de nous appeler, il se fait constamment du
souci… Là-bas, ils reçoivent les nouvelles…
Et nous, on ne peut pas l'appeler, ma femme
essaie pendant des heures…

L'Amérique. Tous nos ennuis viennent de
l'Amérique, Monsieur Samir.

Tout à fait. C'est le plan de ce chien de
Kissinger, Madame Nabila.

Le pétrole, ils veulent le pétrole de notre
région, Monsieur Samir.

Oui, Madame Nabila. Oui, vous avez bien
raison. Il est très bon, votre café. *Sahtaïn.*

Et votre femme, comment va-t-elle?

Eh bien, Madame Nabila, elle passe ses
journées assise à se lamenter. Vous savez, depuis que Ziad est parti, elle pleure tout le
temps.

Votre femme est une dame remarquable,
Monsieur Samir. L'autre jour, je l'ai croisée
dans la rue. Je ne me suis même pas arrêtée
pour la saluer… Vous savez, Monsieur Samir,
on ne sait jamais quand les bombardements
vont reprendre. On se dépêche sans arrêt…
j'écoute les nouvelles toute la journée…

Je suis désolé, mais je dois vous quitter,
Madame Nabila.

Oui, que Dieu soit avec vous.

Il faut en finir avec ces chiens.

Je parlerai à Gargourty.

Au revoir.

Nabila a pris son téléphone et elle a composé le numéro d'Abou-Nahra.

Des chiens!? s'est-il écrié. Tu crois que c'est le moment de me parler de chiens? C'est pour ça que tu m'appelles?

Tu sais ce que c'est que la rage, Abou? Ceux qui l'ont hurlent comme des chiens. On te mettra un bout de bois dans la bouche pour que tu mordes dedans. Tu te vois conduire ta grosse Range Rover, un morceau de bois entre les dents? Bon, Abou, ce n'était peut-être pas une très bonne idée, finalement... Mais fais quelque chose... Fais quelque chose pour les gens, à part leur tirer dessus et leur prendre leur argent.

Et Nabila a raccroché, s'est allumé une cigarette, a remarqué qu'elle était seule dans une maison vide, toute seule dans la guerre, entourée de chiens, de chiens humains, de dogues portant des masques d'hommes, portant fusil, portant complet-veston-cravate, de corniauds qui pissent sur ton divan et soufflent sur ta poitrine leur haleine bestiale. Tous des chiens, les hommes; surtout les hommes. Rien que des chiens infidèles.

Tard dans la nuit, des tirs rapprochés ont secoué le quartier. Les hommes sont descendus en pyjama, munis qui d'un pistolet, qui d'un long couteau.

Ils tuent les chiens! D'un balcon à l'autre, les chrétiens se passaient le mot. Deux jeeps transportant en tout sept miliciens avaient encerclé la meute. Massacre de chiens! Boucherie canine! À l'instant où une levrette afghane était exécutée pour haute trahison, sa maîtresse chérie, à quatre pattes sur un drap de soie, soutenait de son mieux Pierre, un peintre parisien qu'elle baisait en secret, dans sa démarche artistique. Un cocker fuyait devant un combattant bien gras tandis que sur les Champs-Élysées, sa maman faisait provision de filets mignons en prévision d'une soirée de débauche bien arrosée. Comme un agneau dans une histoire de loup, un berger allemand eut la gorge tranchée. Pendant ce temps, ses parents adoptifs buvaient de la bière dans une brasserie d'Europe, assis à une longue table avec une bande de gaillards qui beuglaient des chants bavarois. En raison de sa petite taille, les balles manquèrent deux fois le chihuahua, mais finirent par l'avoir à bout portant, sous une voiture, alors que sa maîtresse pérorait sur les origines de la soie en sirotant un expresso dans un petit salon vénitien très chic. Le colonel à trois pattes mourut seul, orphelin, au sommet de la montagne d'ordures, avec pour tout soutien un vieux bout de ferraille, quelques boîtes de houmous vides et un carton de détersif belge.

Tant que dura la tuerie, l'avocat Samir se tint près de la jeep, l'index tendu, lisant à voix haute l'ordre d'exécution. Il fermait les yeux des chiens. Avec de longues laisses de cuir, il leur ligotait les pattes sur des crucifix portés par des soldats romains en jupes et en sandales, leur glissait une dernière cigarette entre les canines, brandissait son épée vers le ciel et vers la terre à chaque salve, délirant, bavant de convoitise, hurlant : Le petit, ne manquez pas le petit ! Il est sous cette voiture… il est dangereux… donnez-moi un fusil, je m'en occupe !

Il ne faut pas en épargner un seul… il faut les éliminer tous autant qu'ils sont ! hurlait-il dans son pyjama cette nuit-là, celle qui reste connue comme « la nuit de la grande lune et du jappement final ».

Nos rues s'emplirent de sang canin devenu fleuve, charriant des os et de l'urine.

Ce furent les chrétiens qui gagnèrent la bataille, la bataille des cent chiens.

Le lendemain, Georges est passé me prendre. On est descendus vers la ligne verte, où on avait rendez-vous avec Khalil. On avait apporté de l'argent tous les deux. Sur le chemin, au milieu d'une rue déserte, on s'est arrêtés sous un pont, à l'abri du regard perçant des tireurs cachés.

On a mis l'argent dans un sac.

Je vais le lui faire voir, m'a dit Georges.

Au poste de contrôle, on s'est fait arrêter par une poignée d'hommes environnés de sacs de sable. Un jeune armé d'un fusil m'a demandé où on allait. Je lui ai répondu qu'on avait rendez-vous avec Khalil le coq. Il nous a fait attendre pendant qu'il appelait

Abou-Haddid au téléphone. Ils nous ont laissés passer.

Quand vous arriverez dans la grande rue avec un camion incendié au milieu, roulez le plus vite possible. C'est dans la ligne de mire du tireur embusqué dans cette tour, là.

Avant d'arriver à la rue de tous les dangers, Georges a freiné : Tiens-toi bien, dit-il.

Il a fait cabrer la moto et on a filé sur une roue jusqu'au camp de la milice.

Joseph est venu à notre rencontre. Je lui ai serré la main tandis que Georges partait à la recherche de Khalil. Il l'a trouvé et ils ont disparu tous les deux dans un immeuble vacant.

J'ai fait la conversation à Joseph. Il avait mal à une dent, me dit-il en appuyant sa main sur sa joue gauche. Je bois de l'*arak* pour calmer la douleur.

Je lui ai donné le nom d'un dentiste qui lui ferait un bon prix. Il a répondu qu'il en connaissait un, lui aussi. Il a dit : le problème, c'est l'électricité. Sans courant… la dernière fois que je suis allé chez le dentiste, tout à coup il y a eu une panne et je suis resté sur la chaise à souffrir comme un imbécile.

Je lui ai demandé : Et Hassan, de l'autre côté, comment il va ?

Attends, on va voir. Hassan ! a crié Joseph.

Hassan nous a lancé une kyrielle de jurons obscènes et affectueux.

Par jeu, j'ai dit : Hé, il vient encore d'insulter ta sœur.

81

Ouais. Tiens, mon frère, tue-le pour sauver mon honneur. Joseph rigolait. Il m'a tendu son fusil.

Je l'ai pris de la main droite, je l'ai armé de la main gauche, puis j'ai tiré un coup en l'air du côté de Hassan pendant que Joseph maudissait le vagin qui lui avait donné naissance.

De l'autre côté, Hassan ripostait coup pour coup. On a plongé derrière les sacs de sable. J'ai fourré le canon du fusil entre deux sacs et j'ai continué à tirer. Joseph s'est redressé et s'est mis à invectiver Hassan, jurant de le transformer en jambon. Toute la ligne de front s'est embrasée : tout le monde tirait en même temps. Abou-Haddid est arrivé en courant, un calibre 10 dans chaque main. Poussant un chapelet d'injures, il a tiré une longue rafale de la ceinture de munitions qui couvrait ses larges épaules. Joseph n'arrêtait pas de sourire. Il m'a pris le fusil des mains, il a remplacé le chargeur pour moi et m'a crié à l'oreille : Je vois que tu t'amuses bien !

Au même instant, des hurlements se sont élevés dans l'immeuble ; on appelait à l'aide. C'était la voix de Georges. En courant vers lui, je l'entendais hurler : Il est frappé, il est frappé. Georges portait Khalil ensanglanté sur ses épaules. Le sang lui coulait le long des doigts. Abou-Haddid a couru vers Georges. Il a soulevé le corps de Khalil et l'a couché à l'arrière de la jeep. Georges est monté à côté. J'ai pris la moto, Joseph a sauté derrière moi et on est partis comme des fous en klaxonnant jusqu'à l'hôpital. Je voyais le corps meurtri de Khalil faire des bonds dans la jeep. Georges le maintenait en lui soutenant la tête, les yeux ailleurs. J'ai dépassé la jeep à toute vitesse. Derrière moi, Joseph tirait en l'air pour dégager la voie.

Dès qu'on est arrivés au service des urgences, Abou-Haddid a pris Khalil dans ses bras et s'est élancé à l'intérieur. Il a déposé le corps flasque sur un lit roulant en appelant à grands cris un médecin. Voyant que personne ne venait, il a dégainé et tiré dans le passage, faisant pleuvoir sur son visage écarlate des copeaux, de la poussière et de la peinture blanche. Deux infirmières se sont précipitées, poussant vivement Khalil dans les couloirs de l'hôpital.

Khalil mourut.

Sur le chemin du retour, Georges conduisait lentement. Derrière lui, à l'abri du vent, j'ai ouvert le sac qui contenait l'argent et je l'ai divisé en deux. J'ai glissé la part de Georges dans la poche intérieure de son blouson, près de son revolver.

Le lendemain, assis dans un café où on buvait en fumant, j'ai dit : Georges, l'enterrement de Khalil, c'est mercredi. Tu y vas ?

Il a dit non en me regardant avec ses yeux pénétrants. Je ne tue pas les oiseaux pour danser avec leurs plumes.

Mercredi, je suis descendu jusqu'à la rue qui passe sous le pont. Elle était ornée de photos de Khalil collées sur les murs de béton, sur la porte d'un cordonnier. *Le héros Khalil Al-Dik, martyr tombé au front pour défendre sa patrie bien-aimée,* disait l'affiche. J'ai poursuivi mon chemin, puis je suis monté sur le toit d'un immeuble situé en face de chez Khalil. Perché comme un aigle, j'ai vu des hommes entrer, entendu des femmes en noir piailler des chants sacrés dans une pièce remplie de mères défaillantes, de sœurs éplorées aux yeux rougis, de pieuses grand-mères. La rue grouillait de miliciens.

J'ai vu Abou-Nahra descendre de sa jeep et se diriger droit vers le cercueil. Il serrait les mains sans ôter ses lunettes noires. J'aurais voulu voir ses yeux.

J'ai pensé : les enterrements se ressemblent tous. Les hommes d'un côté, les femmes de l'autre. La maison du défunt recevait les femmes, celle du voisin était ouverte aux hommes. Et moi, sur le toit, vautour guettant du haut du ciel, ne se posant que pour se nourrir.

Quand le cercueil a descendu l'escalier étriqué, soutenu par de vaillants jeunes hommes qui s'étaient disputé ses poignées de métal dorées et l'honneur de le porter sur leurs épaules jusqu'au sein de la terre, les cris des femmes se sont intensifiés. Tous les balcons du quartier affichaient complet ; les toits étaient couverts de visages curieux et muets. Bien alignés, les hommes du bataillon de Khalil ont pointé leurs fusils vers un nuage qui passait par là et tiré sur le lent passage du cercueil migrateur.

Les hommes suivaient le cercueil à pied ; les femmes lui faisaient adieu de la main. De là-haut, je regardais passer les chrétiens en route vers l'enfer.

6

La gorge desséchée par la chaleur, allongé, en slip, je pensais à Rana.

J'ai enfilé mon jean et pris la rue qui menait chez elle. À l'instant où mon pied se posait sur la terre en fusion, les cloches de l'église se sont mises à sonner. Miracle! Miracle! criait Wafa en se hâtant vers la source du son. Issam se grattait la tête. Boutros levait les yeux vers le ciel. Je me suis dirigé vers l'église et j'ai vu une foule rassemblée devant les portes. Des vieilles dames en noir frappaient leur poitrine avachie. Saisissant la main de Salah, le plombier, je lui ai demandé à voix basse ce qui se passait. Il a répondu: Une jeune fille a vu la Vierge Marie flotter dans le ciel. Elle ouvrait grand sa robe et nous protégeait tous de la pluie des bombes musulmanes. Les mains de la fille sécrètent de l'huile sainte.

L'église était pleine à craquer. Chuchotements chargés de prières, oraisons en combustion dans l'eau bénite, brûlant dans la flamme des cierges. Chants collectifs coulés vers les cieux.

Tel un reptile à la peau moite, je me suis faufilé dans le troupeau, m'insinuant vers le chœur, séparant les estropiés de leur mère, les aveugles de leur canne et les visages en larmes de leurs paumes glissantes. Surmontant les têtes agenouillées, je progressais vers les icônes dorées. Je me suis glissé sur le côté pour regarder : elle était là, dressée comme une statue ; je ne l'avais jamais vue de ma vie. Les mains ouvertes et luisantes, elle regardait le plafond. Elle était jeune, adolescente ; ses yeux ruisselaient de folie et d'absence. Un léger sourire jouait sur ses lèvres, lui donnant une expression vaguement sinistre.

Le prêtre crachait des nuages de fumée tout autour d'elle. Les gens faisaient leur signe de croix. Une vieille femme s'est jetée en avant pour toucher la main de la jeune fille. Le prêtre l'a tirée vers l'arrière et l'a écartée, mais la foule a bondi vers la fille, les bras tendus. Plusieurs hommes se sont avancés pour retenir la cohue, formant un cordon autour de la jeune femme. On l'emmenait derrière l'autel. Bourdonnements graves et hurlements hystériques, mains tendues et poitrines battues, nuées d'encens, exclamations superstitieuses, soupirs de corps aux genoux pieusement écrasés, chaleur insupportable : tout cela me poussait vers les portes ouvertes. En sortant, j'ai empoigné la femme qui avait touché la paume de la jeune fille et j'ai porté ses doigts à mon nez pour les renifler, mais la vieille s'est dégagée et m'a repoussé en criant : Foi ! Foi ! J'ai fendu la foule vers la sortie comme la lance d'un guerrier battant retraite.

Pendant des jours, les gens de toute la ville ont afflué vers l'église. Le carillonnement du clocher couvrait le fracas des bombes. Rendu sourd par la radio de ma mère et le tintement des cloches.

Avec le soir, le soleil s'est fait la belle, laissant la place à une lune ronde et radieuse. Suspendue au-dessus de la Vierge Marie, elle illuminait de blanc sa robe bleue et lui dessinait un halo autour de la tête. Loin en dessous, la foule se précipitait vers l'église, bondissant, s'écrasant et reculant contre ses murs comme la marée montante.

Rana et moi, on était chez Georges, dans sa chambre, nus. Rana avait les mains chaudes et sèches, les cuisses humides comme des draps de soie trempés dans l'huile sainte. Elle s'est couverte et m'a écouté rêver des pigeons de Rome.

Tu veux aller à Rome ?

J'y pense.

Et puis quoi, tu vas me laisser ici ?

Non, tu n'as qu'à venir avec moi.

Et qu'est-ce que je ferais, à Rome ?

Étudier, te promener dans les rues, rentrer me voir.

Et comment on s'y prendrait ?

J'ai répondu : J'y travaille.

Rana s'est levée pour aller dans la cuisine. Il y avait des assiettes sales dans l'évier. Elle a versé du savon liquide sur une éponge et transvasé l'eau qui était dans un seau, puis elle a rincé la vaisselle, disant :

Je ne supporte pas la vaisselle sale. Ça me rend folle. Va voir dehors s'il n'y aurait pas dans l'escalier une de ces voisines qui mettent leur nez partout.

J'ai ouvert la porte et jeté un œil à l'extérieur. Il n'y a personne, ai-je répondu.

Rana s'est couverte et s'est précipitée dans l'escalier en chuchotant frénétiquement : Ferme la porte. Mais rentre ! Ferme la porte, on va me voir.

La porte grande ouverte, je la regardais en souriant.

Plus tard le même soir, Georges est venu me retrouver chez lui.

Du balcon, je l'ai vu arriver en jeep. Il portait l'uniforme de la milice assorti d'un M-16. En descendant de la jeep, il a fait passer son fusil d'une main à l'autre.

Il a frappé à la porte de chez lui et m'a demandé : Rana est encore là ?

Elle est partie. C'est ton nouveau look ?

Il n'a rien répondu. Il a posé son fusil sur le divan, retiré ses bottes et annoncé : Abou-Nahra m'a fait appeler.

Et alors ?

Il m'a demandé comment ça se passe au casino. Je crois qu'il flaire quelque chose.

Ça m'étonnerait.

Peut-être, mais il m'a demandé de m'engager. Il m'a regardé droit dans les yeux et il a dit que ça serait mieux pour tout le monde. Tu sais ce que ça veut dire, non ?

Alors tu as pris peur et tu l'as fait ? Tout ce qu'il voulait dire, c'est peut-être que tu risquais de perdre ton travail.

Non, moi je sais ce qu'il voulait dire. J'y étais.

J'ai demandé à Georges : Où est-ce qu'il habite, Abou-Nahra ?

Il vit entouré de gardes du corps, Bassam. Il ne faut même pas y penser. Écoute, pour l'instant, on ferait mieux de se calmer un peu avec les machines à poker. Georges a ramené le fusil près de son cœur, contre sa chemise kaki, sous son menton. Et il m'a visé en souriant.

Prends-le. Tu vois ? Léger comme une plume. Il s'est déshabillé avant d'entrer dans la salle de bains. Je l'entendais jurer : Saloperie d'eau.

Il a enfilé sa chemise et un pantalon, il est monté sur le toit et il est redescendu avec un seau plein d'eau. Pendant que je lui en versais sur la tête, il se frottait les aisselles. Après s'être lavé, il s'est passé de l'eau de Cologne sur le menton.

Je vais voir la gonzesse de Broumana, m'a-t-il dit.

Elle t'a appelé ?

Tout en lissant ses cheveux noirs, il a hoché la tête. Tu viens ?

Non. Je reste. Mais laisse-moi le revolver.

Il l'a lancé sur le divan sans poser de questions.

Avant d'aller chez Joseph Chaiben, j'ai glissé le revolver dans ma ceinture. C'était ouvert. J'ai grimpé l'escalier, laissant la trace de mes pas sur le marbre déjà sale. Joseph vivait dans une de ces vieilles maisons libanaises métissées d'architecture arabe et florentine, écrasées par des immeubles plus hauts et plus récents avec leurs gros balcons et leurs ascenseurs mécaniques.

J'ai frappé à la porte de Joseph. C'est sa mère qui a ouvert. Je lui ai dit bonjour, je lui ai demandé comment elle allait. Elle m'a invité à entrer et a appelé son fils. Il dormait, le Joseph. Il est entré dans la pièce vêtu d'un short, d'une chemise de coton blanc sans manches et de nu-pieds en plastique qui allaient à ravir avec la nappe bon marché de sa maman. Pendant qu'on se disait bonjour, sa mère m'a apporté à boire en s'excusant de l'absence de glace ; elle s'est plainte de la pénurie d'eau, de la guerre… de la vie… Je croyais entendre la mienne.

On est montés sur le toit et la mère de Joseph s'est mise à crier d'en bas : Les toits sont dangereux ; il y a des tireurs partout ! Descendez ici ; parlez dans la pièce. Je vais sortir : redescendez.

Mais comme le toit n'avait pas de murs et qu'on ne voulait pas d'échos, on l'a ignorée. J'ai montré le revolver à Joseph et je lui ai demandé s'il savait qui pourrait m'en vendre un pareil. Il me l'a pris, il a enlevé le chargeur et l'a remis en place, il l'a armé, il a visé en direction de Beyrouth-Ouest et il a tiré.

Beretta, j'ai dit. Neuf millimètres, dix coups. Propre, jamais utilisé au combat.

Je vais voir.

J'ai dit : Comment vont les parents de Khalil ?

Sa sœur m'a vu dans la rue l'autre jour. Je rentrais du front avec mon uniforme, mon équipement et tout, et quand elle m'a vu, elle s'est mise à crier : C'est vous qui avez tué mon frère. Vous êtes tous des vauriens et des criminels. Entraîner des jeunes dans votre guerre. Elle a ajouté : Il n'avait que dix-sept ans. Dix-sept ans : un bébé !

Joseph inspectait de nouveau le revolver en secouant la tête.

Je lui ai demandé : Tu vas toujours au front ?

Ouais, dit-il. Abou-Nahra ne veut plus me laisser partir. Tu sais, quand on y est, c'est pour de bon.

Et qu'est-ce qu'il en pense, Abou-Nahra, de la mort de Khalil ?

Il a posé beaucoup de questions, mais à moi, il n'a rien dit.

J'ai promis à Joseph de lui apporter du hasch bien luisant, bien huileux ; il m'a assuré avec un grand sourire qu'il ferait de son mieux pour me trouver un bon revolver.

Quand on est redescendus, sa mère était sortie ; Joseph est rentré dans la maison.

Ce jour-là, si je me souviens bien, il y avait un cessez-le-feu et presque pas de nuages.

Le lendemain, j'ai emprunté la moto de Georges. J'avais rendez-vous avec Rana à la lisière du quartier, au coin d'un immeuble rempli de gens qui ne nous connaissaient ni d'Ève ni d'Adam. Elle est montée derrière moi et on a filé vers les montagnes. Elle avait les deux bras autour de ma taille. J'ai suivi les petites routes de gravier qui mènent au ventre des collines. On s'est arrêtés. Je lui ai tendu le revolver, j'ai mis mes bras autour de ses épaules, mes mains sur les siennes et on a visé ensemble quelques boîtes de fer-blanc rouillées. Elle a tiré et elle a éclaté de rire. Elle s'est dégagée de mon étreinte, m'a repoussé et, tenant le revolver toute seule, elle a visé, puis tiré. Souriante, elle est revenue vers moi en faisant rouler ses hanches, brandissant le revolver au-dessus de sa tête. Battant exagérément de ses longs cils, elle m'a visé à la poitrine en disant : Maintenant que je suis armée, je te suivrai à Rome et je te descendrai si jamais tu pars sans moi.

Au loin, Beyrouth avait l'air d'une nappe de ciment pleine de bosses, un tapis d'immeubles en rangs serrés, sans routes, sans lampadaires, sans êtres humains.

Là-bas, c'est le quartier musulman, m'a-t-elle dit en pointant un doigt. Je n'ai jamais rencontré un seul musulman. Non, attends, il y avait une ou deux musulmanes à mon école, mais elles sont parties au début de la guerre. Faten, il y en avait une qui s'appelait Faten, et l'autre, comment elle s'appelait… j'ai oublié.

J'ai pris Rana dans mes bras et je l'ai embrassée dans le cou. La brise douce et fraîche faisait lever ses mamelons sous le mince coton blanc de sa chemise. J'ai glissé ma main contre sa poitrine, je lui ai malmené les seins et je me suis penché pour sucer ses tétines rouges et rondes.

Elle s'est mise à regarder nerveusement autour de nous, à l'affût de promeneurs égarés, amants de la nature ou chasseurs d'oiseaux, et quand j'ai poussé ma main dans son jean serré, elle a dit : Bassam, arrête. Pas ici. Arrête, Bassam !

Je ne me suis pas arrêté. Soufflant comme un chien, je me suis frayé un chemin de force. Rana s'est figée ; puis elle m'a agrippé la main, m'a rejeté loin d'elle et m'a visé avec le revolver.

Quand je te dis d'arrêter, tu t'arrêtes ! m'a-t-elle crié. Tu t'arrêtes.

J'ai marché vers elle. Je l'ai prise par le poignet, j'ai pointé le canon vers ma poitrine et j'ai dit : Tire !

Elle a gémi : Tu me fais mal.

J'ai repris le revolver et on est restés tous les deux sans parler, haletant éperdument.

Après, on est repartis encore plus loin dans les collines. On s'est arrêtés de nouveau pour contempler la ville. Un long nuage en forme de champignon sortait de terre à Beyrouth-Est.

Rana m'a dit : Une bombe. Regarde, une bombe vient de tomber.

J'ai répondu : On dirait plutôt une explosion.

On a redescendu la colline. Les mains de Rana me caressaient la poitrine. Plantant ses ongles dans ma chair, elle a soufflé : Ici, j'aurais pu te tuer.

Ma mère a grimpé l'escalier d'un pas alourdi par les sacs qu'elle portait : du pain, de la viande, des légumes.

Elle m'a appelé de la cuisine. Qu'est-ce qui se passe entre Rana et toi ? Ce matin, j'ai pris le café avec sa mère et elle m'a posé des questions sur vous deux.

Qu'est-ce qu'elle t'a demandé ?

Elle voulait savoir ce que tu fais comme travail et si ça t'intéresserait de lui rendre visite avec moi. Elle m'a dit que Rana est en âge de se fiancer.

J'ai dit : On est juste amis.

Ne me mens pas, Bassam. Rana est comme une fille pour moi, et ce n'est pas du tout son genre. Si tu n'es pas sérieux, ne lui gâche pas son avenir. Les gens parlent, ici. Les gens parlent.

J'ai tourné les talons. Elle a crié dans mon dos : C'est ça, exactement comme ton père ! Lui aussi, il s'en allait tout le temps, et pour finir, il n'est jamais revenu. Un bon à rien, ce n'était qu'un bon à rien.

J'ai entendu la porte de la cuisine claquer derrière moi.

Plus de dix mille bombes étaient tombées et j'étais coincé entre deux murs, face à ma mère qui tremblait comme une feuille. Elle avait refusé de descendre à l'abri tant que je ne l'y accompagnerais pas. Moi, je ne voulais rien savoir de me cacher sous terre. Descendant d'une longue lignée de vaillants guerriers, je ne voulais mourir qu'à l'air libre, debout sur la terre avec ses boues fertiles, la chanson du vent dans les oreilles!

À chaque explosion, ma mère faisait un bond, invoquant une sainte après l'autre, mais ces dames sont toutes très occupées : pas une seule n'a jamais répondu.

On a frappé à la porte. C'était Petra, la fille des voisins, qui avait gravi l'escalier; jetant un regard soupçonneux à mon épée étincelante et à ma tête de guerrier, elle s'est couvert les lèvres pour chuchoter un secret à l'oreille de ma mère. Celle-ci s'est levée et s'est dirigée droit vers la salle de bains, d'où elle est revenue avec une boîte de Kotex, disant : Elle est vide, *habibti,* mais ne t'inquiète pas ; viens avec moi.

La petite carcasse menstruée s'est levée, le visage rougeoyant de honte, et s'est ruée dans la chambre de ma mère.

J'ai descendu l'escalier sans me presser, je suis sorti de l'immeuble et j'ai traversé la rue déserte pour aller chez Abou-Dolly, l'épicier. C'était fermé, mais Abou-Dolly vivait à l'arrière avec sa famille. J'ai frappé. L'épicier a entr'ouvert la porte. En me voyant, il a froncé les sourcils et m'a demandé ce que je voulais. J'ai dit : des Kotex. C'est fermé à cette heure-ci, a-t-il répondu d'un ton sec.

J'ai insisté : C'est urgent!

Entre.

J'ai pénétré dans la maison. Ça sentait le savon rustique, le café moulu, les légumes en décomposition tombés sous le gros frigo bruyant, les deux chats nourris de souris brunes et Dolly, la fille de l'épicier ; elle faisait boire son nouveau-né à un téton bien rond qui m'a donné soif. Quand je suis entré, Dolly a recouvert mamelle et bébé d'un piqué de laine rose. Oum-Dolly, la femme de l'épicier, tricotait dans un coin ; son beau-fils Élias, en bretelles, fumait en fixant le mur. Ils étaient tous assemblés autour de deux pauvres bougies agitées d'un furieux battement diabolique qui projetait leur ombre sur Hadès et ses murs brûlants.

Abou-Dolly, le marchand entre deux âges qui n'avait jamais eu de fils et dont le surnom faisait allusion à sa fille aînée, m'a tendu deux paquets de Kotex et m'a demandé : Quel modèle tu veux ?

Tenant les deux boîtes près d'une bougie, je les ai senties, tirant de sa femme un frisson, un soupir et un murmure de désapprobation. Veux-tu bien me dire pourquoi tu les renifles ? s'est exclamé Abou-Dolly en me sautant dessus pour me les enlever. Dehors, va-t'en. Il s'est mis à me pousser ; j'ai riposté. Le beau-fils s'est emparé d'un long manche à balai dont il m'a menacé. Arrachant l'une des boîtes de la main d'Abou-Dolly, j'ai glissé mon autre main derrière ma ceinture et j'ai dégainé mon revolver, mais je l'ai laissé pendre au bout de mes doigts, pointé vers le sol. Oum-Dolly a crié : Il est armé ! Il a un pistolet ! Coupant le jet de lait chaud qui coulait dans les lèvres de son bébé, ce qui l'a fait pleurer, Dolly s'est ruée dans une autre pièce.

Cramponné à ma boîte, je suis sorti dans la fraîcheur de l'air et je me suis éloigné. Derrière moi, j'entendais crier Abou-Dolly : Je connaissais ton père, j'ai bien connu ton père, c'était un ami, il aurait honte de voir ce qu'est devenu son fils. Un vaurien ! Honte sur toi qui viens m'insulter dans ma propre maison, devant ma famille. Voyou ! Voilà ce que tu es, mon fils, un voyou. Et il a craché par terre en maudissant ma génération et toute mon espèce.

Le voyou filait entre les immeubles, esquivant les bombes qui dégringolaient. Le vaurien traversait des ruisseaux d'eaux usées échappées de tuyaux crevés. Il marchait, un revolver dans une main et une boîte de douceur cotonneuse dans l'autre.

Le lendemain, Georges est passé reprendre sa moto.

Penchée vers le sol, elle était garée à l'ombre sur une flaque ronde d'huile séchée en face de la boutique des quatre saisons, le nez vers l'hôpital, tournant le dos à l'église.

J'ai donné les clés à Georges ; laissant l'anneau se balancer au bout de son majeur, il a dit : Viens, on va parler.

Il a pris le guidon et je me suis accroché à sa taille. On a roulé jusqu'à Quarantina et on s'est arrêtés sur la vieille voie ferrée, là où le bidonville kurde avait été envahi et anéanti par les chrétiens. Le sol était de nouveau lisse et nu ; toits de tôle, petites ruelles, flaques d'eau d'égout : tout s'était évaporé. Tout avait été battu, piétiné dans la terre. Tous les combattants, massacrés de sang-froid. Les bras chargés d'enfants au nez morveux, leurs femmes avaient pris la fuite dans des coquilles de noix ballottées par les vagues de la Méditerranée. C'était ici qu'Abou-Nahra et sa milice avaient pris le camp d'assaut et exécuté les hommes, sans oublier de leur arracher leurs dents en or ; ici qu'Abou-Nahra avait acquis sa réputation de chef sans pitié. Ses soldats victorieux avaient empalé les crânes des morts sur leurs baïonnettes et défilé dans les rues. Ils avaient attaché derrière leurs jeeps des cadavres qu'ils avaient emmenés bondir sur les rues goudronnées et dévaler les petites rues en pente.

Le camp était devenu une prairie d'herbes sauvages, nourries d'un engrais composé de cadavres, de cendres, de murs incendiés, de douilles de balles vides et de monceaux de mouches venues se gaver de sang.

J'ai dit : Parle. Parle, avant que ceux qui sont enterrés sous nos pieds ne reprennent vie.

Je vais quitter le casino, m'a annoncé Georges. J'ai demandé à Najib, mon cousin éloigné, de me remplacer. Tu peux continuer la combine. Je lui montrerai le truc.

Pourquoi tu t'en vas ?

Abou-Nahra m'a confié un travail.

Quel genre de travail ?

Je pars bientôt en Israël pour m'entraîner. Les forces tissent des liens avec les Juifs, au sud.

Quelle erreur, ai-je murmuré.

Non, Bassam, on est seuls dans cette guerre et notre peuple se fait massacrer jour après jour. Et toi… toi dont le grand-père a été abattu… le père assassiné… toi… toi… Unissons-nous avec le diable s'il le faut pour sauver notre pays. Comment faire partir autrement les Syriens et les Palestiniens ?

J'ai répliqué : Moi, je m'en vais. Je laisse cette terre à ses démons.

Toi, tu ne crois en rien.

J'ai répondu : les voleurs et les vauriens comme nous, depuis quand ils croient à quelque chose ?

On a pris l'autoroute jusqu'à la côte. En ce jour d'été, il n'y avait personne sur les chemins. Le vent était torride. On s'est assis sur la plage et on a regardé l'eau.

Les petits bateaux se balançaient, les vagues avançaient timidement et nous, on restait là. La nuit est tombée, on a allumé des feux de papier pelure, on a fumé, regardé, contemplé et halluciné, et on a ri, et on a encore fumé. On a brûlé les joints jusqu'au bout de nos doigts, scellant leur braise d'un coup d'ongle.

J'eus une vision : des arbres, une plaine et une maison – une maison ouverte – avec des ombres, et un soleil qui allait tout droit plutôt qu'en rond, une lune immobile éclairée la nuit par des bougies, par les étoiles, par rien d'autre que mille pertuis laissant filtrer la lumière qui se posait sur l'océan. La terre sentait l'humidité, mais l'herbe était brune, desséchée, changeante et flottait sur l'eau salée. Je me levai, je marchai, je rencontrai un pêcheur que je croisai dans le silence le plus total. Pas un regard, pas un clin d'œil. Je rêvai d'une table, d'une femme aux mains peintes, d'une chaise brisée, tout cela sous le même toit. Je vis les portes qu'il me faudrait ouvrir. Je marchai vers la première et tirai dessus de toutes mes forces; j'entrai et courus vers la seconde, mais elle était fermée à clé. Je restai devant cette porte pendant des jours, la suppliant de s'ouvrir. Puis je m'endormis et je rêvai que la porte s'ouvrait. Une femme nue portant un sac me sourit et me dit: Enlève tes vêtements. Je baissai les yeux et je vis ma robe se changer en eau que je recueillis pour la lui offrir. Elle la prit dans ses mains et me la versa sur les yeux. Maintenant, prononça-t-elle, va jusqu'à la troisième porte et si tu vois ton père, dis-lui bien que tu as enlevé ton vêtement. Je vis deux chemins et je dis: Je vais suivre la voie étroite. Je fis un autre rêve dans lequel je flottais sur une rivière; j'avais dans la main un morceau de pain que je lançai à un oiseau. Je traversai la rivière et trouvai la quatrième porte. Je poussai dessus de toutes mes forces, mais elle ne s'ouvrit pas. Je l'effleurai du bout des doigts et elle s'ouvrit. J'entrai dans un jardin où se trouvaient une chaise et un livre. Je m'assis sur la chaise et je fumai. Puis je chantai et une autre porte s'ouvrit. Je la franchis à toute vitesse et traversai le vide: pas d'arbres, pas de tables, pas de chaises, pas une aile d'oiseau, pas de lune, pas de lumière, pas une pensée. Je m'immobilisai en fermant les yeux. Je rêvai d'une fleur immense. Je respirai son parfum. Je grimpai le long de sa tige et me fis un lit dans ses pétales. Alors je m'endormis et je fis un autre rêve dans lequel je vis un ami baignant dans une flaque de sang et de lumière.

Sur la route éclairée par l'unique lueur qui luisait sous nos poitrines engourdies, sous nos jointures et nos yeux rouges et lourds, on est repartis, Georges et moi, vers la capitale plongée dans l'obscurité, à l'exception d'une poignée de lampions suspendus aux barricades. Les faibles rayons de la ville se reflétaient sur les bottes luisantes des soldats.

En arrivant à la maison, j'ai entendu sonner le téléphone, mais je n'ai pas répondu. Je me suis allongé sur mon lit. Le sommeil ne venait pas. J'ai sorti le revolver de sous ma chemise et je l'ai caché sous le matelas. J'entendais monter les sons de la rue : combats de chats, rares bruits de pas, chuchotements légers, murmures qui s'insinuaient dans mon esprit et jusque dans mes rêves où ils se changeaient en mots familiers.

Soudain, la main de ma mère m'a secoué, tirant sur ma couverture, me suppliant de me réveiller.

Descends ; ils visent le quartier. Viens, descends, éloigne-toi de la fenêtre. Comment fais-tu pour dormir comme ça ? Il y a des bombes partout.

Nahla, la voisine, s'est dressée à ses côtés pour me supplier elle aussi : Aie pitié de ta maman. Descends dans l'abri avec nous. Elle t'a attendu tout le jour, toute la nuit. Comment peux-tu manquer de considération à ce point? Elle n'a pas dormi de la nuit. Où étais-tu passé?

J'ai dit : Je vais rester entre ces deux murs. Descendez, vous ; ici, je serai bien.

Non, descends avec nous! On a besoin d'un homme dans l'abri. Viens maintenant, mon chéri. Sur la tombe de ton grand-père, descends!

On a entendu une explosion assourdissante. La bombe n'était pas tombée loin. Les femmes se sont jetées par terre en hurlant : À côté! Elles se sont levées et ont couru vers l'entrée en s'exclamant : Elle est tombée juste à côté. Dans la rue, des débris de verre et des moellons tombaient du ciel. Ma mère claquait des dents. J'ai regardé dans ses yeux et j'ai remarqué, sur sa peau, les rides neuves creusées par les larmes qui coulaient vers ses joues.

Nahla s'est mise à crier : Les enfants! Mes enfants!

Je l'ai saisie par la main pour l'empêcher de se précipiter dehors. J'ai dit : la seconde ne doit pas être loin. Ne bouge pas!

Nahla a tenté de s'enfuir, mais j'ai tenu bon. Elle se débattait dans mes bras comme une bête prise au piège. Pour finir, elle a réussi à m'échapper en me griffant au visage. Je l'ai suivie dans l'escalier. Complètement hystérique, hurlant le nom de ses enfants, elle s'est jetée dans la rue encombrée de verre brisé. Brusquement, une forte déflagration a secoué l'immeuble. J'ai senti la pression sur ma poitrine, entendu le bruit décalé du verre qui tombait, vu venir un nuage de fumée au parfum de poussière antique et de terre cruelle. L'odeur de la poudre et du pain brûlé m'a poussé dans l'escalier à travers la fumée ; à bout de souffle, j'ai crié : *Maman*!

II
BEYROUTH

7

Mes parents, qui s'étaient tellement détestés de leur vivant, reposaient maintenant côte à côte, dans des caissons de bois enfouis sous la même terre.

Ils se disputaient à tue-tête quand mon père rentrait tard, le soir, avec une haleine d'alcool et des mains de joueur défait qui giflaient ma mère au visage, lui noircissaient les yeux et la pourchassaient dans la cuisine où volaient les soucoupes et se brisaient les assiettes. Immobiles maintenant, deux charognes dévorées par des vers carnivores et visqueux, ils se bouffaient le nez sous l'humus moite.

Après avoir jeté le premier grain de poussière sur le cercueil de ma mère, j'ai tourné les talons et je suis rentré à la maison, loin des litanies, de la fumée blanche de l'encens, des larmes.

Pendant plusieurs jours, les voisins et les amis sont venus frapper à ma porte, mais je n'ai pas ouvert.

Je fumais. Le tintement des casseroles s'était tu ; le silence de la radio, l'absence de tout bruissement de balai, la solitude, tout cela m'apportait une mystérieuse tranquillité.

Le vent soufflait comme il voulait par les deux grands gouffres ouverts dans la maison. Seul le vent venait me voir ; lui seul en avait le droit. Une fois où, en pleine nuit, j'ouvrais la porte pour sortir chercher des cigarettes, j'ai trouvé sur le seuil une assiette de pain. Lassés de se rougir les jointures contre ma porte, les voisins l'y avaient déposée à mon intention.

J'ai descendu la rue, trouvant mon chemin jusqu'au cimetière. J'en ai fumé une avant de sauter la clôture, atterrissant devant un tas de terre qu'on n'avait pas encore rejetée dans son trou. Immobile, j'ai tendu l'oreille au murmure de mes parents. N'était-ce pas plutôt le vent caressant les croix de pierre blanche ?

Plus tard, cette nuit-là, Georges et Nabila ont brisé la serrure et se sont introduits chez moi. Nabila portait du noir. Elle s'est précipitée sur moi.

Maigre ! dit-elle. Regarde-toi, comme tu es devenu maigre et jaune. Il faut que tu te nourrisses. Je t'ai apporté à manger. Elle s'est assise au bord de mon lit en répétant : Il faut que tu manges. Mange Bassam, s'il te plaît.

Georges se tenait un peu à l'écart. Il déambulait sans rien dire entre les meubles en morceaux, contemplant la vue qu'offraient les murs béants. Enfin, il a tiré son étui à cigarettes et m'en a tendu une. Tandis qu'il grattait une allumette, Nabila lui a craché : assez de cigarettes. Il faut qu'il mange. Regarde, il est tout jaune.

Le lendemain, je suis retourné travailler au port. Abou-Tarik, le contremaître, est venu à ma rencontre à pas lents. Il m'a présenté ses condoléances et je l'ai remercié. Je voyais qu'il guettait un signe de tristesse, que je verse des larmes salées comme les vagues qui, dansant sous nos pieds, venaient se fracasser contre la paroi bétonnée du quai. Mais je n'avais pas de tristesse à lui offrir en pâture. En fait, la mort de ma mère m'avait plutôt libéré. Je pouvais m'en aller sans rien laisser derrière moi. Sa mort me rapprochait des oiseaux et m'éloignait des hommes. Ils volent, les oiseaux, et je rêvais de prendre mon envol. Je n'aspirais qu'à vagabonder, la tête penchée sur le sol, guettant le passage des cailloux et reniflant la poussière. J'étais devenu une créature plus proche du chien que de l'espèce humaine.

À la fin de la journée, en rentrant dans l'immeuble, j'ai vu Rana qui m'attendait dans l'escalier. Je l'ai dépassée sans rien dire. Elle m'a suivi jusqu'en haut des marches, jusqu'à ma piaule. Puis, faisant le tour de l'appartement, elle s'est mise à ramasser des fragments de meubles et de pierres éparses.

J'ai dit : Laisse ça.

Elle a crié : Non ! et s'est mise à pleurer. Puis elle m'a pris la main et m'a dit : il faut que tu répares cette maison. Tu entends ? Tu m'entends ?

Elle ramassait des objets, versait des larmes et criait : Il peut se passer des jours sans que tu dises un mot.

Je ne disais rien.

Ça suffit ! Dis quelque chose ! Mais dis-moi quelque chose ! En me poussant de ses paumes ouvertes.

J'ai essayé de sortir : elle m'a barré le chemin. Non ! Tu ne partiras pas sans dire un mot. Non.

Je l'ai repoussée ; elle est revenue à la charge et s'est encore mise sur mon chemin : Non, non. Le temps du silence est fini.

Je l'ai repoussée de nouveau. Elle m'a giflé. Je l'ai attrapée par la main et je l'ai projetée durement sur le sol poussiéreux, puis j'ai dégringolé l'escalier et j'ai plongé dans la ville.

Quand j'ai rejoint Najib au casino, c'était le matin ; les machines à sous n'étaient pas encore branchées. Ça sentait la fumée de la veille, les verres de whisky pas lavés, l'haleine chargée des joueurs.

Je me suis présenté : Je suis l'ami de Georges.

Il est sorti de derrière le bar en hochant la tête et il a branché une des machines.

Vers la fin de l'après-midi, Najib est venu me retrouver sur les marches de l'église.

Il paraissait plus nerveux que le matin.

J'ai descendu les marches et quand je suis arrivé à sa hauteur, je lui ai demandé de me suivre. Après avoir hésité, il a attendu une minute et il m'a suivi.

Au coin de l'église, ça sentait la pisse et l'humidité des vieux murs de la ville. Je lui ai tendu l'argent. Il l'a compté, l'a glissé dans sa poche et m'a demandé à brûle-pourpoint : Tu reviens quand ?

Vendredi matin, comme d'habitude. Georges t'a bien dit de m'apporter un whisky si tu flaires quelque chose?

Ouais, ouais, il m'a dit tout ça, a soupiré Najib. Il s'est détourné et a grimpé les marches à toute vitesse.

J'ai crié dans son dos: Vendredi!

Dix mille cercueils dormaient sous la terre et au-dessus, les vivants dansaient toujours, les bras garnis d'armes à feu. Pendant les jours qui ont suivi, j'ai acheté un revolver à Joseph et colmaté les murs de la maison. L'hiver approchait; les vents migrateurs n'étaient plus les bienvenus. La pluie s'était mise à tomber, gorgeant la terre et baignant de boue tiède les os de mes parents. Je passais la journée à fumer, allongé sur mon lit. La maison se taisait et j'étais seul.

Un après-midi, j'ai pris dans mes bras la radio de ma mère et j'ai ouvert le boîtier: l'intérieur était parcouru de fils jaunes et verts. Paquet de fils argentés collés au plastique vert, le haut-parleur rond gardait le silence. J'ai cherché Faïrouz, mais elle chantait à Paris ce soir-là.

Le vendredi, quand je suis allé au casino, j'ai trouvé Najib plutôt hautain. Il m'a fait attendre avant de me donner la monnaie, et quand il a enfin injecté de l'argent dans la machine, il y en avait moins que d'habitude. Pendant que je jouais, un autre jeune est entré. Dans le reflet de la paroi de verre, j'ai vu Najib agiter les mains dans sa direction. Le jeune homme lui a fait signe et il est sorti.

J'ai encaissé mon argent et je suis sorti à mon tour.

J'ai traversé la rue, je me suis glissé dans l'entrée de l'immeuble adjacent et j'ai attendu.

J'ai vu le jeune homme rentrer dans le casino. Je l'ai bien regardé et j'ai attendu encore. Je fumais. J'attendais. Quand il est ressorti du casino, je l'ai suivi de loin jusqu'à ce qu'il monte dans sa voiture et qu'il s'éloigne.

Quand j'ai revu Najib, il portait des souliers neufs de maroquin verni, un blouson de cuir et du gel dans les cheveux.

On s'était donné rendez-vous au pied de l'église. Je lui ai donné la moitié de l'argent que j'avais gagné.

Najib l'a compté et, très calmement, il a dit : il en manque.

Qu'est-ce que tu dis ?

Il en manque. Tu as très bien entendu.

J'ai répliqué : non, il n'en manque pas. C'est tout ce qu'il y a. Je me suis approché de lui et je l'ai regardé dans les yeux.

Il a insisté en soutenant mon regard : Je te dis qu'il n'y a pas tout.

J'ai répondu : Si tu en mets plus dans la machine, il y en aura plus pour toi.

Il a tourné les talons sans répondre. Quand il est arrivé en haut de l'escalier, il s'est retourné et m'a lancé : Najib obtient toujours ce qui lui revient.

J'ai répondu : Qu'il fasse ce qu'il a à faire, le petit bébé Najib.

C'est ce qu'il va faire, a sifflé Najib en crachant par terre. Et il s'est éloigné de sa démarche de paon.

Quelques jours plus tard, en allant manger un sandwich et un Pepsi au Roi du falafel, j'ai aperçu Georges et Abou-Nahra attablés ensemble. J'aurais dû me douter qu'ils étaient là en remarquant la ribambelle de grosses voitures qui bloquaient le trottoir, mais j'avais trop faim pour réfléchir. J'ai essayé de les éviter, mais trop tard : Georges m'avait vu, il me faisait signe. Je suis allé droit vers lui et on s'est embrassés. Comme Abou-Nahra portait ses lunettes Ray-Ban, il n'y avait pas moyen de savoir s'il me regardait. Georges a fait les présentations ; le commandant m'a souri, m'a offert une chaise et un sandwich. J'ai refusé, mais il a insisté et crié la commande au garçon planté derrière le comptoir. Alors j'ai mangé.

Abou-Nahra était entouré d'hommes que je reconnaissais. Assis à une table derrière nous, Kamil, Joseph et Abou-Haddid, l'ami de Khalil, me faisaient de grands signes. Ils m'ont demandé si je travaillais toujours au port.

J'ai répondu : C'est plutôt calme en ce moment.

Georges racontait à Abou-Nahra que mon père avait fondé une station de radio pendant les années 1950. Il a répondu qu'il avait connu mon défunt père ainsi que mon oncle Naïm. Le communiste, dit-il en souriant. Il nous a laissés tomber pour passer de l'autre côté. Comment va-t-il?

J'ai répondu: On n'a jamais de nouvelles de lui.

Nous jouions dans la même équipe de volley-ball. Le savais-tu?

Non. Je devais être très jeune à l'époque.

Tu es encore très jeune. Et il a éclaté de rire.

Comme Abou-Nahra était prêt à partir, ses hommes se sont levés. Plusieurs d'entre eux, écrasant dans leurs mains l'emballage de papier, se fourraient dans la bouche un reste de sandwich. Abou-Nahra m'a passé un bras autour du cou. Tapotant lentement de son index la paume de sa main, il a dit de sa voix grave: Georges, un de ces jours, amène-nous ce combattant au centre et nous en ferons un des nôtres. Pas question qu'il passe de l'autre côté comme son oncle. On a toujours besoin de jeunes hommes de qualité.

Georges s'est contenté de marmonner quelque chose d'un air évasif. J'observais Abou-Nahra. J'aurais vraiment voulu voir ses yeux. Sur un clin d'œil, Georges est sorti avec les autres, mais il n'a pas tardé à revenir s'asseoir en face de moi. Après que j'aie avalé ma dernière bouchée, on est sortis dans la rue. Il restait une jeep garée sur le trottoir.

J'ai dit: Ça, c'est la jeep de Khalil.

Ouais. Il n'en a plus besoin.

On a roulé jusqu'à la bretelle qui passe sous le pont. On s'est garés. Georges gardait son M-16 à côté de lui. Je me suis appuyé sur mon siège, juste assez pour sentir mon revolver s'enfoncer dans mon dos. On entendait le bruissement des voitures qui passaient au-dessus de nous.

Tu pars quand? m'a demandé Georges en me regardant bien en face.

Pas tout de suite.

Najib est venu me voir la nuit dernière. Il dit que tu lui dois de l'argent.

Ton cousin, c'est un menteur. Il a mis quelqu'un d'autre dans le coup.

Je vais lui parler. Comment va Rana?

Très bien.

Écoute, je pars pour Israël la semaine prochaine. On y va par bateau. Je vais te laisser les clés de l'appartement. Si Nabila te pose des questions, tu lui diras que je suis allé camper dans les montagnes avec des copains.

La main de Georges a glissé vers son fusil. Il l'a soulevé doucement et l'a posé sur le siège arrière. Puis il a remis le moteur en marche et on est rentrés dans notre quartier.

Quand je suis descendu de la jeep, Georges m'a regardé bien en face et m'a dit: Je vais parler à mon cousin.

J'attendais Najib au sommet d'une colline, à l'extérieur de la ville, selon l'entente qu'on avait prise plus tôt ce jour-là.

Il est arrivé en voiture avec deux compères. Je les avais entendus arriver de loin à cause de leur musique. La poussière qu'ils soulevaient masquait le parfum d'*after-shave* et de gel coiffant de l'autre imbécile. Il est descendu de la bagnole. Planqué derrière un arbre, je l'ai regardé grimper, dérapant sur les cailloux dans ses chaussures italiennes. Il portait sur un bras son blouson de cuir luisant. J'ai laissé Najib me dépasser et quand j'ai vu son dos, j'ai marché vers lui sans me presser et j'ai tiré sur son blouson que j'ai jeté par terre. Puis je l'ai poussé contre un arbre.

Il était raide de peur. J'ai examiné ses mains : elles étaient vides. Je lui ai tâté les flancs. Rien de caché.

Je lui ai demandé : Dans la voiture, c'est qui ?

Interloqué, il a répondu : Des amis. Il puait l'alcool.

Et pourquoi tu as amené tes amis ?

On est en route pour Broumana.

Personne ne devait venir avec toi.

Ils ne sont pas au courant.

J'ai glissé sa part de l'argent dans sa poche en disant : Tu te conduis comme un idiot et un irresponsable. Un jour, Abou-Nahra va s'en rendre compte et il te mettra une balle dans la tête. Ni ton cousin, ni ta maman ne pourront l'en empêcher. Va maintenant, et dis-leur que tu étais allé pisser. C'est bien ce que tu leur as dit, non ?

Il n'a rien répondu.

Je suis monté encore plus haut et j'ai contemplé la vallée. Puis je me suis tourné face à la mer dans laquelle j'allais devoir plonger, couler jusqu'au fond et traverser à la nage un jour, nager jusqu'à l'autre rive et quitter cet endroit.

8

Georges est revenu d'Israël.

Il m'a appelé et je suis allé le voir chez lui. C'est Abou-Haddid qui a ouvert la porte. Il m'a embrassé, m'a posé une main sur la nuque et m'a fait asseoir près de lui en me tapotant l'épaule. Georges avait la peau tannée par le désert. Ils sniffaient tous les deux de la cocaïne sur une plaque de verre.

Tu veux une ligne de lait en poudre? m'a demandé Georges en indiquant la table à café.

Non, pas maintenant.

Il y avait trois lettres hébraïques sur son T-shirt. Il s'était rasé les cheveux. Il m'a paru plus musclé, moins bavard. Ses gestes semblaient plus lents, plus intenses. Il nous a servi du whisky et on a parlé du camp, du désert et de l'entraînement qu'ils avaient reçu.

Quand tu te glisses derrière un ennemi pour lui trancher la gorge, il faut l'attraper par le menton, pas par la bouche, parce que sinon il va te mordre, tu vois? Bon, on devait s'exercer. Paul Jeouriège, tu sais, celui qui habite à Karm Al-Zeïtoun? Mais oui Bassam, tu le connais, c'est lui qui conduit la Fiat blanche avec un aileron surélevé! Bon, alors il a mis la main sur la bouche de Bibo et pas sur son menton, tu me suis? Alors Bibo, qu'est-ce qu'il a fait, tu crois? Il se met à lui mordre la main, et pas question de le lâcher. Paul s'est mis à hurler de douleur : *W'yallah chidd ya Bibo chidd mitl ma chadd bayyak awwal layleh !*

Georges et Abou-Haddid ont éclaté de rire.

Écoute l'histoire de Georges, me dit Abou-Haddid. Écoute. Sur l'honneur de ta sœur, écoute bien. Ce type est un grand *fannas.*

Georges souriait dans l'euphorie de la coke. Il m'a regardé dans les yeux : Par l'âme perdue de ton père, Bassam, parle un peu à Abou-Haddid de Nicole, la jeune femme qui m'a donné son numéro à Broumana. Tu étais avec moi ce soir-là. Dis-lui, à lui.

J'ai dit : Oui, j'y étais. Elle est *hamcha, chalkha.*

Chalkha, hein ? dit Georges. En tout cas, je l'ai appelée. C'est un homme âgé qui a répondu, tu vois ? Je croyais que c'était son père, mais quand je lui ai posé la question, Nicole a répondu que non, c'était son mari.

Alors j'ai dit : Je devrais peut-être rappeler plus tard ?

Elle dit non, ne t'inquiète pas, et elle continue à parler tout naturellement, comme s'il n'y avait personne dans la pièce, tu vois ?

Alors j'ai continué à l'appeler tous les jours ; des fois je lui demandais ce qu'elle portait et elle disait rien, ou une petite culotte en dentelle, ou des fois juste un T-shirt.

Et puis on s'est mis à se dire des trucs cochons, mais son mari était toujours à la maison, tu vois ? Une fois, je lui ai demandé s'il était là et elle m'a répondu qu'il écoutait sur l'autre ligne. Je me suis dit : Mais qu'est-ce que c'est ce truc ? Du genre, peut-être qu'il n'est pas vraiment un homme, tu vois ?

La fois d'après, quand j'ai téléphoné, il a reconnu ma voix et il a dit : Ça va, Georges ? Viens donc nous voir un de ces jours. Et puis Nicole a pris le téléphone et on s'est mis à bavarder comme si de rien n'était.

Georges s'est approché de la plaque de verre, s'est agenouillé et a pris une ligne de cocaïne, bloquant une narine avec l'index pour mieux se remplir l'autre. Puis il a repris :

Alors, je suis allé les voir dans leur maison de Sursok. Une propriété très classe, tu vois. C'est la bonne qui a ouvert la porte. L'homme avait les cheveux blancs, il devait avoir dans la soixantaine, peut-être même plus. On aurait vraiment dit son père. Il portait une robe de chambre, des babouches et il fumait un gros cigare. Il m'a invité à entrer et s'est mis à me faire la conversation en français, tu vois ? Il m'a fait visiter la maison. Nicole arrive : elle m'embrasse sur la bouche, sous ses yeux ! Après, elle s'est tournée vers lui et l'a embrassé sur les joues en l'appelant *Loulou*. Lui, il l'appelait *Bébé*.

Ils ont ouvert une bouteille de vin de France. Nicole n'arrêtait pas de me regarder en souriant.

Moi, je les baiserais tous les deux, s'est écrié Abou-Haddid. Et la bonne avec.

Attends, écoute. Georges s'est levé, débordant d'énergie. Écoute. Nicole enlève ses escarpins et se met à me faire du pied sous la table. Après le dîner, la bonne quitte la maison.

Abou-Haddid lui a de nouveau coupé la parole : Moi, je baiserais la bonne. Je baiserais la bonne !

On est passés dans le salon, a repris Georges. Elle s'est assise à côté de moi et m'a pris la main, tu vois ?

Devant son mari ? s'est étonné Abou-Haddid.

Oui, sous ses yeux.

Je lui ai demandé : Et toi, qu'est-ce que tu as fait ?

Eh bien, j'ai dit : Excusez-moi, mais vous êtes vraiment mari et femme ?

Laurent (c'est le nom de son mari) m'a répondu : Ben oui, Georges, absolument. Tu plais beaucoup à Nicole. C'est quoi le problème, alors ?

Nicole s'est mise à m'embrasser. Elle a pris mon revolver en disant : J'aime les hommes forts. Regarde, Laurent. Regarde, mon chéri, et elle lui a tendu mon revolver, tu vois ? Laurent l'a examiné et a dit : C'est un vrai guerrier, lui. Alors elle a posé la main sur ma queue. Tout excitée, elle respirait fort. Elle s'est mise à genoux, elle a baissé ma fermeture éclair et sa tête s'est mise à monter, à descendre...

Devant lui ? a crié Abou-Haddid. Tu y crois Bassam, toi, à cette histoire ?

Georges l'a interrompu : Attends. C'est pas fini. Alors, elle est en train de me sucer, et le type se met à l'encourager. Il tape dans ses mains en chantant : Vas-y, Nicole, vas-y, Bébé, vas-y, Bébé. Quand j'ai joui, il a couru dans la cuisine pour aller lui chercher une serviette, il a pris son visage entre ses mains et lui a nettoyé la bouche. Et tout ce temps-là, il répétait : Bébé, mon petit bébé...

Ensuite, Laurent m'a demandé de partir : Il est tard, Georges. Nicole est fatiguée maintenant. Il m'a raccompagné à la porte et il m'a remercié : Nicole t'aime bien. Elle va te rappeler.

Est-ce qu'elle l'a fait ? a demandé Abou-Haddid.

Oui. Elle l'a fait.

Abou-Haddid s'est mis à rire : Je peux y aller avec toi ? Puis il a piqué du nez vers la plaque.

En me raccompagnant dans l'escalier, Georges a dit : Écoute, on dirait que la tension monte entre Najib et toi. Vous avez intérêt à vous entendre, sinon il vaut mieux tout arrêter. J'ai pas envie qu'Abou-Nahra s'en aperçoive. Il serait capable de m'ordonner de vous mettre tous les deux une balle dans la tête. Si tu as besoin d'argent, tu peux toujours t'engager dans les forces.

J'ai répondu : Parle à ton cousin.

Cette nuit-là, à travers les flammes d'un million de bougies en bataille dans les maisons du quartier, j'ai marché. Dans ces lueurs tamisées par les draps de nylon couvrant les vitres cassées, j'ai marché dans les rues sans chiens. Je marchais, les bougies dansaient dans la ville aux murs blessés, la ville privée de lumière, la ville brisée, enrobée de plastique, plâtrée de trous de balles.

Sur mon chemin, je suis tombé sur Oum-Dolly en route vers la prière du soir à l'église, un carré de dentelle noire sur la tête.

Je prierai pour ton âme égarée, mon fils. Grande est la colère de Dieu, et elle nous frappe tous.

J'ai répondu : Dieu est mort.

Oum-Dolly a poussé un grand cri et s'est signée comme si elle venait de rencontrer le Malin en personne. Je marchais en l'absence du soleil et j'ai bien cru voir le diable me filer le train, reniflant comme un chien les barils remplis de bouts de chandelles, de fragments de journal, d'abats de chèvres sacrifiées, de déjections corporelles, de gravats, de décombres, de merde, de déchets, d'ordures ménagères, d'épaves de bateaux et de verre pilé.

Derrière moi, j'ai entendu le lent cliquetis d'un moteur. Je me suis retourné : j'ai vu trois têtes se découper sur le pare-brise. Dans l'obscurité, j'ai entendu un homme m'ordonner de monter sur le trottoir. Me retournant de nouveau, j'ai distingué Najib accompagné de deux hommes qui m'étaient inconnus. En un clin d'œil, ils sont descendus de la voiture en faisant claquer les portières et se sont mis à me bousculer. J'ai senti un coude s'enfoncer sous mon menton, un bras me serrer la gorge. L'un des hommes m'a pris la main et me l'a tordue derrière le dos ; son compagnon m'a poussé sur le trottoir. Ils m'ont acculé contre une porte en métal. Najib s'est approché et m'a chuchoté à l'oreille : Ne t'approche plus jamais des machines, tu m'entends ? Ne pense même plus à montrer ta vilaine gueule parce qu'on va te la défoncer.

J'essayais d'atteindre mon revolver, mais je luttais pour reprendre mon souffle et j'avais la main droite coincée entre les omoplates.

Tu vas nous rapporter ce que tu nous as volé, sinon mes amis de l'armée vont aller te voir chez toi, a murmuré Najib d'un ton autoritaire qui détonnait avec son timbre de gamin. Tirant de plus belle sur mon bras, les deux gorilles m'ont étendu par terre. Couvrant ma tête, je me suis replié comme un ver sous la terre noire et j'ai attendu que les semelles des géants me tombent dessus comme les larges feuilles d'arbres titanesques dans une forêt de colosses. Ils sont tombés à bras raccourcis sur mes côtes et mon visage. Leurs pieds se sont joints à leurs poings. Ça me pleuvait dessus comme si j'avais gagné le gros lot. Najib s'est éloigné après m'avoir craché dessus.

Je les ai regardés remonter dans l'auto en refaisant claquer les portières et s'éloigner vers la rue de l'Hôpital. Comme un démon, je me suis secoué et j'ai couru avec la fureur de mille dieux vengeurs, bavant un sang de miel et des promesses empoisonnées comme une hyène enragée, comme une lame perçant une bête à la gorge. J'ai sauté une clôture et (tel un éclair courroucé, tel le ventre en feu d'un cheval de Troie, tel un cobra dressé dans la vallée de l'Indus) j'ai couru vers la ruelle qui menait à la rue de l'Hôpital. Une autre clôture. Je l'ai franchie et j'ai atterri pile dans la rue. Lentement, les phares de l'auto se sont approchés vers moi. J'ai dégainé mon revolver, je l'ai armé et je me suis planté au milieu du chemin. L'auto s'est arrêtée et s'est mise à reculer dans la rue étroite, se cognant dans les voitures garées à gauche et à droite. J'entendais Najib glapir comme une souris sous la patte d'un lion. J'ai tiré droit vers l'auto et touché le phare droit. J'ai sauté sur le côté de la rue, près d'un mur, là où il faisait le plus sombre. Les deux mains tendues, le doigt sur la gâchette, j'ai marché vers l'auto sans me presser. Najib a hurlé : *Rja' ya Allah, rja'!* J'ai tiré deux autres coups dans le phare gauche. Les trois têtes noires voletaient comme des oiseaux prisonniers d'une cage de verre. Je saignais de la main gauche. J'ai mordu ma lèvre gonflée, ignoré mes côtes meurtries et je leur ai demandé de descendre lentement. J'ai dit : Lentement. Puis, lentement, j'ai redit : Lentement.

Najib est descendu le premier. Les deux autres sont venus vers moi, les bras en l'air. Je les ai tous fait coucher par terre, à plat ventre, devant le pare-chocs de la voiture, sous une lune délirante, alignés sur mes chaussures, juste sous mon souffle haletant, mon sang dégoulinant, mes yeux luisants de prince des ténèbres. Najib pleurait d'une voix éraillée de bébé affamé.

Je les ai fouillés : ils n'avaient pas d'armes. J'ai ordonné à Najib de rester et j'ai laissé filer ses deux copains.

On a pris l'auto. Je suis monté devant. Najib conduisait. Il a pleuré pendant tout le trajet. Il puait la pisse. Sur son pantalon, une longue flaque humide lui descendait jusqu'aux genoux. Bredouillant à travers ses larmes, il m'implorait tout en obéissant à mes directives.

Quand on est arrivés sous le pont, je lui ai demandé de descendre. Il s'est agrippé au volant et s'est mis à se balancer d'avant en arrière en sanglotant, me suppliant de ne pas le tuer.

J'ai dit : Descends. Je te ferai pas de mal. Descends. C'est tout.

Je suis tout mouillé, a-t-il bredouillé. Dis-moi seulement ce que tu veux.

Descends.

Il a ouvert lentement la portière. Avant qu'il ne parte en courant, je l'ai saisi par le collet, plié par la taille sur le capot brûlant et je lui ai flanqué le canon juste au-dessus de l'oreille.

Les deux types avec toi, qui c'était ?

Il a crié : Je les connais pas.

Ils sont dans l'armée, je le sais. Il doit bien savoir quelque chose, le petit Najib. Qui les a envoyés ?

Le petit Najib pleurait, me suppliait sur tous les tons de ne pas le tuer.

Bon, voilà comment ça va se passer. Tu parles, je te tue pas. Tu parles pas, je joue à la roulette russe avec l'arme automatique que j'ai dans la main. Combien t'as de chances, tu crois ? Parle, ou je bazarde ton corps et tes souliers de luxe dans l'égout. Les rats vont se régaler. Ils aimeraient beaucoup sucer ton parfum français derrière tes oreilles. *Ya chic inta.*

Najib a tressailli. Un jet tout frais de pisse chaude s'est déversé sur ses chevilles.

J'ai repris : Qui c'était ?

Najib protestait à grands cris qu'il ne les avait jamais vus de sa vie.

Bon, aux rats, alors !

Non ! Non ! Attends. C'est des potes à De Niro. S'il te plaît, ne lui dis pas que je te l'ai dit. Je t'en supplie sur la tombe de ta mère.

J'ai répondu : Je prends l'auto. Toi, tu rentres à pied ; ça te séchera.

Je me suis garé sous les hauteurs d'Achrafieh et j'ai ouvert le coffre à gants. Il contenait une lampe torche et une feuille de papier. C'est un laissez-passer militaire pour les postes de contrôle. Le nom de Najib était écrit dessus. Je l'ai pliée et je l'ai mise dans ma poche.

J'ai fouillé le reste de l'auto, mais je n'ai rien trouvé d'autre : pas de papiers d'identité, pas d'armes. Je suis descendu, j'ai fermé la porte du conducteur et j'ai grimpé la colline, traversant le quartier syriaque. Armée d'un balai, une femme chassait vers la rue la poussière du pas de sa porte. Quand je suis arrivé à sa hauteur, elle s'est interrompue et m'a toisé longuement. On s'est observés un instant ; j'ai poursuivi ma route ; les crins de son balai ont repris leur va-et-vient.

La lune tombait du ciel, colorant la lessive tendue sur les petits toits. En haut, le paradis des chrétiens s'illuminait d'étoiles. Le fond des ruelles était plongé dans l'ombre.

J'ai monté la côte en soufflant, longeant les fenêtres des rez-de-chaussée. À petits coups d'œil rapides et prédateurs, je prélevais des images de photos sépia, ancêtres défunts au visage empreint de remords, images de vases flamboyants, fleurs en plastique, divans archaïques souillés de péchés surannés, tableaux romantiques, vert des vallées pittoresques et rouge des maisons de brique, tables massives entourées de chaises vampiriques sous des icônes crucifiées aux murs verticaux. J'entendais des sons, aussi : casseroles entrechoquées, couteaux à découper, ondes radio ultraviolettes qui faisaient courir les chiens après leur queue. Dehors, dans les cours, des bras flasques épinglaient la parade du linge en rangs cadencés comme les frises qui ornent les balcons de Venise. Et l'odeur d'un bouillon de poulet mijoté, le son d'un orchestre de mains parfumées à l'oignon heurtant des couteaux sur les planches à découper dans un crescendo évoquant celui d'une chorale de castrats, et le silence araméen des larmes répandues un jour de tempête sur le corps clouté du fils de Yahweh et celui, ballant, de son compagnon, le voleur innocenté.

Georges m'a offert une chaise.

Il a ouvert son carton de cigarettes, en a allumé une et a jeté les Marlboro sur la table.

Tout est réglé entre Najib et toi?

Sans me laisser le temps de répondre, il a ajouté : Oublie les machines à poker. J'ai autre chose à te proposer.

J'avais les yeux rivés sur lui. Pas de cigarette brûlante à mes doigts ; le seul feu était celui qui me brûlait la gorge et me piquait les yeux. La colère se déversait dans ma poitrine, des images de mon enfance ricochaient sur la table : deux gamins pissaient en diagonale sur des murs en coin, visaient les colombes avec des fusils de bois, volaient des bonbons avec leurs petites mains, faisaient dévaler à des pneus les collines de la ville à coups de brindilles, chaussés de sandales bon marché, les poches pleines de billes et la bouche de *chewing-gum* violet, pourchassaient Indiens et lions d'Afrique avec des lance-pierres et des flèches gauchies, priaient sur leurs genoux écorchés, se confessaient dans une langue étrangère, entourés de flammes qui dansaient comme nos cigarettes volées dans la nuit, dans les ruelles exiguës et sous les escaliers.

Georges a levé son verre : Au whisky.

D'un ton sarcastique, j'ai répété : Au whisky.

Il y a de l'argent à faire avec le whisky. Travaille avec moi pendant quelques mois. Oublie ce casino minable, amasse ton argent et pars.

Je ne m'engagerai pas dans ta milice.

Non, tu n'auras pas besoin. Ça, c'est sur le côté. Du mauvais whisky de Roumanie, quelques milliers d'imitations de bouteilles Johnny Walker et de copies d'étiquettes. Mets tout ça ensemble, et hop! un Johnny prêt à livrer. Le fabricant veut expédier quelques centaines de caisses du côté musulman. Tu charges un camion, tu vas trouver quelqu'un au centre-ville. Tu livres la marchandise et voilà.

Qui est dans le coup?

Personne; que toi, le fabricant et moi.

Et Abou-Nahra?

Abou-Nahra, il n'est pas si important que ça.

Tu seras avec moi?

Non. C'est toi qui assures la livraison tout seul. Je t'obtiendrai un laissez-passer pour le cas où on t'arrêterait. Pour commencer, ça sera une fois par semaine. En quelques semaines, tout le côté ouest en réclamera à genoux.

J'ai rétorqué : C'est un truc qui se fait à deux.

Ouais… à qui tu penses?

Je te tiendrai au courant.

Ne tarde pas trop. La première cargaison est prévue pour la nuit de jeudi. L'homme attend. J'ai pensé à toi le premier. Je pense toujours à toi.

J'ai dit : On pense toujours à soi d'abord et avant tout. Je lui ai relancé son briquet et je suis parti.

9

Appuyé sur le bord de la véranda, je regardais passer les chrétiens. Chargés de filets à provisions, les fidèles passaient au trot comme des chevaux ; au bout de la rue, ils se penchaient sur les carrioles des marchands qui vendaient des légumes et des articles de cuisine. Dès que les camelots donnaient de la voix, les ménagères sortaient sur leur balcon pour leur lancer des paniers, de l'argent et des cordes. Du haut du ciel, elles négociaient à la douzaine et triaient les marchandises sur le volet en faisant battre leurs longs cils. Leurs commandes se répercutaient sur les murs pilonnés, les paniers pleuvaient des vérandas comme des seaux plongés dans la noirceur d'un puits. Une fois les corbeilles remplies, ces femmes, tels des mineurs, tiraient sur les cordes, allumaient des feux et faisaient cuire le repas avec de la sauce rouge dans des casseroles en métal.

J'ai vu passer Rana en bas. Elle gardait la tête penchée vers le sol. Arrivée au bout de la rue, elle a fait demi-tour et elle est repassée sous ma véranda. Elle attendait que les ménagères rétractent leurs cordes et les longues langues qu'elles insinuaient dans toutes les portes, enroulaient autour de chaque oreiller, glissaient dans les lits comme des serpents, coulaient sous les jupes des jeunes filles pour calculer leur cycle menstruel et vérifier l'intégrité de leur hymen.

Je me disais : ces langues qui lèchent la sauce sur les cuillers en bois. Ces langues qui maudissent les morts, qui suspendent aux balcons et aux toits le linge et la vie des gens, ces langues qui disent…

Quand elle a fini par atteindre ma porte, Rana m'a annoncé : Ma mère m'a dit soit Bassam vient demander ta main, soit il arrête de rôder comme un chat sous ta fenêtre.

J'ai répondu : J'ai un plan. Un peu de patience.

Je ne peux plus revenir ici, Bassam. Abla, *haydi'ssersarah,* m'a vue entrer dans l'immeuble l'autre jour, et elle a dit que les quarante jours de deuil ne sont pas terminés. Dans ce quartier, les gens n'ont rien d'autre à faire que de s'épier et de commérer toute la journée. J'en ai assez, Bassam, j'en ai par-dessus la tête de cette guerre et des gens d'ici. Bassam, je veux m'en aller. Partons sans attendre. Tu ne vas pas passer le reste de ta vie à soulever des paquets au port.

J'ai répété : J'ai un plan. Bientôt. Bientôt on met les voiles, *khalas.* Je l'ai prise par la taille, embrassée sur les lèvres, j'ai relevé sa jupe et frôlé ses courbes de ma main. Chaleur et humidité s'écoulaient doucement, chaleur sur le bout de mes doigts, chaleur de ses lèvres gercées, chaleur sur la langue et les doigts salés, doigts s'emmêlant dans les poils frisés, doigts ouvrant la chemise, doigts rampants, doigts étouffés sous l'oreiller.

On a grillé deux cigarettes et Rana m'a dit : J'ai vu Georges l'autre jour. Il était au volant d'une BMW neuve. Elle est à lui ?

Pas sûr. Ça doit être celle d'Abou-Nahra.

Je me promenais avec mon amie Leila, a repris Rana, on regardait les vitrines en bavardant et l'auto s'est arrêtée juste devant nous, une super auto sport. Je n'ai pas reconnu Georges sur le coup parce qu'il portait des lunettes noires. Mais il les a enlevées pour nous demander si on voulait monter. On a répondu : Non merci, on ne va pas loin. Mais derrière lui, les voitures se sont mises à klaxonner et comme la portière était déjà ouverte, on est montées. Il nous a ramenées ici… Il est vraiment drôle. Il faisait jouer de la musique arabe à fond la caisse et il conduisait comme si c'était une course… Tu ne dis rien, Bassam… Ça me tue, ton silence me tue. Tout ce que tu veux, c'est me toucher. Je viens te voir et tu ne penses qu'à m'enlever mes vêtements, mais après, tu restes allongé, tu regardes le plafond et tu fumes, tu ne dis jamais un mot. Ça me tue.

Plus tard, je suis allé chez Georges. Vêtus de chemises en coton, de jeans Levi's et de ceintures de cow-boy, plusieurs membres de son peloton étaient avachis sur les divans. J'ai aussi reconnu Nicole, la fille de Broumana. Laurent, son mari, était soûl. Il parlait de l'Afrique. Des autoroutes de cocaïne s'étiraient sur plusieurs miroirs. Comme autant de tuyaux d'aspirateurs, penchés sur le verre, un nez après l'autre transmettaient la poudre blanche aux molécules des yeux grandis, anesthésiés. L'appartement était rempli du brouhaha des invincibles guerriers, des rires vomis par leurs dents luisantes. Emplissant la cuisine de leurs vastes épaules carrées, les guerriers joignaient à la musique leurs voix autoritaires, faisaient pleuvoir leurs lèvres sur les joues les uns les autres avec d'héroïques louanges, visaient de leur regard de tireur d'élite l'ondulation serpentine des culs qui passaient à leur portée. Il y avait de quoi manger, de quoi boire, de quoi parler, de quoi fumer.

Appuyé au mur, une bière dans la main, j'ai discuté avec plusieurs personnes : Fadi, Adel, Raymond, Souha, Chantal, Christine, Maya, Souhaïl et puis Georges qui souriait, euphorique.

Il m'a dit : Amuse-toi pour l'instant, on parlera plus tard. À l'intérieur, il y a une fille qui saigne du nez.

Je lui ai répondu : Je vais demander à un de tes amis soldats, Joseph Chaïben, de m'aider avec la combine de whisky.

On parlera de ça demain, a-t-il répété en m'embrassant sur la joue. Et il s'est éloigné vers *Bébé* et Monsieur Laurent, son mari, en répétant : T'es mon frère, t'es mon frère.

Ah, tu es venu pour le thé, a lancé le fabricant en m'ouvrant la porte. Écoute. C'est pas compliqué. Je m'occupe de vous mettre en contact. C'est les affaires ; tout le monde doit boire. Tu as mangé ?

J'ai dit oui.

Il faut que tu goûtes au *bamiah* de ma femme. Viens, assieds-toi et mange.

Non, j'ai déjà mangé. La prochaine fois, merci.

Il m'a demandé : Tu aimes le whisky ?

J'ai répondu : seulement quand il est bon.

Le fabricant a éclaté de rire : Bon, alors je ne t'offrirai pas du mien. J'ai bien connu ton oncle, en passant. Toujours à se mêler de politique. Je lui répétais : Arrête de perdre ton temps avec toutes ces activités. Mais c'était un vrai socialiste : il adorait manifester ! À l'entrepôt, demain, c'est mon fils Hakim qui s'occupera de charger ton camion. Tout ce que tu as à faire, c'est livrer la marchandise ; tu n'as pas à toucher à un seul billet. Ton contact s'appelle Ali. Georges t'a expliqué où c'était ?

J'ai dit oui.

Tu seras seul ?

Non.

Il a répété : C'est juste les affaires. Rien à voir avec la guerre ni la religion. Chrétiens, musulmans : rien à voir.

Joseph et moi, on a roulé jusqu'à Al-aswak. Personne dans les rues. Des petites plantes poussaient entre les fissures du trottoir, vivaient sous les arcades en ruines, luisaient sur le pas des boutiques pillées, jaillissaient des entrailles des sacs de sable défaits, prenaient racine dans les édifices désertés du gouvernement, hantés par la nostalgie du bon vieux temps où des bureaucrates paresseux longeaient leurs interminables couloirs, roupillaient sur leurs bureaux de métal, plongeaient leur moustache dans le café sirupeux, étalaient sur leur orgueilleuse poitrine velue leurs minces cravates, agitaient la main pour écarter les mouches, recevoir les pots-de-vin et sceller d'une poignée diverses magouilles de testaments falsifiés, de toits illégaux, de certificats de renaissance, de divorces religieux, de conduites d'eau contaminée, de permis de conduire précoces, de billets de banque périmés, de constructions boiteuses, d'égouts démantibulés, de titres de voyage souillés, de récoltes clandestines, de plantes hallucinogènes cultivées dans la vallée de Bekaa, aux marches d'Héliopolis, où Faïrouz, de sa voix gémissante, chantait la nuit sous les étoiles dont la lumière avait guidé vers le Sud les trois Babyloniens venus de l'Est jusqu'à l'étable où ruminaient les vaches et où l'enfant suçait le lait des noirs mamelons charnus de la Vierge.

C'était moi le chauffeur et Joseph le navigateur. Je connais cet endroit comme le fond de ma poche, m'avait-il assuré. Tourne à droite ici, près du baril. Arrête.

J'ai sorti mon revolver, on est descendus du camion et on s'est postés à côté. Joseph a dégainé son AK-47 et s'est mis en position près du véhicule :

Chaï, venez le chercher. *Chaï!* a-t-il répété.

À l'étage d'un immeuble désert, un homme a sifflé.

J'ai demandé : Ali ?

Bassam ?

Oui.

Au signal d'Ali, deux jeunes garçons sont sortis de derrière un tas de sacs de sable : vêtements usés, tongs en plastique, mines charbonneuses.

Je suis remonté dans le camion et j'ai braqué son derrière sur le secteur ouest de la ville. De leurs bras en allumettes, les petits gars ont sorti les caisses et les ont portées à l'intérieur.

J'ai annoncé : Ça fait quarante.

Mahmoud, tu as compté combien il y avait de caisses ?

Quarante, a répondu la petite voix depuis l'intérieur. *Arba'in. Twakkal 'ala Allah.*

Kassak, et faites attention aux mines en rentrant, leur a crié Joseph.

Dix mille aiguilles avaient déjà percé le bras de Nicole, mais je lui en avais apporté un autre sachet à déballer. Penché sur la cuisinière, une cuiller à la main, Monsieur Laurent faisait chauffer du liquide et broyait de la poudre.

Tiens Bébé, mon amour. Tiens.

Quand le garrot s'est desserré autour de son bras, Nicole m'a souri : C'est à toi ou à Georges que je dois donner l'argent ?

J'ai répondu : À Georges.

J'ai redescendu les marches et plongé dans la ville, jusqu'aux murs de l'église où je me suis assis au pied de l'escalier pour fumer. Seuls quelques chats passaient, quelques fusils miaulaient, quelques talons léchaient la terre, quelques cloches sonnaient par-dessus les toits.

Georges a fini par se pointer, flanqué d'Abou-Haddid.

Il m'a demandé : Comment elle va, la junkie ? Et le vieux, il s'est piqué, lui aussi ?

Non.

Elle t'a payé ?

Non, je lui ai dit de te donner l'argent. T'aurais pu me dire ce qu'il y avait dedans… Je me suis interrompu. Tu as ma part, pour le whisky ?

L'homme ne m'a pas encore payé. Dès qu'il le fera, je m'occuperai de toi, ne t'inquiète pas.

J'ai ajouté : La prochaine fois, dis-moi à quoi m'attendre. Je ne suis pas ton *pusher* privé. Et puis je suis parti.

Georges a crié mon nom, mais je n'ai pas répondu.

Le lendemain, je suis resté au lit toute la journée. Je flottais. La fumée du tabac se répandait autour de moi, s'élevant jusqu'au plafond où elle se rassemblait en nuée grise. Des bombes s'abattaient au loin. Sous mon lit, l'assiette débordait de cendres et de mégots jaunes de Marlboro aux têtes écrabouillées, aux postures de bossus. La lueur de la chandelle qui me tenait compagnie baignait l'album de bandes dessinées que j'avais dans la main. Mes pantoufles m'attendaient sous le lit comme Milou, le chien de Tintin. Quand j'ai entendu frapper à ma porte, j'ai tiré mon pistolet de sous l'oreiller et vite, j'ai soufflé la bougie. Je suis allé en pantoufles jusqu'à la porte et j'ai collé un œil sur le judas. Je n'ai vu qu'une ombre.

Je me suis éloigné de la porte : Qui c'est ?

C'est moi, Nabila. Bassam, ouvre cette porte.

J'ai obéi.

Pourquoi te caches-tu dans l'obscurité ? Vole un cierge à un prêtre, mets le feu à la maison, mais ne te cache pas comme un spectre errant.

Nabila m'a suivi jusque dans ma piaule. J'ai balayé la table du revers de la main ; je cherchais la boîte d'allumettes. Quand je l'ai trouvée, je l'ai agitée comme une percussion brésilienne, j'en ai gratté une sur le bord rugueux de la boîte et le visage de Nabila s'est illuminé.

Que tu es maigre, encore jaune et maigre. Si tu veux, je peux venir demain te cuisiner des petits plats et ranger la maison.

J'ai dit : Non.

Tu as vu Gargourty ?

Hier.

Moi, ça fait une semaine. J'ai appelé à son magasin et on m'a dit qu'il n'y travaille plus. Je suis allée chez lui à plusieurs reprises, mais il n'est jamais là. Personne ne l'a vu. Oum-Adel, sa voisine, m'a dit qu'elle ne le voit pratiquement jamais.

Il doit être occupé.

À quoi faire?

À travailler.

Quel genre de travail?

Je sais pas, ce qu'il trouve.

Comme quoi? Qu'est-ce qu'il devient? Il travaille pour Abou-Nahra?

Oui.

Mais de quoi s'occupe-t-il?

De sécurité.

De sécurité! Nabila s'est mise à crier. La sécurité de quoi? Je vais l'appeler, cette grosse brute d'Abou-Nahra. Je vais lui téléphoner. Si on fait du mal à un seul cheveu de la tête de mon neveu, je maudirai sa défunte mère dans sa tombe. Bassam, il faut que tu parles à Georges. Toi, il t'écoutera. Vous êtes comme des frères. Il faut qu'il fasse des études.

J'ai répondu: Je vais quitter le pays.

Pour aller où?

Rome, Paris, New York, là où je pourrai aller.

Prends-le avec toi. Emmène-le. Parle-lui. Oui, partez, tous les deux. Allez en France. Je vais te donner le nom du père de Georges, cette poule mouillée, je vais lui demander d'envoyer à son fils de l'argent et un passeport français. Je vais lui demander des papiers pour Georges, je vais lui dire que son fils est perdu. Je vais lui suggérer d'inviter Georges pour un petit voyage, pour les vacances. Que la Sainte Vierge t'ouvre toutes les bonnes portes, Bassam. Aide ton frère. Viens-lui en aide. Quand pars-tu ?

J'attends de recevoir une certaine somme d'argent.

De l'argent, je t'en donnerai si tu vas trouver le père de Georges.

Non, je vais m'arranger.

Regarde-moi cette maison, Bassam ! Nabila s'est mise à récolter les verres, les cendriers débordants et les vêtements qui traînaient par terre.

J'ai dit : Laisse ça.

Mais elle n'arrêtait pas de ramasser des objets qu'elle disposait en petites piles comme le faisait ma mère.

Je l'ai saisie par le poignet, je lui ai arraché l'oreiller qu'elle tenait et je l'ai lancé contre le mur : J'ai dit laisse ça.

Nabila a pris ma main dans la sienne et m'a caressé le visage. Maintenant que tu habites seul, tu dois prendre soin de toi. Ne vis pas dans la saleté comme un rat. Ouvre la fenêtre. Ici, ça sent la cigarette et la transpiration. Mais regarde-toi. Regarde-toi un peu : négligé, pas rasé.

Elle a repris sa main et m'a embrassé la joue, elle est sortie dans le couloir obscur et elle est descendue dans la rue.

C'était la deuxième livraison ; Joseph et moi, on avait fait charger dans le camion soixante boîtes de Johnny Walker. Joseph a tendu le bras vers une caisse, l'a ouverte et en a sorti une bouteille.

J'ai dit : Ne bois pas ça. Tu risques de t'empoisonner avec cette merde. Il fait trop beau pour mourir aujourd'hui.

Personne ne meurt jamais avant son temps, a répondu Joseph.

Je l'ai taquiné : Tiens, un guerrier fataliste.

Écoute-moi, je vais te raconter une histoire et on verra bien si tu crois au destin ou non. On était sur la *jabhah*. Tu connais Youssef Acho ? Le Syriaque ? Un jeune, on l'appelle aussi RBG.

Non.

Toujours est-il que c'était sa semaine de garde. Et moi, ce jour-là, j'étais responsable du front. Je vois arriver une femme, une vieille femme en noir qui marchait vers nous, tu m'entends ? J'ai pris l'arme des mains du tireur d'élite pour regarder dans la lunette d'approche. Quand j'ai vu une grosse croix sur sa poitrine, j'ai su qu'elle était des nôtres. Je lui ai lancé : *Ya khalti,* où allez-vous ?

Elle m'a répondu qu'elle venait voir son fils Youssef. Cette femme, elle avait dû marcher sur une dizaine de mines sans aucun problème. Elle était apparue de nulle part, comme un esprit.

J'ai appelé Youssef. Il était dans l'autre bâtiment. Le chemin le plus court pour lui, c'était de traverser une petite rue, sauf qu'elle était dans la ligne de mire d'un tireur. L'autre chemin était beaucoup plus long parce qu'il fallait faire tout le tour. Quand Youssef a entendu que sa mère était là, il a traversé la rue du tireur. Il ne lui restait plus que quelques mètres à parcourir quand une balle lui a frôlé l'oreille, le manquant de justesse.

Dès que sa mère l'a vu, elle s'est mise à pleurer. Elle lui a raconté qu'elle avait fait un rêve affreux et que son cœur lui disait qu'il allait se passer quelque chose d'atroce.

Youssef était furieux contre elle. Il l'a prise par le bras et s'est mis à l'injurier, à la bousculer, à lui crier au visage de s'en aller, la traitant de vieille folle.

Je lui ai donné une claque sur la tête et je lui ai dit de respecter sa mère et de ne jamais lui parler sur ce ton. Et je lui ai ordonné de quitter la *jabhah* : Je ne veux pas de gens insolents comme toi dans mon peloton.

Je lui ai commandé de prendre une jeep et de conduire sa mère à la maison. Bon, arrivé chez lui, le type se déshabille. Sa mère lui fait chauffer de l'eau, prépare la salle de bains et rentre chez elle. Pendant qu'il se lave, une bombe tombe sur la salle de bains et le tue. Déchiqueté en cent mille morceaux. Sa mère est devenue folle. Aujourd'hui, elle ne quitte plus les marches de l'église Saydé. C'est là qu'elle prie. C'est là qu'elle vit. Elle a fait un vœu : depuis la mort de son fils, elle ne s'est plus jamais baignée ni lavée. Alors, que dis-tu de cette histoire ?

J'ai dit : Allez, bois.

Joseph et moi, en route vers notre rendez-vous avec Ali, on est tombés sur deux jeunes garçons à Al-aswak. Plantés au milieu de la rue, ils agitaient la main dans notre direction. L'un des deux avait les cheveux frisés et portait des baskets déchirées ; l'autre était en jeans et en sandalettes. Le petit aux cheveux frisés tenait un AK-47, l'autre un revolver qui dépassait de sa ceinture de maigrichon.

J'ai arrêté le camion, ouvert la portière et marché vers eux, suivi de Joseph.

Un des garçons a crié : Restez dans le camion !

Je l'ai apostrophé : Qui commande ? Qui est-ce qui commande ici ?

Moi, a répondu le garçon. Remontez dans le camion.

Je l'ai ignoré. Pas bougé d'un iota.

Où vont les *chabéb* ? a demandé le garçon.

Qu'est-ce que ça peut te faire ? a répondu Joseph.

Ouvrez l'arrière du camion et ne posez pas trop de questions, a ordonné l'enfant.

Joseph s'est fâché : Dites-nous qui vous êtes ou foutez le camp !

Le petit fait deux pas en arrière et, non sans difficulté, il arme son fusil et nous le braque dessus. Son copain est accouru en traînant les pieds, vacillant sous le poids de son arme, visant Joseph au visage. Ouvrez ce camion, a crié le premier gosse. Ouvrez-le ! J'étais dans la mire de son fusil, qui devait faire deux fois son poids et trois fois son âge.

Joseph et moi, on a marché vers le camion. Les deux mômes couraient derrière nous.

J'ai dit : la porte de derrière est verrouillée. Faut que j'aille en avant chercher la clé.

Les deux petits m'ont filé le train tandis que j'ouvrais la portière. J'ai tiré sur la clé d'une main, me dépêchant de tendre l'autre vers le ceinturon que Joseph avait laissé sur le siège du passager. J'ai pris le premier truc qui dépassait : une grenade. Laissant tomber les clés sur le plancher du camion, j'ai plongé sous le volant, assuré ma prise sur la goupille et tiré sur la tige de métal. Puis je me suis retourné vers les mômes et j'ai tendu le bras vers leurs petites têtes :

Laissez tomber vos armes, *ya ikhwet'charmouta*. Je me fous complètement de Dieu et de son bienheureux royaume. Je vais ouvrir la main et nous serons tous transformés en morceaux de viande.

Hein, *ya wled'charmouta,* ça vous apprendra à vous frotter à l'armée ! leur a crié Joseph en tirant son fusil qu'il a pointé vers leurs frimousses. Laissez tomber vos flingues ! Bassam, compte jusqu'à trois. S'ils ne laissent pas tomber leurs pétards, tu ouvres la main. Personne ne vient nous emmerder !

C'est le petit au revolver qui l'a posé le premier. L'autre s'est agrippé à son AK-47 un bout de temps, puis il s'est mis à cligner des yeux et à inspirer par le nez de plus en plus vite. Dès que la main qui tenait la *kalach* a commencé à baisser, Joseph s'est jeté sur les deux armes, giflant l'un des garçons tandis que l'autre battait lentement en retraite avant de prendre ses jambes à son cou pour disparaître dans une ruelle.

Celui qui restait, Joseph le tenait solidement par son T-shirt. Il l'a balancé comme un sac de farine, l'a traîné sur le pavé et lui a hurlé en le bourrant de coups de pied : *Ya kalb*, pour qui tu te prends de nous arrêter comme ça ?

Le mioche a fondu en larmes et s'est caché la face dans ses bras maigres.

Je vais t'envoyer pourrir dans une cellule, *ya kalb.*

J'ai marché vers un immeuble vide, lancé la grenade dans une fenêtre et plongé vers le sol. Son explosion s'est réverbérée dans le monde entier. Ensuite, j'ai écarté Joseph du gamin. Sa petite tête saignait. Il avait le nez tout écrasé. Baissant les yeux, il a balayé le sang du revers de la main en sanglotant comme l'enfant qu'il était.

Je lui ai demandé : D'où viens-tu ?

On habite ici, à Al-aswak.

Pourquoi vous vouliez qu'on ouvre le camion ?

Il a craché du sang avant de répondre : On cherchait quelque chose à emporter.

Emporter où ?

Quelque chose à vendre. On savait pas que vous étiez dans la milice.

Et les armes, vous les avez eues comment ?

On les a prises sur un soldat mort, un Syrien.

Quel âge tu as?

Quatorze ans.

Comment tu t'appelles?

Hassan.

Putain de musulmans. Dans notre secteur! a crié Joseph en dégainant son revolver. Laisse-moi achever cette petite merde!

J'ai retenu le bras de Joseph, je l'ai poussé dans le camion.

Quand je me suis retourné, j'ai vu le petit s'esquiver, franchissant d'un pas bancal les murs bombardés de la ville.

Dans le camion, Joseph se tenait les côtes en m'appelant *Majnoun.*

C'est comme ça qu'on va t'appeler: *Al-Majnoun,* dit-il. Tu aurais pu nous tuer tous avec cette grenade russe. Tu ne pouvais pas en choisir une pire à ouvrir; ce sont les plus imprévisibles. Elles peuvent mettre une seconde ou trois minutes avant d'exploser. Dans les deux cas, c'en était fini de nous. *Majnoun.* Il riait de plus en plus fort... *Majnoun!*

Quand on est arrivés au rendez-vous, Ali et ses gars nous attendaient de pied ferme. Pendant que les jeunes vidaient le camion, Ali est venu vers moi et m'a offert une cigarette.

Je lui ai demandé comment ça se passait de l'autre côté.

Avant, on vivait tous dans la même ville, et maintenant on appelle ça l'autre côté, a soupiré Ali en secouant la tête. Tu y es déjà allé, de l'autre côté?

Il y a longtemps, quand j'étais jeune. J'ai de la famille de ce côté-là.

Ah oui?

Ouais, un oncle communiste.

Comment il s'appelle?

Naïm Al-Abyad.

Je le connais, ton oncle, s'est étonné Ali. On a combattu ensemble. Maintenant, il occupe un poste élevé dans le parti communiste. Vous communiquez de temps en temps?

Non, ça fait un bail.

Voyant Joseph approcher, j'ai fait un clin d'œil à Ali et on a changé de sujet.

Le déchargement du whisky était terminé. J'ai dit à Joseph que j'avais envie de pisser. Je suis allé derrière un mur, j'ai fait signe à Ali et je lui ai demandé: Vous pourriez trouver mon oncle et lui dire que ma mère est morte?

Il a baissé la tête: *Allah yirhamha*. Je vais me mettre en contact avec ton oncle.

10

Au milieu de la nuit, je me suis réveillé en entendant frapper. Quand j'ai ouvert la porte de l'appartement, j'ai vu Monsieur Laurent dans le couloir, une bougie à la main. Je l'ai invité à entrer.

Je cherche Georges, m'a-t-il dit.

Vous êtes allé voir chez lui?

Oui, il n'est pas là.

J'ai suggéré : Il est peut-être de service.

Où? C'est urgent.

Allez voir à la *sakaneh*. Ou alors il est peut-être en mission. Il a dit quelque chose à ce sujet la semaine dernière, pendant la fête chez lui.

Je cherche un shoot pour Bébé. Elle tremble.

Je ne peux rien faire pour vous, Monsieur Laurent.

C'est urgent.

Pourquoi vous ne l'amenez pas dans un centre de désintox?

Oui, j'attends qu'une place se libère dans une clinique en France... Un changement de sang... Ils font des changements de sang.

Monsieur Laurent, pourquoi faites-vous ça?

Pourquoi je lui donne tout, à Bébé?

Pourquoi vous la laissez faire tout ce qu'elle veut?

Je peux te prendre une cigarette?

Oui. Vous voulez un café?

Non. Mais pour répondre à ta question, vois-tu, à une certaine époque, nous autres Libanais, on était les rois de l'Afrique. Les intermédiaires par excellence : nous prenions des commissions à gauche et à droite. Cet endroit, c'est nous qui l'avons bâti. Quand j'ai quitté mon village natal, j'ai pris un bateau pour rejoindre mon oncle français en Afrique. Toi et Bébé, vous n'étiez pas encore nés, ni l'un ni l'autre. Tout ce que je voulais, c'était mettre un peu d'argent de côté, travailler avec mon oncle un certain temps et puis rentrer dans mon village, sur ma colline natale, construire une maison et me marier avec une fille du coin, une fille bien.

Mais à force de vendre des tissus dans les jungles et les taudis, la communauté s'est enrichie. Nous sommes devenus les intermédiaires des Français, des Portugais, de tout ce qui bougeait. On s'occupait de transporter les autos et les frigos, on graissait la patte des policiers, des maires, des généraux locaux et on avait tous l'air conditionné. Tu savais que tous les Libanais d'Afrique ont l'air conditionné?

On donnait des fêtes somptueuses dans nos clubs privés. Quand j'étais jeune, je travaillais fort. J'ai appris à acheter, à vendre. Je voyageais avec des valises bourrées de billets qui sentaient la terre africaine et les matelas moites. On avalait des cailloux dans une latrine africaine et on chiait des diamants dans une chambre d'hôtel suisse. Toutes les femmes mulâtres étaient à nos pieds, elles dansaient à notre table sur des mélodies arabes qui nous rendaient nostalgiques et décadents. Tu vois : les Libanais gouvernaient sans armes, sans esclaves, sans armées.

Mais le temps a passé. La petite montagne où j'avais laissé une fiancée vierge agenouillée sur un prie-Dieu, tant et si bien qu'elle avait les cuisses toutes ratatinées et les rotules en compote… pendant toutes ces années, je n'avais cessé d'y penser. Vois-tu, moi aussi j'avais gagné, perdu, volé dans des jets privés, parié à des tables de *black-jack* jusqu'à ce que les joueurs arrachent de leurs ongles le tapis vert de la table… Les généraux corrompus nous mangeaient dans la main, on en faisait ce qu'on voulait.

On siphonnait la richesse des notables et on s'offrait leurs filles en cadeaux. Personne ne nous aimait, tu comprends, mais ils avaient tous besoin de nous. Et puis, un jour, c'est arrivé. Un jour, armés de fusils sinon de machettes, les va-nu-pieds sont entrés dans la ville et nous ont chassés de nos appartements climatisés. Ils ont renversé nos chaises longues, chié dans nos piscines ornées de mosaïques, cassé en deux nos *arguileh,* campé dans nos salons de marbre dont les vastes fenêtres donnaient sur leurs villages primitifs, leurs bidonvilles que nous n'avions jamais remarqués, leurs égouts à ciel ouvert que nous n'avions jamais reniflés, leurs sœurs à la peau de chocolat dont le ventre nous servait de coussin et les mains blanches de serviettes où essuyer notre sperme sémitique et nos fronts dégoulinants de sueur dans nos jardins clos gardés par des molosses.

J'ai pris la poudre d'escampette, laissant choir mes complexes hôteliers grouillants d'Européens et d'Afrikaners à la peau écarlate. Abandonnant les voitures, l'usine à savon et mes bâtards au sang mêlé, je suis rentré ici la queue entre les jambes, à la recherche de cette vierge et de la montagne de mon enfance.

Je suis vieux maintenant. Pardonne-moi ce sentimentalisme. Quand j'ai rencontré Bébé, elle était toute seule. On s'est rencontrés au sommet d'une montagne. J'y ai vu un signe. Je lui ai acheté tout ce qu'il lui fallait, tout ce qu'elle me demandait. Tu me demandes pourquoi : j'ai peur de ne rien avoir d'autre à lui offrir, alors qu'elle... elle est ma maison, ma fille, ma femme. Pardonne-moi mes larmes, mais j'ai peur qu'elle me demande de quitter cet endroit. Moi, tout ce que je cherche à faire, c'est couler mes derniers jours au pied de cette montagne. Alors... tu ne pourrais pas me trouver Georges ? S'il te plaît.

Le lendemain, je suis parti me balader dans le quartier. Je suis entré dans une épicerie.

On a des amandes vertes bien fraîches, m'a lancé Julia, l'épicière. Excellentes pour le *kass !* Je t'en mets un kilo ?

Non, je ne bois pas beaucoup en ce moment.

Tu as des bouteilles vides consignées? Je peux envoyer ma fille Souad les chercher.

Je ne sais pas trop. Il faudrait que je regarde dans la cuisine de ma mère.

Allah yirhamha, ta mère était une vraie dame. Que Dieu leur coupe les mains…

J'ai acheté du pain et de la *labneh,* j'ai dit merci à Julia et je suis sorti.

Sur le chemin du retour, j'ai croisé une jeep qui roulait en sens interdit. Elle était bourrée de jeunes miliciens en costumes verts avec des bandeaux autour du front, des fusils braqués sur les balcons et les abat-jour à la française. Elle s'est arrêtée pile devant moi et Georges en est descendu. Il avait l'air sale et fatigué.

On vient juste de rentrer, Bassam, m'a-t-il confié. Dix jours sans douche. On n'a mangé que des conserves. Mes bottes me cisaillent l'arrière du talon. Akram Seiff, tu vois qui c'est? On l'appelle Al-Nasik, c'est le frère de Jean Seiff.

J'ai dit: Oui, il habite au-dessus de la laverie Antoun.

Il est mort. Il a reçu une balle dans le bras. Il s'est vidé de son sang. Il y a des salauds de *blacks* somalis qui se battent avec les Palestiniens. Tu savais ça? L'*Oumma* tout entière, unie contre nous.

On a marché jusqu'à chez moi. Les bottes de Georges étaient plâtrées de terre de Sienne; les poils raides de sa barbe noire avaient repoussé. Tenant sa kalachnikov à bout de bras par-dessus sa tête, il avançait lentement, manœuvrant avec difficulté entre les voitures qui bloquaient nos rues étroites, tout à fait comme un soldat américain immergé jusqu'à la taille dans les eaux marécageuses du Vietnam. En passant, on s'est arrêtés à l'épicerie pour prendre quelques bouteilles de Heineken vertes. On a grimpé l'escalier jusqu'à mon étage, car à Beyrouth, cette ville surpeuplée, l'électricité allait et venait comme ça lui chantait. Presque plus personne n'utilisait les ascenseurs, et ceux qui s'y risquaient avaient une chance sur deux de rester coincés pendant des heures dans une petite boîte mécanique suspendue à des câbles de métal aussi vieux et décatis que le dernier soldat français à quitter cet endroit.

Georges a balancé son fusil et tout son barda sur le fauteuil du salon. Il a enlevé ses bottes et s'est allongé sur le divan.

Je lui ai demandé : Il est mort où, Al-Nasik ?

À Kfar Al-Wali.

Comment ?

Ouvre la bière et assieds-toi. C'est une longue histoire. Tu as quelque part où aller ?

J'ai répondu : Non, pas encore. J'ai ouvert deux bouteilles et j'en ai tendu une vers ses pectoraux.

Tu ne travailles pas au port aujourd'hui ?

Si, mais j'ai encore du temps avant d'y aller. Vas-y, je t'écoute.

Georges a bu une première gorgée interminable et s'est étiré sur les coussins. La bière est tiède, a-t-il remarqué. Il a fait une pause, puis il a parlé sans s'arrêter et je ne l'ai pas interrompu.

Vers quatre heures du matin, j'ai été réveillé par des coups de feu qui venaient du village voisin, a-t-il commencé. À mon tour, j'ai réveillé mon peloton. On gelait. Tu connais le froid qui règne sur les montagnes au petit matin. On est arrivés au village vers quatre heures et demie, cinq heures peut-être. Hanfoun, le commandant, était en permission. Le commandant en second, c'était moi. J'ai divisé le peloton en deux et j'ai envoyé Joseph (ton associé, a-t-il observé en clignant de l'œil) et Alakhtabout se poster en amont. On a garé les jeeps un peu plus loin, éteint les phares et fait le reste de la route à pied jusqu'à la grande rue du village. J'ai demandé à Abou-Haddid de venir avec moi et on est partis en éclaireurs. Le ciel a commencé à pâlir, on voyait un peu mieux. J'ai aperçu un petit groupe de femmes et d'enfants qui sortaient de l'arrière d'un immeuble inachevé en béton. Ils descendaient en courant vers la vallée, chargés de sacs en plastique et de couvertures de laine. On a couru vers eux. Je leur ai demandé où ils allaient. La plus âgée du groupe, une grand-mère avec un foulard noir sur la tête, nous a répondu : Nous descendons. J'ai insisté : Où ça ? Je lui ai arraché un de ses sacs, je l'ai jeté sur le sol et je l'ai trifouillé avec mes bottes. Tous, ils tremblaient de frayeur. Un des enfants s'est mis à pleurer sans bruit.

J'ai demandé à la femme où étaient les hommes.

Elle est restée un instant sans rien dire. Finalement, elle a répondu : Mes compagnons et moi, nous ne vivons pas ici, nous sommes des réfugiés en quête d'un endroit où nous installer. Sauf qu'au petit matin, ils s'étaient fait jeter dehors de l'immeuble.

Qui est dans l'immeuble ? Qui vous a mis dehors ?

Des hommes.

J'ai insisté : Quels hommes ?

Elle est retombée dans son mutisme.

Combien ?

Elle a murmuré : Deux.

J'ai dit : Allez, marchez ; ne dites pas un mot, ne vous retournez pas. Si l'une d'entre vous fait un geste, je viserai les enfants d'abord.

Les femmes ont saisi leurs petits et ont filé à fond de train vers le fond de la vallée, glissant et tombant sur la pente. Comme elles portaient toutes du noir en signe de deuil, je me suis dit qu'elles étaient de la même famille. J'ai demandé à Abou-Haddid d'aller rejoindre le reste des gars et de leur faire signe d'avancer.

Dès qu'il a rebroussé chemin, serrant de près un mur de pierres, les balles se sont mises à pleuvoir sur lui depuis le toit de l'immeuble. Il a plongé dans un canal d'irrigation qui faisait le tour du village. L'eau devait être glaciale. Quand ils ont entendu tirer, les autres sont arrivés en courant et ont riposté vers l'immeuble. J'étais resté seul en bas, tu vois ? Je me disais : je vais monter l'escalier, coincer les deux hommes en haut et les achever pour de bon. Mais Abou-Haddid ne donnait aucun signe de vie. J'attendais une accalmie pour traverser et voir s'il était toujours vivant. Mais je te jure, ce Chrétien, c'est une vraie grenouille. Il s'était glissé sous l'eau et il avait disparu. Tout ce truc, c'était un piège. Tu vois, pendant que les deux hommes attiraient notre attention sur l'immeuble, une jeep ennemie avançait derrière le peloton. Le guet-apens classique, pas vrai ? Les deux hommes dans l'immeuble ne servaient qu'à nous distraire. Ce qui nous a sauvés, c'est uniquement Joseph et Alakhtabout. En redescendant, ils ont vu la jeep nous rattraper. Quand ils ont engagé le combat avec les hommes qui étaient dedans, ça a suffi pour avertir les autres. J'ai senti qu'il se passait quelque chose de pas catholique quand j'ai entendu tirer d'une autre direction. J'ai tout de suite su que c'était une embuscade.

Pendant ce temps-là, Abou-Haddid rampait le long du canal ; il est ressorti comme un rat mouillé de l'autre côté de l'immeuble. Je peux te dire qu'il grelottait. Il a ôté sa chemise et je lui ai donné mon blouson. C'est là qu'on a décidé de monter dans l'immeuble et d'en finir avec les deux hommes, puis d'aller rejoindre le reste du peloton. J'y suis allé le premier, au cas où la mitrailleuse d'Abou-Haddid aurait été trop gorgée d'eau pour tirer. Mais tu sais, la kalachnikov, c'est du solide ; l'eau, le sable, ça ne lui fait pas un pli. Le M-16, à côté, c'est de la merde. On dirait un jouet. Crois-moi, la meilleure, c'est l'AK-47. C'est pourquoi j'ai changé d'arme, personnellement. Même les Israéliens cherchaient à troquer les leurs contre des AK-47.

Chaque coup de feu ricochait sur le béton nu ; c'était dur de discerner exactement d'où ça venait. Mais on savait qu'ils n'étaient que deux, pas vrai ? Alors Abou-Haddid et moi, on a attendu et on a profité d'un moment où ça canardait plus fort pour monter l'escalier sans qu'ils nous entendent. En posant le pied sur le troisième palier, j'ai entendu l'un des tireurs changer de chargeur. J'ai dégoupillé une *remméneh,* je l'ai jetée dans la pièce et on a plongé tous les deux derrière le mur. Putain d'explosion. On a eu les oreilles qui tintaient pendant des jours. Ça dure encore ; des fois, j'ai un méchant mal de tête et l'oreille qui siffle. L'immeuble était en construction. La poussière que ça a soulevée. Elle n'arrivait plus à se poser. On était non seulement sourds, mais aveugles. Perdus dans un épais nuage de poussière qui nous remplissait les poumons. Sourds. Aveugles. Et à moitié étouffés. Mais il a tout de même fallu se remettre debout et aller vérifier qu'il n'y avait pas de survivants. Abou-Haddid s'est mis à tirer vers la pièce en question. Moi aussi je tirais, mais il n'y avait plus rien. Abou-Haddid a bien cru voir une ombre, mais ça devait être ses couilles pleines d'eau glacée qui le faisaient halluciner.

Georges s'est mis à rire et moi aussi. Puis il a repris le fil :

Les deux hommes étaient déjà au plancher. Après qu'on eut balayé de balles toute la pièce, j'en ai entendu un qui respirait presque. J'ai voulu voir son visage. C'était un Somali, ou en tout cas un Africain, tu vois ? J'ai fait ni une ni deux : je l'ai achevé à la baïonnette. Ils viennent du monde entier nous faire la guerre chez nous, Bassam, chez nous. Les Palestiniens, les Somalis, les Syriens : ils revendiquent tous notre pays.

Abou-Haddid et moi, on a rejoint le peloton au pas de course. Al-Nasik s'était posté vers l'arrière, plus près des jeeps. À ce moment-là, il était déjà touché au bras. Je te jure, ce type était blessé et il a continué à repousser l'ennemi pendant un bon quart d'heure. On a couvert Zaghlloul, il a couru à lui et il l'a ramené vers nous. On avait beau essayer d'atteindre les véhicules, les forces ennemies tenaient la route. Al-Nasik saignait toujours. Je pense qu'on aurait pu le sauver si on était arrivés à l'hôpital à temps, mais ils nous ont empêchés de passer pendant plusieurs heures. C'est seulement quand les renforts sont arrivés qu'on a pu les faire battre en retraite. Et voilà comment Al-Nasik est mort au bout de son sang. Avant de perdre connaissance, il a pris dans ses mains la *zkhireh* et une icône de saint Élias qu'il portait en permanence autour du bras, maintenue par un élastique. On l'a détachée et on la lui a donnée. Il l'a embrassée et il s'est mis à prier. Il a perdu conscience quelques minutes plus tard et il est mort dans les bras de Zaghlloul. C'était un vrai croyant.

Georges s'est tu un instant, puis il m'a demandé : Il y a l'eau courante ?

Tu peux aller voir. En passant, Nabila te cherche partout.

Ah oui ?

Elle n'est pas la seule, Monsieur Laurent aussi.

Je sais ce qu'il veut, ce vieux taré. Il ne m'a pas encore payé le dernier *fix* de Nicole.

Mais qu'est-ce que tu fous, Georges, tu fournis cette fille maintenant ?

Cet impuissant est bourré de fric, s'est exclamé Georges. Il a le cul farci de diamants africains.

Il est allé dans la salle de bains, a fait couler de l'eau dans un seau, s'est lavé les mains et aspergé le visage, il a enlevé ses chaussettes pour examiner les ampoules de ses chevilles et il a versé le reste de l'eau sur ses pieds. Après m'avoir emprunté des vêtements, il s'est allongé sur le divan.

Ce jour-là, Georges et moi, on a dîné ensemble. J'ai allumé une cigarette pour m'aider à digérer ce que j'avais avalé avec lui.

Après le repas, j'ai laissé le guerrier à son repos et j'ai pris sa moto pour descendre au port. J'ai travaillé toute la nuit. Sur le quai, le vent du large venait s'écraser sur ma peau en sueur. Je pilotais le chariot élévateur dans la brise salée, je lui faisais lever le bras, je déposais la marchandise dans des entrepôts.

À la fin de mon quart, je suis passé au bureau d'Abou-Tarik. Le jour se levait. Tous les matins, plusieurs hommes se rassemblaient devant la boîte du contremaître. C'était un vieux conteneur dont il avait fait son bureau. On s'asseyait devant, sur des chaises en plastique et des boîtes de munitions vides, pour boire du café et discuter. Abou-Tarik, c'était un ancien combattant. Il avait participé à la bataille de Tal-Alzatar et se vantait de connaître le haut commandant Al-Rayess, personnellement. Tripotant sa moustache, il nous a annoncé qu'on attendait l'arrivée d'un gros tonnage la semaine prochaine :

Il va falloir engager des débardeurs supplémentaires, nous a-t-il annoncé, suggérant aux agents de sécurité de se rendre à Daoura pour embaucher des travailleurs manuels égyptiens ou tamouls.

Chahine, un jeune surveillant, fumait à la chaîne, une expression d'ennui sur son visage en lame de rasoir au teint foncé. Il s'est levé, il en a allumé une autre et il a dit d'une voix grave et lente :

Ces pauvres ouvriers, ils passent toute la journée debout en plein soleil à attendre qu'on les engage sur un chantier ou un autre. Depuis quelque temps, dès qu'ils aperçoivent les jeeps de notre milice, ils se sauvent au galop. Ils ne veulent rien savoir de travailler pour pas un rond. Il est même arrivé que les milices oublient de leur donner à manger. La dernière fois qu'on a eu besoin de travailleurs, j'ai dû courir après un Égyptien de Daoura jusqu'à Bourj Hammoud. Je vous jure, ce type, il avait beau porter des sandales en plastique, il galopait comme une gazelle. À la fin, j'étais à bout de souffle. Je me suis arrêté, j'ai dégainé et je me suis mis à tirer en l'air. Il a cru que je faisais feu sur lui et il s'est immobilisé tout net. Je l'ai traîné jusqu'à la jeep et je l'ai conduit dans la montagne. On avait pris une nouvelle position ; on avait besoin d'hommes pour remplir des sacs de sable. Comme on était en avril, il faisait déjà chaud ici, sur la côte, mais en altitude, c'était une autre histoire, surtout la nuit. Les ouvriers travaillaient en manches courtes, sans souliers, sans manteaux. Ils se pelotonnaient les uns contre les autres à l'arrière de la jeep. On leur a fait remplir des sacs, et pendant la nuit, la température a encore baissé. Le matin, on en a trouvé un mort de froid. Tous ses collègues pleuraient. L'un d'entre eux était inconsolable, penché sur le cadavre de son ami. Chakir Ltaïf, celui qu'on surnomme Beretta, s'est approché et lui a demandé une cigarette. L'homme a cessé de pleurer, il a regardé Beretta dans les yeux et il a répondu : *Danta, ya beh, mush ayiz iddik cravata harir kaman ?* Je vous le jure, depuis ce jour-là, je refuse d'obliger ces gens-là à travailler, de leur courir après ou de les capturer. Eux aussi, ils ont un *rouh*. Je le fais pas, c'est tout. *Khalas.*

Saïd, un autre homme qui travaillait au port – il s'occupait de l'inventaire des marchandises et de la comptabilité – s'est tourné vers Chahine :

Ouais, j'aimerais bien voir comment ils te traiteront, en Égypte, si jamais tu vas travailler là-bas. Tu es chrétien. Regarde les Coptes et les autres chrétiens. Comment sont-ils traités dans les pays musulmans ?

Je ne sais pas trop ce qui m'a fait ouvrir la bouche alors que je ne rêvais que de finir ma gorgée de café, d'écraser ma cigarette sur le sol et de monter dans le premier bateau en partance pour nulle part. À ma grande surprise, j'ai dit : Il y a beaucoup de chrétiens du côté ouest de Beyrouth. Ils y vivent toujours et pas un musulman ne les a jamais ennuyés.

Saïd s'est empressé de répondre : Ce sont tous des traîtres, des communistes, des socialistes. Vous devriez peut-être aller les rejoindre, tous les deux, a-t-il craché en nous regardant avec des yeux pleins de haine, Chahine et moi.

Chahine a protesté : Qui tu traites de communiste, espèce de voleur ? Tout le monde sait ce que tu fais. Le canon de son arme a glissé légèrement vers son pectoral droit. Mon frère, c'est un *chahid*. Mon frère, il est mort pour la cause. Mon frère, il s'est jeté sur une grenade pour protéger son peloton.

Oui, oui, on a tous entendu l'histoire je ne sais combien de fois, rétorque Saïd. Tout le monde sait aussi que c'était de sa faute, à ton frère. Il a ouvert la grenade, mais il n'a pas pu la lancer alors elle est tombée à ses pieds. Il était maladroit, c'est tout ; dans cette guerre, tout le monde veut être un héros.

Ars, a gueulé Chahine, je vais te faire la peau. Il a armé son AK-47, mais avant qu'il ait eu le temps de le pointer vers Saïd, Abou-Tarik avait saisi le canon, l'avait poussé haut vers le ciel et s'était mis à gifler Chahine au visage, lui ordonnant de lâcher son arme.

Le jeune homme a obéi et Abou-Tarik a déclaré : En ma présence, sur mon terrain, personne ne lève son arme sur qui que ce soit. La prochaine fois que quelqu'un lèvera son arme, peu importe sur qui, ce sera comme si on m'avait visé personnellement et je m'en chargerai, je vous préviens. Et il nous a crié à tous de nous disperser.

Je m'en allais vers la moto quand Saïd m'a dépassé nonchalamment dans sa Mercedes délabrée. Il m'a défié du regard, j'ai soutenu le sien.

Il m'a lancé : C'est quoi déjà, ton nom de famille ?

Je n'ai rien répondu. Je ne lâchais pas son pare-brise des yeux. Si je suis resté calme, c'est parce que je voyais bien qu'il avait les deux mains posées sur le volant.

Saïd a hoché lentement la tête ; une de ses mains est venue pendiller à la portière. Ah oui, Al-Abyad. Je viens de m'en souvenir, a-t-il poursuivi, sardonique. Je parierais qu'il y en a quelques-uns qui vivent toujours de l'autre côté. Il s'est éloigné.

J'ai sauté sur la moto et je suis rentré à la maison. En débouchant dans ma rue, j'ai aperçu, du coin de l'œil, Rana qui sortait de chez moi. Derrière elle, j'ai vu Georges sortir et filer dans une autre direction. Elle s'est retournée vers lui, elle s'est arrangé les cheveux et lui a fait un petit signe de la main, après quoi, rentrant la tête dans ses épaules, elle a filé dans la clandestinité, frôlant les murs et leurs coins durs.

Dès que je les ai vus, j'ai viré sec dans la rue Saydaleh et je me suis mis à rouler dans Achrafieh. Je luttais de vitesse avec les voitures, je leur coupais le chemin ; quatre jeunes dans une Renault rouge ont décidé de faire la course avec moi. Ils klaxonnaient dans mon dos en me narguant et essayaient de me barrer le chemin. L'un d'eux a sorti la moitié supérieure de son corps par la vitre arrière de la voiture. Retenu à la taille par son voisin, il a étiré les bras vers moi, tentant de m'agripper pour me faire tomber. J'ai accéléré, grimpé sur le trottoir, frappé le sol du pied, penché la bécane à fond et mis pleins gaz. Elle a bondi dans le sens opposé, j'ai remonté la rue en sens interdit et je les ai semés.

Je suis rentré chez moi. Toute la vaisselle était propre.

J'ai dormi du début à la fin de la matinée. Au début de l'après-midi, j'ai marché jusqu'à chez Rana. J'ai fait les cent pas en face de l'immeuble, une cigarette à la main. Puis je me suis adossé au mur de la poissonnerie. J'attendais sous la pluie battante. L'eau qui coulait du toit pissait par les tuyaux d'écoulement et s'écrasait sur le trottoir. Des visages passaient, dissimulés par des parapluies de toutes les couleurs. Chaque voiture qui passait dans une flaque traçait dans l'eau un sillon éphémère, projetant des vagues planantes.

Puis ce bon vieux soleil est ressorti des nuages, les toits se sont ébroués comme des chiens mouillés, le poisson du pêcheur a fait un dernier bond, laissant derrière lui toute sa fraîcheur et oubliant pour toujours sa maison sous la mer. J'ai attendu Rana, mais elle n'est jamais sortie tremper ses pieds dans les rues ruisselantes.

Le lendemain, j'ai invité Rana à me rendre visite et je lui ai demandé pourquoi elle ne venait plus me voir.

Elle a répondu : Je suis très occupée.

Et tu ne passes jamais dans le coin ?

Occupée, je te dis que je suis occupée. Embarrassée, elle a détourné son regard.

À brûle-pourpoint, j'ai dit : Est-ce que je dois te remercier d'avoir lavé la vaisselle ? Je l'ai saisie par les cheveux, j'ai tiré sa tête en arrière et je l'ai embrassée violemment dans le cou tout en lui tripotant les seins.

Elle a chuchoté : Bassam ! d'une petite voix terrorisée. Par la jupe, je l'ai tirée jusque dans la chambre de mes parents où je lui ai arraché ses vêtements, faisant sauter les boutons de sa chemise. Elle m'a attaqué toutes griffes dehors. Je l'ai giflée au visage. Elle a fondu en larmes et m'a échappé, jaillissant de la chambre avec un sein nu, se prenant les pieds dans les chaises, se cognant sur les arches des murs. Elle s'est jetée sur la poignée de la porte d'entrée, l'a secouée comme si la maison était en feu et s'est précipitée dehors.

Je suis retourné dans la chambre de mes parents et je me suis regardé dans le miroir. Des larmes coulaient de mes yeux. J'ai ouvert un tiroir, j'ai pris un des mouchoirs de mon père et je me suis essuyé la figure.

Et puis j'ai chargé mon pistolet et j'ai marché jusqu'à chez Georges. J'ai frappé à la porte, mais personne n'est venu ouvrir.

Alors j'ai pris sa moto et je suis monté à toute vitesse vers les collines et les montagnes désertes. Je me suis garé au sommet d'une falaise. Baissant les yeux vers la plaine, j'ai maudit les vallées brunes couvertes de terre stérile. J'ai dégainé, j'ai tiré sur les collines, sur les oiseaux ; l'écho de mes coups ricochait sur la roche et me revenait par rafales en traîtres lamentations syllabiques.

11

Plusieurs jours se sont écoulés. Dix mille Johnny Walker étaient passés à l'Ouest, brûlant les gosiers sur leur passage et brisant les foyers. Les hommes s'imbibaient de scotch et les portes des chambres à coucher se fermaient en claquant, les cuisses se serraient en jurant de ne plus jamais s'écarter, les joncs s'arrachaient des annulaires et se jetaient dans les tiroirs, sous les miroirs larmoyants, sur les murs mitoyens.

Un après-midi, j'ai reçu un appel du fabricant de whisky. Livraison urgente.

Le lendemain matin, je suis allé chercher le whisky à l'entrepôt, puis je suis passé prendre Joseph chez lui. Dans le camion, je lui ai donné de l'argent. Il l'a compté. Il a souri.

Ali était en retard au rendez-vous. On l'a attendu. L'un des deux jeunes n'a pas tardé à venir nous annoncer qu'Ali était en route. J'ai demandé à Joseph de reculer le camion et je suis passé derrière le mur pour saluer Ali. Il m'a serré la main, puis il a ouvert son veston, en a tiré une enveloppe qu'il a pliée en deux et l'a glissée en vitesse dans mon blouson en clignant de l'œil. J'ai attendu que Joseph se soit éloigné du camion (il regardait les jeunes décharger) et j'ai vite caché l'enveloppe sous mon siège.

Sur le chemin du retour, Joseph m'a signalé qu'il avait remarqué plusieurs Israéliens

dans la rue ces derniers temps : Ils s'en viennent. Donne-leur un mois ou deux et tu
verras, ils chasseront d'ici et les Syriens, et les
Palestiniens.

Comment tu le sais ?

De Niro est venu me voir l'autre jour, a
expliqué Joseph. Il avait une mission de sécurité à me confier. Il a choisi plusieurs
autres hommes de confiance et on est partis
dans la montagne. En arrivant, on a appris
qu'Al-Rayess se préparait à rencontrer un
général israélien très important. On a évacué
et sécurisé toute la zone, et une demi-heure
plus tard, un hélicoptère s'est posé près du
camp. Il en est descendu cinq militaires israéliens. Ils portaient tous les bottes rouge
vin des forces spéciales. Ils se sont entrete-
nus avec Al-Rayess pendant trois heures. Ton
ami De Niro, c'est un vrai caïd maintenant.
Le bras droit d'Abou-Nahra.

Je lui ai juste demandé : Et le général israélien, comment il s'appelait ?

Euh, général Drorir quelque chose... Je
sais plus.

Dès que je suis arrivé à la maison, j'ai
couru dans ma piaule et j'ai ouvert l'enveloppe d'Ali. C'était une lettre de l'oncle Naïm :

Très cher Bassam,

C'est avec une profonde tristesse que j'ai
appris la mort de ta mère. J'en ai eu les larmes aux yeux, et cela me faisait encore plus
de peine de ne pas pouvoir assister aux funérailles. Je voudrais tant être auprès de toi,
surtout en cette période difficile. Je me

demande souvent comment tu vis seul du côté Est, orphelin et si jeune. Si je n'ai pas tenté de vous contacter ta mère et toi pendant toutes ces années, c'était par peur de vous compromettre à cause de ma situation dans les forces de gauche. Mais je peux t'accueillir à Beyrouth-Ouest quand tu voudras. Je ferai le nécessaire pour t'aider à traverser. Tu pourrais vivre avec moi, ma femme Nahla et ton cousin Nidal, que tu n'as jamais rencontrés. Je t'envoie cette petite somme au cas où tu en aurais besoin. Tu trouveras également une seconde enveloppe à transmettre à une vieille connaissance à moi qui s'appelle Jallil Al-Tahouneh. Ses coordonnées sont ci-jointes. Il attend ton appel.

Je t'envoie tout mon amour.

Ton oncle à qui tu manques beaucoup,

Naïm

J'ai copié le nom et le numéro du contact de mon oncle, déchiré la lettre en petits morceaux, puis je l'ai brûlée dans un cendrier en comptant l'argent : dix billets neufs de cent dollars, bleu ciel et croustillants. L'autre enveloppe était scellée. Mon oncle y avait inscrit les initiales JT pour Jallil Al-Tahouneh. Je l'ai ouverte. Elle contenait une liasse de billets et un dessin qui ressemblait à une carte ou à la coupe architecturale des fondations d'une maison. Le mot *assés,* écrit et encerclé à l'encre rouge, revenait plusieurs fois sur la carte.

Cette nuit-là, j'ai voulu me venger d'un affront que j'avais subi. Je suis allé attendre en face du petit casino. J'ai vu sortir l'ami de Najib de l'autre côté de la rue. Il est monté dans une vieille guimbarde bleue.

J'ai mis mon casque, enfourché la moto et je l'ai suivi jusqu'à Daoura. J'ai attendu qu'il se gare. Il est entré dans une pâtisserie d'où il est ressorti, un *lahm b'ajin* à la main.

Il a défait un peu du papier journal qui l'enveloppait et en a pris quelques bouchées, puis il s'est rendu chez lui à pied. Quand il est entré dans l'immeuble, je l'ai suivi dans l'escalier. Sur un palier, entre deux étages, je l'ai empoigné par derrière et je lui ai tordu l'épaule jusqu'à ce que son visage se trouve face au mien et là, je lui ai donné un bon coup de tête. Je portais toujours mon casque et j'espérais qu'il me verrait comme un extraterrestre sorti d'un film de série B. Il s'est écroulé sur les marches en gémissant, les yeux comme des tomates, tenant à deux mains son nez qui pissait le sang. Je lui ai fait les poches, j'y ai trouvé de l'argent que j'ai mis dans celle de mon blouson, je suis sorti, j'ai fait le tour du pâté de maisons, j'ai retrouvé la moto et je suis rentré chez moi.

La nuit est tombée, on en revient toujours là. J'ai mis des vêtements sombres et je me suis enduit le visage et les mains de cirage noir. J'ai allumé une bougie dans la fenêtre qui donnait sur la rue et j'ai verrouillé la porte. Sur mes cheveux frisés, j'ai enfoncé un chapeau assez profond pour cacher mes grands yeux, pour me dissimuler à ceux de la nuit, des oiseaux et de l'épicier. J'ai traversé vers l'immeuble d'en face et je me suis dit que tout était en opposition : villes, canons, amis et ennemis. Je suis monté d'une traite jusqu'au toit de l'immeuble. Posément, sans m'énerver, j'ai ouvert la lourde porte de métal, l'ai doucement refermée derrière moi et je suis allé m'asseoir contre le bord du toit pour observer la rue en contrebas. La petite flamme dansante luisait à ma fenêtre.

Une voiture est passée lentement une fois, puis elle est revenue, ses phares se sont éteints et elle s'est arrêtée juste devant chez moi. L'arme au poing, j'ai descendu l'escalier quatre à quatre. Dissimulé dans l'entrée, j'ai aperçu Najib et son complice : un pansement couvrait son nez cassé, son visage bleu et tuméfié. Ils ont levé les yeux vers ma fenêtre avec une expression enfantine, maladroite, peureuse, hésitante. Sans bouger, tel un spectre vengeur dressé dans un grenier grinçant, se refusant à plonger un bras invisible dans la gorge de ses ennemis pour leur arracher leur dernier souffle, je me retenais d'appuyer sur la gâchette. Najib et son ami ont échangé des chuchotements, à la suite de quoi ils se sont éloignés brusquement pour ne pas revenir.

Je suis remonté sur le toit. Je pensais à Georges. J'avais failli le tuer, mon ami d'enfance, mon frère qui me poignardait en me serrant dans ses bras, qui avait si bien embrassé ma petite amie qu'elle ne l'était plus… Il faut que je parte d'ici, me suis-je dit ; il faut que je quitte cet endroit. J'ai sorti tout l'argent de ma poche, je l'ai compté de nouveau et je l'ai entouré d'un élastique. Ça faisait un gros paquet bien rond.

J'ai traversé le toit ; de ce côté-là, j'avais vue sur la maison de Rana. Pas de lumière à sa fenêtre. J'ai brandi mon revolver dans tous les sens, le pointant tour à tour vers les citernes vides, la danse des perdrix, les sifflements des bombes, vers Rana, vers moi. J'ai regardé le canon bien en face. Je pensais aux innombrables façons de partir : le fantôme pouvait te tordre le bras et te décharger l'arme dans la tête et si tu avais de la chance, mon ami, il pouvait te pousser par-dessus bord pour voir si la perdrix te rattraperait sur son dos en gloussant, ou pourchasser les roquettes qui nous pleuvaient dessus jusqu'au désert du Nevada, au tic-tac de Big Ben ou à la tour penchée de Pise. Je pouvais aussi m'accrocher à la perdrix, plonger dans la Méditerranée, donner la chasse aux poissons toxiques et me faire pincer les doigts par les moules. Saisir délicatement un yacht par le bout des voiles et le faire tournoyer au rythme d'un petit air de mambo migrateur. Tirer au pistolet à eau sur les anges byzantins asexués en faisant bien attention de ne pas renverser de champagne sur les robes du soir des touristes. Capturer les âmes des marins dans des bulles d'eau salée, les regarder éclater à la surface et se renoyer. Immoler des nymphes sous-marines, recueillir leurs petits costumes verts et les rouler entre mes doigts comme des feuilles de vigne, de l'argent dans ma poche ou des tapis persans étalés au soleil sur des balcons d'albâtre.

Ou alors, tout simplement, descendre l'escalier sans rencontrer personne et aller dormir dans la lueur vacillante de la chandelle.

Le lendemain matin, j'ai entendu frapper à ma porte. C'était Monsieur Laurent. Avec ses yeux rouges, il avait l'air bouleversé.

Ton ami Georges est venu chez moi hier soir, m'a-t-il annoncé. Il s'est comporté comme un animal. Il voulait de l'argent, encore de l'argent. Je lui ai donné la même somme que d'habitude, mais il m'a dit que ça ne suffisait plus. Il a pris Bébé par la main, il l'a emmenée et ils ne sont toujours pas rentrés. Il était hostile, très hostile. Tu ne veux pas le chercher pour moi? Je t'en prie. Je n'ai pas fermé l'œil de la nuit.

J'ai dit: Monsieur Laurent, je ne suis pas le représentant de Georges. L'autre nuit, quand je vous ai apporté ce qu'il vous fallait, c'était une faveur que je lui faisais. Si j'avais su ce qu'il y avait dans ce sac, je ne vous l'aurais pas livré.

Laurent a pris une voix plaintive: Georges était vraiment agressif, Monsieur Bassam. Je crois qu'il était sous l'effet de quelque chose. Il demande beaucoup d'argent maintenant. Il m'a fait des menaces. Il faut qu'on quitte cet endroit. C'est devenu vraiment dangereux ici. C'est mon destin de vivre en exil, on dirait. Toujours en exil. S'il te plaît, cherche Georges et Bébé pour moi. Tout ce que je veux, c'est voir mon Bébé.

Êtes-vous allé voir chez Georges, Monsieur Laurent?

Non. J'ai peur que ton ami se mette en colère. C'est un fou. S'il te plaît, cherche-les pour moi.

J'ai demandé à Monsieur Laurent de s'asseoir pendant que je me changeais. Je me suis brossé les dents après m'être aspergé le visage d'une poignée d'eau. Je suis allé dans la chambre, j'ai enfilé un pantalon et une chemise et je suis passé dans le salon, tenant mon veston d'un doigt. J'ai glissé ma main dans l'une des manches tandis que Monsieur Laurent tenait l'autre épaule. Puis, il m'a aidé à enfiler l'autre manche.

Je suis sorti de l'appartement et je suis descendu dans la rue, Monsieur Laurent sur les talons. Il s'est dépêché pour marcher à côté de moi. On a croisé Abou-Dolly, l'épicier. Il m'a ignoré, mais il s'est tourné vers Monsieur Laurent et ils se sont adressé un signe de tête poli.

On est arrivés chez Georges. J'ai frappé. Laurent était resté en bas, devant l'entrée. Il fumait sa cigarette en faisant les cent pas, toussant comme un petit vieux.

J'ai frappé de nouveau. Finalement, Bébé est venue ouvrir à moitié endormie, à moitié nue.

Il est là, Georges?

Non, il n'est pas là.

Il est où?

Il est parti.

Ton mari est en bas. Il te cherche.

Ah oui? Loulou est là? Elle a dévalé l'escalier pieds nus.

En apercevant sa femme, Laurent a toussé un peu plus, il a jeté sa cigarette sur le trottoir et il est allé à sa rencontre.

Bébé, Bébé.

Mais ça va, mon amour, ça va, l'a rassuré Nicole en caressant les cheveux blonds de son mari.

J'ai pas dormi.

Oui, mais ça va. Nicole lui tenait la main, elle l'embrassait sur la joue.

Pendant qu'ils parlaient en bas tous les deux, je suis entré dans l'appartement de Georges, puis dans sa chambre. Sur la table de nuit, j'ai distingué la forme effilée d'une seringue flanquée d'une cuiller calcinée; son fusil était posé dans un coin, et sur le sol, un soutien-gorge de dentelle. Ça sentait la fumée et le médicament. Je suis allé dans la cuisine; l'évier débordait de vaisselle sale. J'ai collé mes lèvres sur le robinet: un jet faiblard, moribond, en voie d'extinction. J'ai laissé les dernières gouttes me couler dans la gorge. Elles avaient le goût de l'air captif dans les tuyaux.

J'ai redescendu l'escalier. J'ai croisé Bébé qui remontait chez Georges en courant. Je viens, papa, je serai là dans cinq minutes, j'apporte mes affaires.

Au rez-de-chaussée, Laurent m'a pris la main et a essayé de l'embrasser. Je l'ai retirée vite fait.

En sortant, je l'entendais répéter comme un valet : Merci, merci. Quand je suis arrivé sur le trottoir, j'ai écrasé sa cigarette sous mon pied.

Sur le chemin de la maison, je suis passé devant chez Romanoce, le patron du magasin de journaux, et j'en ai pris un au hasard. Les grands titres : *Déplacements israéliens sur la frontière Sud. Combats dans les montagnes entre les forces chrétiennes, musulmanes et socialistes. Prêtres et curés prononcent d'interminables discours creux. Un mannequin ou une starlette hollywoodienne épouse un millionnaire saoudien. Woody Allen joue de la clarinette. Sahib Hamemeh déclare son amour à une actrice égyptienne.* Tout ce temps-là, Romanoce se demandait si j'allais finir par lui acheter son journal ou si je le reposerais sur le présentoir après l'avoir lu, comme d'habitude.

Dans la rue, Abou-Youssef m'a arrêté en chemin pour me faire part de ses condoléances à propos du décès de ma mère. En nous apercevant, Salah, le plombier, s'est immobilisé d'un air contrit et m'a déclaré : Que Dieu ait son âme, deux jours avant sa mort, j'ai réparé la plomberie de votre cuisine. Ma clé à molette se trouve toujours sous votre évier avec plusieurs autres outils, et il y a aussi une petite note que tu pourrais peut-être me régler. Je sais que ce n'est pas le moment de te demander ça, mais les enfants n'ont rien à se mettre et ma femme maudit le jour où elle m'a pris pour époux, son tyran de père qui l'a forcée à m'épouser, mes mains épaisses et calleuses et mon index amputé qui ne touchera plus jamais ses seins flasques. Elle maudit son destin. Alors me voici devant toi, je te demande mon reste… Et que Dieu accueille en Son sein l'âme de ta mère. Une vraie dame.

Salah m'a accompagné jusqu'à chez moi, je lui ai ouvert la porte et il est allé droit vers ses outils. Je me suis caché derrière la table de la salle à manger pour sortir de ma poche la liasse de billets. J'en ai tiré quelques-uns, je me suis redressé et j'ai donné à Salah ce que lui devait ma mère.

Quand je suis ressorti, la rue était calme. Cela faisait plusieurs jours qu'on n'avait pas reçu de bombes, dans le coin. Les chauffeurs de taxi se battaient pour l'essence, les femmes maudissaient les saints patrons des cascades et des sources et les hommes tiraient des gueules de vaincus avec leur barbe pas rasée. Plusieurs d'entre eux arboraient de vieux pistolets passés à leur ceinture. Les passants bourdonnaient d'un magasin à l'autre et les joueurs de cartes disparaissaient comme Houdini dans les cafés obscurcis par une épaisse fumée d'*arguileh*. L'arôme du tabac aux pommes masquait l'odeur des ordures et protégeait les joueurs de l'hystérie de leurs femmes en colère.

Je suis passé devant mon ancienne école. Des groupes d'enfants en sarrau gris avançaient en traînant les pieds, les bras chargés des livres qui n'entraient pas dans leur sac à dos de cuir marron. Ils se dirigeaient vers le grand réfectoire, les prêtres en longues soutanes, les batailles de Napoléon, les triangles rectangles, les poèmes de la *Jahiliyah* composés par des Bédouins ivres pour chanter les louanges d'une ribambelle de dieux, pleurer les morts couchés sous le sable fin et danser sur les dunes mouvantes, agitant leurs mains ouvertes sous un petit bol de lunes tamisées.

12

Les soldats israéliens sont entrés dans notre pays, fendant les rivières et les oliviers.

Vartan et moi, perchés sur le bord du trottoir, on lisait le journal. La une hurlait : *Les juifs envahissent le Sud ! Les Syriens se retirent ! On prépare la Moukawamah ! Les forces chrétiennes s'allient aux envahisseurs !*

Abou-Fouad, qui passait par là, a fourré sa tête dans notre feuille de chou déployée et a chuchoté : Ils sont là. Je l'ai entendu à la radio. On va se débarrasser des Palestiniens et rester avec les Israéliens sur les bras.

Al-Chami, le musicien ambulant, s'est mis à taper sur ses *beats* et à chanter tout en se lissant la moustache : Ceux qui viennent, qu'ils viennent. Cette guerre nous épuise. Il nous faut travailler, et la perdrix grise perchée sur le toit gloussera sous mon crâne quand nous partirons, quand nous partirons. Profitons du vent du Sud. Je vole ! Je vais planer au-dessus de la mer jusqu'à l'autre rive.

En rentrant à la maison, je suis tombé sur Monsieur Laurent. Il m'a pris par le bras en hochant la tête : Les Juifs sont là, ils sont là.

Une fois, j'ai vu Rana au marché ; elle m'a ignoré et s'est esquivée parmi les cris des marchands. Je l'ai suivie. Quand je l'ai rejointe, elle a continué à tâter des légumes comme si elle ne me voyait pas.

Je lui ai pris la main : Viens, il faut qu'on se parle.

Elle a répondu à voix basse : Nous n'avons rien à nous dire. Je t'en prie, ôte ta main de sur moi. Pars. Va-t'en. Tu as toujours aimé la solitude ; tout ce que tu veux, c'est t'en aller. Tu n'as besoin ni de moi, ni de personne. De toute façon, je vais me fiancer. Et ce n'est pas la peine de me le demander, je ne te dirai jamais avec qui.

J'ai juré : Je vais me renseigner et ton fiancé, je vais lui faire la peau.

Essaie toujours. Mon fiancé en a tué bien d'autres avant toi et il en tuera encore.

Je l'ai lâchée.

La radio de la voisine m'a appris haut et fort que les Israéliens étaient montés vers le nord et qu'ils assiégeaient Beyrouth-Ouest.

De mon balcon, je voyais passer en toute hâte les forces chrétiennes euphoriques dans leurs jeeps aux toits, aux vitres et aux capots tendus de drapeaux d'un orange éclatant. Quand j'ai demandé à Joseph ce qu'ils signifiaient, il m'a expliqué : C'est pour signaler aux Israéliens qu'on est de leur côté. Il a ajouté en rigolant : Les livraisons de whisky, c'est fini pour quelque temps, hein, *Majnoun*?

Les jets israéliens survolaient Beyrouth, bombardant les maisons, les hôpitaux, les écoles. À chaque fenêtre de notre rue, une radio rugissait. Dans le secteur ouest, les gens fuyaient comme des rats ; du côté est, la nuit, on apercevait des feux de résistance dirigés vers le ciel. Je suis monté sur le toit et j'ai regardé à l'ouest. Dans un paysage zébré d'éclairs tombés des avions d'Israël, une ligne rouge se dressait jusqu'au ciel. Incessante. Je me suis demandé si c'était mon oncle qui tirait sur les dieux. Si les bouteilles de mauvais whisky allaient se changer en cocktails Molotov entre les mains d'Ali.

J'ai appelé Jallil Al-Tahouneh et je lui ai parlé de la lettre de mon oncle. Au bout du fil, une voix brève et sèche. On a convenu de se rencontrer devant le café Sassine. Il passerait me prendre en voiture ; je n'avais qu'à attendre dehors. Ensuite, il m'a demandé si j'allais être seul. Je l'ai rassuré à ce sujet.

N'oublie pas l'enveloppe, a-t-il ajouté.

Je lui ai embouti le téléphone à l'oreille.

J'attendais devant le café. Il faisait soleil. Je reluquais un groupe de nymphettes en petites jupes qui sortaient de l'école des bonnes sœurs, serrant des paquets de livres maintenus par de gros élastiques sur leur jeune sein. Elles gloussaient en chœur, balançant en cadence leurs hanches fertiles et leurs jambes rasées de frais. Leurs grands yeux bruns voleurs de regards ne tenaient pas en place.

Une voiture s'est immobilisée devant moi ; un homme excentrique portant lunettes noires et veste en alpaga s'est penché du côté du conducteur, a ouvert la portière et m'a appelé par mon nom. Je suis monté. L'homme ne m'a pas salué. Il semblait nerveux, ou peut-être contrarié. Je me disais qu'il devait rôtir sous la laine épaisse de son tricot. Il ne faisait pas attention à ma présence et n'avait d'yeux que pour l'enveloppe :

C'est ça ?

J'ai fait : Quoi ? mais je savais très bien ce qu'il voulait savoir.

L'enveloppe.

Oui.

Il a tourné sans prévenir et suivi la route qui descend vers le quartier syriaque.

Il a coupé le moteur, remonté ses lunettes et sauté sur l'enveloppe : Fais voir.

Quel rustre. Ses mauvaises manières commençaient à me taper sur les nerfs.

Il m'a regardé avec ses petits yeux et m'a crié : Est-ce qu'elle était ouverte ?

Non.

C'est toi qui l'as ouverte ?

Oui.

Pourquoi ?

Les yeux lui sortaient de la tête.

Parce que j'en avais envie.

Tu n'aurais pas dû ouvrir ça.

Tout y est. Vous pouvez compter.

Il s'est mis à compter l'argent. Puis il a fourré l'enveloppe dans sa poche et m'a lancé : Ça va, tu peux partir maintenant.

J'ai sorti mon revolver : Non, c'est vous qui allez partir.

Il s'est figé.

J'ai parlé : Écoutez, moi, je fais juste ça pour rendre service. Vous ne m'avez même pas dit merci. Je ne vais tout de même pas refaire tout le chemin à pied, vous comprenez ? Moi, je me fous de tout, sauf du respect. Le respect, ça compte beaucoup pour moi. J'aime le respect, je tue le mépris. Alors, un mot de plus, je vous descends et je garde l'argent. Compris ?

D'un seul coup, l'asticot s'est fendu d'un large sourire. Tour de magie ultrarapide ! Métamorphose minute ! Sous mes yeux, il s'est transformé en bossu onctueux qui m'appelait *Estéz* en baissant le front :

Ton oncle est un ami très cher. Très, très cher. Tiens. Il m'a offert deux cents livres et un sourire. Pour ta peine.

Maintenant, ramenez-moi, j'ai dit. Et que ça saute.

Au petit matin, après plusieurs jours et de nombreux morts chez les civils du secteur ouest, deux miliciens ont cogné à ma porte.

De l'autre côté, ça criait : *Al-Amn A-Dakhili.* Ouvrez ! J'ai ouvert, ils m'ont poussé contre le mur et ils ont fait irruption dans ma maison. L'un d'entre eux m'a posé le canon de son pistolet sur la tempe. Deux autres fouillaient l'appartement.

J'ai grincé : Qu'est-ce que c'est ?

Ta gueule, *Hachach* ! Celui qui tenait le pistolet m'a giflé. Tu viens avec nous. Abou-Nahra veut te voir.

J'ai biaisé : Attendez, je vais m'habiller.

L'homme au pistolet s'est mis à me bousculer.

J'ai résisté : Je viens ! Vous voulez que je me présente en sous-vêtements devant le commandant ?

Il m'a agrippé par mon maillot de corps : Dépêche-toi.

Je l'ai précédé dans la chambre, j'ai trouvé mes jeans et, pendant qu'il me bousculait, j'ai glissé un doigt dans le pli de la liasse de billets qui se trouvait dans la poche. J'ai attendu qu'il me pousse de nouveau, j'ai fait semblant de tomber et j'ai caché l'argent sous le vieux canapé massif. Ils m'ont escorté jusqu'à la jeep. En descendant, on est tombé sur Abou-Dolly, l'épicier. Planté devant l'entrée, il m'a regardé droit dans les yeux et m'a lancé en secouant la tête : *Ze'ran !*

J'ai interrogé mes ravisseurs : Pourquoi vous m'emmenez ?

L'homme au pistolet a bondi sur son siège et m'a saisi par les cheveux : Un mot de plus et je te fais pisser le sang par la bouche. Compris?

On a fini par arriver aux *Majalis*. Je suis sorti de la jeep. Deux miliciens m'ont fait descendre des marches qui menaient au sous-sol. Ils m'ont poussé dans une pièce qui ne contenait qu'une table et deux chaises. J'en ai pris une et j'ai attendu.

Deux heures plus tard, j'attendais toujours. Je n'entendais que le claquement d'une porte en métal, les pas des gardes, un petit gémissement de temps en temps. Je sentais l'humidité du sous-sol, le froid des murs, une vague odeur d'urine et celle du sol de béton nu. Je faisais les cent pas, je changeais de chaise, j'avais la bougeotte. Peut-être qu'ils étaient au courant pour les machines à poker. Ce con de Najib, j'aurais mieux fait de le tuer; ou était-ce un autre poignard dans le dos de la part de Georges?

Je n'ai pas tardé à fulminer. C'était la combine du poker ou l'enveloppe de mon oncle pour Jallil Al-Tahouneh? Je me préparais à l'avalanche de coups et de questions à venir. *Répète la même histoire, Bassam, répète la même histoire.* J'aurais fait n'importe quoi pour une cigarette. Pour finir, j'ai entendu la clé tourner dans le verrou et Abou-Nahra est entré, tout sourire, accompagné d'un garde.

Ah! voilà Bassam, a-t-il lancé par-dessus ses lunettes. Je pensais bien que c'était toi. Je me suis demandé s'il me voyait si bien que ça, dans la faible lueur de l'ampoule qui lui rasait pratiquement la tête sous le plafond bas.

Son molosse m'a frappé derrière la tête en aboyant : Lève-toi ! Lève-toi devant le commandant, *Hachach*.

Je me suis levé sans me presser, les yeux plantés dans ceux d'Abou-Nahra.

Kalb, plus vite que ça ! Le garde m'a giflé de nouveau à la tête, m'a poussé et m'a gratifié d'un coup de botte dans le tibia. J'ai perdu l'équilibre et je suis tombé par terre. Quand j'ai touché la surface dure et raboteuse du béton, j'ai senti son humidité glacée ; à son contact, mes vêtements ont pris la patine grise des grains de poussière veloutée qui la recouvrait. Je me suis dit que celui qui avait coulé cette dalle avait fait du mauvais boulot. Le plancher n'était même pas au niveau ; c'était sûrement pour ça que les chaises se balançaient quand je m'asseyais dessus, ai-je pensé tandis qu'une pluie de godillots matraquait mon visage et mes yeux battus.

Je me suis relevé, en sang. Abou-Nahra a agité la main et le monstre a arrêté de me danser la *Dabkeh* dessus.

Tu sais ce que tu as fait ?

Non.

Écoute, je suis très occupé et ton oncle le *yassaré* était mon ami. Parle ou je te laisse seul avec Rambo.

Je n'ai pas la moindre idée de ce que j'ai fait.

Pourquoi tu as tué le vieux ?

Quel vieux ?

Sa femme dit qu'on leur a volé des affaires.

Qui? Je ne comprends pas de quoi vous parlez.

Rambo est revenu me soulever par les cheveux, il a collé sa bouche sur mon oreille et il a chuchoté : Parle maintenant, sinon tu ne seras pas heureux, mais pas du tout.

Écoute, petit gars, je vais te raconter une histoire. Approchant ses lunettes de mon visage, Abou-Nahra m'a annoncé d'une voix basse et posée : La nuit dernière, Laurent Aoudeh a été assassiné dans son appartement. Un vol a également été constaté. Nous avons interrogé sa femme. Elle était chez son amie, dans la montagne. On a volé chez lui une certaine quantité de diamants africains.

J'ai rétorqué : Peut-être que c'est elle qui l'a tué! C'est peut-être elle qui les a volés!

Rambo a jappé : N'interromps pas le commandant! et il m'a refilé une taloche sur la tête.

On l'a un peu tarabustée, a repris Abou-Nahra, et elle nous a dit que c'est toi qu'elle soupçonnait. Tu lui as vendu de la drogue. Et récemment, tu as eu plusieurs contacts avec le vieux. T'aimes ça, les grands-papas gâteau?

Non.

Mais si. Tu lui donnes peut-être des *massat*. Dans le quartier, plusieurs personnes vous ont vus ensemble ces derniers jours.

Je l'ai bravé : Ah oui, qui ça?

L'épicier, Abou-Dolly. Il nous a dit que tu te promènes tous les jours avec lui. On a entendu beaucoup de choses à ton sujet. Tout le monde sait que tu es un *hachach*. Où étais-tu la nuit dernière?

Chez moi. C'est pas moi qui ai fait ça.

On a trouvé un revolver chez toi. Écoute, sale petit communiste… Tu es bien communiste, n'est-ce pas, comme ton oncle? Dis-moi où tu as caché les diamants, ou notre cher Rambo va te faire voir les étoiles en plein jour dans le ventre de ta mère.

Ma mère, elle est morte.

Rambo s'est mis en rage: Quoi, tu réponds au commandant, *ya kalb*! Il m'a cogné dessus avec la crosse de son arme.

Je repris contact avec la fraîcheur du sol, ses écrase-merdes allaient et venaient comme des vagues s'écrasant sur des rives nébuleuses, comme des voiles noirs éclipsant le soleil devant mes yeux, comme le fracas de dix mille tambours dans mes oreilles, comme une coulée de bonbon sur mon menton, comme, dans la salle de classe, l'odeur des gommes à effacer. De nouveau la poussière s'éleva de la terre à l'instar des nuages de craie que soulevait sur le tableau noir ce lèche-cul de Habib, tiens, ça me rappelait les coups de règle que faisait pleuvoir le jésuite français sur nos mains en guise de bénédictions, les genoux rompus sur les prie-Dieu de la chapelle, l'odeur de l'encens qui revenait me donner un avant-goût céleste et pardonnez-moi mon père car j'ai péché, j'ai secoué mon arbre et il a éjaculé des fruits, j'ai brisé le verre de la pierre de saint Pierre, j'ai chapardé des bonbons et j'ai tripoté une gamine dans l'abri sous la pluie de bombes, tandis que sa mère ronflait au rythme des nouvelles à la radio. Vous voyez, mon père, je le confesse, c'est moi qui ai attendu que la chandelle expire, moi qui ai glissé une main sous sa chemise de nuit jusqu'à sa toison d'or flambant neuve, elle n'a pas dit un mot, elle m'a suivi dans mon jeu, quand je suis monté sur le toit elle m'a suivi comme un chiot, comme une oiselle. Depuis ce jour, mon père, elle s'est mise à porter des fringues tapageuses, à jouer avec ses cheveux, à mâcher du *chewing-gum* la bouche ouverte, à danser sans vergogne sur le moindre tube. Elle est devenue jalouse de ma mère et de mes camarades et puis un jour, mon père, tout d'un coup, elle a pris en horreur ma voix rauque, mon nez pubère, mes boutons écarlates et mes mamelons bouffis. Voyez-vous, mon père, elle a grandi entourée exclusivement de miliciens qui klaxonnaient sous les fenêtres de son père dans leurs cabriolets volés en Italie. Et moi, haïssant mon âge et ma pauvreté, détestant qu'elle me délaisse pour d'autres garçons, je la regardais courir vers leurs voitures, leurs bagues en or, les cèdres de Noël qu'ils portaient en sautoir sur leur poitrine découverte, leur eau de Cologne Drakkar Noir et leur musique à tue-tête qui dérangeait tout le quartier. Ses cheveux, mon père, flottaient sur leurs décapotables, et ils l'emmenaient dans leurs maisons de vacances sur des plages polluées ou dans leurs garçonnières de montagne. Et quand elle me voyait, mon père, elle me souriait comme le petit bonhomme de sa maison de poupée. Voilà pourquoi, mon père, depuis ce jour, je refuse de descendre dans l'abri, quand bien même votre Rambo me réduirait en chair à saucisses. Non, je ne retournerai plus dans ce caveau obscur, car j'ai toujours haï ce qu'il y a sous la terre et les petits démons qui l'habitent et qui m'ont fait baver devant ses cuisses maigres et sa toison d'or flambant neuve.

Avant de quitter la pièce, Abou-Nahra est venu se pencher sur mon coin de béton. Je distinguais à peine son visage ; tout se perdait dans la brume. Ses lunettes dansaient comme dans un James Bond diabolique des années 1970 et j'ai entendu sa voix de gangster : On va te secouer et te remuer… tout ce que j'attends de toi, ce sont les diamants. Après, on te laisse partir. Allez, sois un bon camarade et confie ta cachette à Rambo. On me dit que les communistes aiment partager, voilà ta chance de participer à la création d'une société égalitaire. Fais ce qu'il faut pour que ton oncle communiste soit fier de toi.

Abou-Nahra s'est fendu la gueule, la porte a claqué, je suis tombé dans les pommes.

Quand j'ai repris conscience, le porc de garde m'a transféré dans une petite pièce qui ne contenait qu'une couverture et une chiotte dégueulasse.

Je ne voyais que d'un œil. Je me suis assis par terre, j'ai balayé la poussière de la main gauche et laissé reposer ma paume droite sur la fraîcheur du sol pour la canaliser vers mon œil. Tout mon corps me faisait mal; mes lèvres saignaient.

J'ai essayé de dormir, mais Rambo était bien décidé à me priver de sommeil. Toutes les cinq ou dix minutes, il ouvrait la porte et m'ordonnait de me lever.

Si je te trouve assis ou endormi, je te plonge la tête dans le bol, me promettait-il. Tu comprends, *Hachach*?

Il gueulait: Marche; je marchais de long en large.

Presque toute la nuit, Rambo m'a empêché de dormir. Je m'accrochais au mur pour tenir debout. Chaque fois que je tombais à genoux, je tendais l'oreille vers le verrou et je m'arrachais du sol avant l'entrée du monstre. Quand je me suis endormi, il s'est déchaîné, m'a sorti de la cellule et m'a traîné dans un cabinet. Après avoir rempli le lavabo, il m'y a plongé la tête encore et encore. Une des fois où j'étais sous l'eau, je me suis dit: Qu'il aille se faire foutre. Quand il me sortira de là, je ne respirerai plus. Je l'emmerde. Je vais retenir mon souffle et plonger sous la mer avec ses poissons toxiques. Je vais rester au fond et regarder passer à nouveau les touristes dans leur yacht de croisière. Cette fois-ci, je mettrai mon plus beau smoking et je leur montrerai, à ces étrangers, comment je sais swinguer, faire valser ma canne à pêche au rythme de leurs airs de mambo, une danseuse baladi collée à chaque hanche, sous le regard envieux des anges asexués, des nymphes moqueuses et des sommités du whisky courbées devant les princes saoudiens au bec orné d'un bouc, avec ici et là des *bunnies* de Playboy aux douces queues de coton blanc. Qu'il aille se faire foutre. Je dormirai dans une cabine avec deux couchettes et le service aux chambres. Je l'emmerde, cette brute. Je n'ai qu'à faire provision de bulles puisées à l'effervescence de l'eau, je n'ai qu'à avaler leur air et attendre sous l'eau que le mambo ressuscite. Voilà ce que je vais faire.

Mais le monstre ne me lâchait pas de l'œil ni du poing et je virais au bleu outremer, couleur des fonds marins ainsi que de mon œil gauche, assorti à l'uniforme du capitaine du yacht.

Les diamants ; c'est tout ce qu'il savait dire. *Ya habboub,* pourquoi t'infliges-tu ce supplice ? Je ne comprends pas les gens qui aiment souffrir à ce point. Est-ce que ça vaut vraiment la peine ? Ce ne sont que des cailloux… Écoute, je n'aime pas l'idée de tuer un autre chrétien. On est tous du même bois ici. Allez, dis-moi où tu as mis les diamants et je te laisse sortir, je peux même te faire ramener chez toi en taxi. Tiens, je t'ai apporté de la soupe. Je vais même te laisser dormir cette nuit ; et demain, je sais que tu vas te réveiller frais comme une rose et que tu vas me dire l'endroit exact où tu les as cachés.

J'ai chuchoté à travers mes dents cassées : Je les ai pas pris.

Qu'est-ce que tu dis ? J'entends rien, tu parles comme une femme. Es-tu une femme qui aime sucer la queue des grands-pères ! Le monstre m'a saisi à la gorge et m'a collé ses lèvres sur l'oreille. Dis-moi tout, mon chéri, et ce soir, on pourra tous rentrer chez nous.

J'ai soufflé : C'est pas moi.

Demain, tu verras, tout va te revenir. Je sais que ce soir, tu ne t'en souviens plus parce que t'es sonné, c'est sûr, t'as trop bu. Dors maintenant.

Après ça, il m'a laissé tranquille, mais ça ne m'a pas empêché de mal dormir. Je me réveillais tout le temps de peur que le monstre ne jaillisse dans ma cellule et ne m'oblige encore à marcher. Au matin, il s'est pointé et m'a filé un coup de botte : Alors, où ils sont ?

J'ai fondu en larmes, balbutiant : C'est pas moi. Je ne sais rien.

Très bien, *hachach*. Je vois que tu n'es pas du genre à accepter les messages de bonté. J'ai été correct avec toi. Elle t'a plu, la soupe ? J'espère, parce que c'était ton dernier repas. Allez, viens avec moi. *Yallah* ! Il a appelé son copain et ils m'ont traîné jusqu'à une voiture banalisée : J'ai entendu dire que tu aimes bien les BMW. T'aimerais t'en acheter une quand tu vendras les cailloux du vieux, hein ? Allez, on t'emmène faire un tour d'essai.

Ils m'ont poussé dans le coffre et ont roulé sur quelques mètres avant de s'arrêter. Une voix a crié : Rambo, où tu vas ?

On va juste finir le communiste, Bassam quelque chose.

Et comment vous allez le finir? a repris la voix, hilare.

Comme Rambo, a répondu Rambo, et ils ont tous éclaté de rire.

Après, ils ont roulé en rond à toute vitesse, en faisant des boucles. Ma tête cognait sur le pneu de secours et j'avais mal au cœur; l'odeur du cuir propre augmentait encore ma nausée. Noir, il faisait noir, noir comme dans la tombe de mes parents. Je me suis dit: Qu'il aille au diable, au moins je ne serai pas enterré au même endroit qu'eux!

La voiture s'est arrêtée. Le monstre a éteint le moteur et le coffre s'est ouvert tout seul. Je gardais une main sur mes yeux. Le peu de lumière qui perçait dans le coffre m'aveuglait. J'éprouvais un tel vertige que j'ai vomi.

Le deuxième homme est devenu furieux: *Akhou'charmouta,* il a salopé la voiture! Regarde. Il a vomi partout.

J'ai entendu qu'on armait un fusil et la voix du deuxième homme a repris: Je vais en finir tout de suite avec cette ordure.

Mais Rambo lui a ordonné d'attendre. Je te dis d'attendre! a-t-il crié, et les deux hommes se sont bagarrés.

Va faire un tour, *Ya Allah.* C'est mon auto, je m'en occupe.

Rambo a passé la tête dans le coffre et m'a dit de sa voix sarcastique habituelle: Et maintenant, *Ya habboub,* tu te rappelles où tu les as mis, les cailloux?

Pour toute réponse, j'ai vomi encore un petit coup. J'avais l'impression de gerber vers l'intérieur ; le bol de soupe mutant m'éclaboussait la poitrine, me remontait dans les narines.

Il a soupiré : Très bien, comme tu voudras. Tu sais, je pourrais te faire une faveur et t'abattre tout de suite. Je sais que c'est ce que tu veux, mais je n'en ferai rien. Toi et moi, on n'a pas terminé. Je ne t'ai pas encore présenté à mon chargeur électrique. Je te jure que tu resplendiras comme *Mariam el-'Adrah*.

Rambo et son ami ont fait demi-tour et m'ont porté jusque dans ma cellule.

Dix mille baffes s'étaient posées sur ma peau délicate, la soupe jaillissait de mon estomac comme la bouillie pour bébé des bras nourriciers de ma mère, de ses yeux perçants, de son souffle accaparant, de son mépris pour mon père le fataliste, l'indifférent, le silencieux, l'homme au pas lent qui ouvrait la porte à la volée, tard dans la nuit, et faisait pleuvoir des baffes sur les bras nourriciers de ma mère, ses yeux perçants, son souffle accaparant, son mépris pour mon père le fataliste, l'indifférent, le silencieux, l'homme au pas lent qui ouvrait la porte à la volée, tard dans la nuit, tel mon bourreau qui me donnait des baffes et m'offrait une soupe qui jaillissait de mon estomac comme la bouillie pour bébé des bras nourriciers de ma mère, de ses yeux perçants, de son souffle accaparant, de son mépris pour mon père le fataliste, l'indifférent, le silencieux, l'homme au pas lent comme son fils dans cette cellule où l'on m'obligeait à marcher toute la nuit, implorant les bras nourriciers de ma mère, ses yeux perçants, son souffle accaparant de me sauver de l'eau suffocante, de me tirer de la baignoire où flottait un petit canard entouré de bulles, des vagues cinglantes qui ébranlaient le yacht de croisière, projetant du savon sur les planches du pont usées par des Anglais fuyant les pluies du Nord, marchant calmement vers la salle à manger par une nuit sans lune avant que la soupe servie ne refroidisse, avant que le gardien, en tablier blanc, ouvre à la volée la porte des cuisines et m'ordonne de me relever, de ne pas m'asseoir sur mes lauriers, de ne pas répondre, de ne pas marauder dans les sacs à main des passagères, de ne pas tripoter les adolescentes ni les épouses en manque sous leurs rivières de diamants, de ne pas cesser de chasser la poussière, de balayer le pont, de remplir les baignoires de gaz effervescents précipités par mon visage submergé, de mes lèvres de noyé labiles qui cinglaient comme des poissons volants sur une mer sans lune.

Rambo a ouvert la porte : Tu peux partir, *hachach*. Tu es libre. Il m'a tenu la porte. Tu as deux minutes pour sortir d'ici.

Je me suis levé et je suis sorti à pas lents de la pièce en me disant : Voilà, maintenant il va me tirer dans le dos et il accusera mon cadavre de tentative d'évasion.

J'ai longé le corridor. Plusieurs autres cellules y donnaient de part et d'autre. J'avais partagé le sol raboteux, les murs humides et froids avec d'autres malheureux qui pleuraient des stridences de dauphins échoués, nageant les yeux ouverts dans le même océan, observant la lente remontée des bancs de bulles violettes.

Quand je suis arrivé au bout du couloir, un homme m'a ouvert la barrière. J'ai grimpé l'escalier tant bien que mal, distinguant dans la lumière aveuglante la silhouette d'une femme. *Ah, ma mère est là, me suis-je dit. Ça doit être ce salaud de Rambo qui a convoqué une réunion de famille.* C'est alors que j'ai entendu la voix de Nabila injurier tous les saints, toutes les brutes sanguinaires. Elle est venue me rejoindre à mi-chemin et m'a tiré vers elle.

Dès qu'elle m'a vu de près, elle a perdu les pédales et ça m'a foutu la trouille. Puis elle m'a caressé les cheveux et, dans le flot de lumière, elle a maudit la milice, maudit Abou-Nahra, maudit le Christ et ses disciples. Me portant à moitié, elle est parvenue à me faire monter dans sa voiture et on a roulé jusqu'à chez elle. Quand on est arrivés, elle m'a couché près de l'entrée. Elle est montée chercher Chafiq Al-Azrak et à eux deux, ils m'ont porté jusqu'en haut de l'escalier.

13

Pendant plusieurs jours, Nabila m'a lavé, nourri et soigné jusqu'à ce que j'aille mieux.

Il faut que tu t'en ailles d'ici, disait-elle. Demande ton passeport. Tu saurais où aller?

Je lui ai demandé d'aller à mon appartement et de regarder si mon trésor était toujours sous le canapé.

Elle est revenue avec une liasse de billets maintenus par un élastique : Tu peux me dire où tu as pris tout cet argent?

Je l'ai mis de côté.

Tu sais, à voir ça, je pourrais croire que c'est toi, en fin de compte, qui as tué cet homme, sauf que j'ai entendu dire qu'en ton absence, sa femme est morte assassinée. C'est un berger qui l'a trouvée dans la montagne avec une balle dans la tête. Après ça, je suis allée droit chez cette brute d'Abou-Nahra, tu aurais dû voir la scène que je lui ai faite. Sous ses bonnes manières, ce n'est qu'un vaurien.

Je lui ai demandé où était Georges.

Il est parti. Il est venu m'annoncer qu'il allait camper vers le nord. Je n'ai pas de nouvelles de lui.

Et de l'autre côté, comment ça se passe?

Al-Gharbiyeh est toujours assiégée. Les Palestiniens pourraient se rendre bientôt. Ah oui, j'ai failli oublier : Nahla m'a dit que deux jeunes qui te cherchaient sont passés au magasin de Julia.

Est-ce qu'elle te les a décrits ?

Non, pas vraiment. Elle a juste dit qu'ils étaient jeunes. Et que l'un des deux avait le nez cassé.

Au milieu de la nuit, je me suis réveillé en sueur, en gémissant.

La porte s'est ouverte et Nabila est entrée, une torche électrique à la main.

C'est moi, Bassam. C'est Nabila. Tu as fait un cauchemar. Regarde comme tu transpires.

Elle m'a caressé le visage avec douceur. Regarde ce qu'ils t'ont fait, ces vauriens. *Ya Em al-Nour,* regarde, a-t-elle soupiré en me touchant le visage, en m'embrassant sur la joue. Elle a passé un bras autour de mes épaules.

J'ai glissé ma main sur sa cuisse ; elle s'est laissé faire. Mes lèvres de chien affamé cherchaient les siennes. Elle m'a embrassé et s'est mise à respirer plus fort. J'ai passé ma main sur son sein ; elle s'est laissé faire. Je lui ai caressé la poitrine à la sauvette ; je l'entendais haleter : Doucement, doucement. Doucement, mon petit, fais attention à tes lésions, ne te fais pas mal, doucement, répétait sa voix maternelle. J'ai tiré sur sa nuisette et mes lèvres ont fondu sur ses gros mamelons ronds. Elle me tenait la tête et caressait mes cheveux. Je l'ai tirée vers le bas, elle s'est allongée près de moi tandis que je m'en prenais à sa chair avec l'avidité gourmande d'un chiot. Elle a passé sur mes plaies une langue de guérisseuse antique. Les orbes de ses cuisses se sont déployées ; j'ai plongé dans son miel. Me tenant la tête, caressant mes cheveux, elle m'a conduit à un orgasme puéril.

Le soleil était levé. J'entendais Nabila remuer de la vaisselle dans la cuisine. Sa radio s'était jointe à toutes celles du voisinage dans le grand chœur des mauvaises nouvelles.

Nu, plein d'hésitation et de gêne, je restais couché. Mais j'ai fini par aller aux toilettes.

Elle a entendu la chasse d'eau et m'a demandé si je voulais du café.

J'ai marmonné n'importe quoi et j'ai filé dans ma piaule.

Nabila a ouvert la porte en robe de chambre. Elle s'est approchée du lit et s'est assise sur le bord : Bassam, il faut que tu rentres chez toi. Fais voir ton œil. Il faut changer ton pansement. Tiens, habille-toi et attaque-toi à ta demande de passeport… Va. Il n'y a rien ici. Va… Trouve un photographe… Ton argent est dans le tiroir… Viens manger avant de partir. J'ai lavé tes vêtements.

Et elle a disparu pour revenir avec un bout de papier. Elle m'a pris la main et m'a ouvert les doigts, y a glissé le papier roulé, les a refermés en chuchotant : Garde ça sur toi. Si tu parviens en France ou en Europe, va voir cet homme. C'est le père de Georges. Ma sœur n'a jamais rien voulu savoir de lui. Elle avait honte. C'était une femme fière et têtue. Elle a fait une erreur de jeunesse. Elle n'a jamais eu besoin de personne...

Nabila a versé une seule larme, une coulée unique d'eau salée qu'elle a cueillie sur sa langue d'un air stoïque avant qu'elle n'atteigne le bord de sa lèvre. Elle a plongé ses yeux dans les miens : Dans ton intérêt et celui de Georges, je veux que tu ailles le voir. Là, il y a son nom et ses coordonnées. Si tu ne le trouves pas à ce numéro, va le chercher où qu'il soit. Promets-le-moi. Promets-moi que tu vas le faire.

J'ai hoché la tête. Sans prononcer une parole, j'ai promis.

L'après-midi commençait ; j'ai descendu l'escalier, je suis sorti dans la rue et je suis rentré chez moi. On avait vidé tous mes tiroirs, brisé quelques vases et étalé mes vêtements par terre.

J'ai appelé Joseph Chaiben. Il m'a donné rendez-vous cette nuit-là, au coin d'une rue, dans un autre quartier :

Je passerai te prendre en voiture.

J'ai attendu, Joseph a tenu parole, il est passé me prendre.

Sentant qu'il ne voulait pas être vu avec moi, je lui ai demandé pourquoi.

Rien de personnel, Bassam. Mais tu sais comment ils sont, aux *Majalis*. Une fois qu'ils t'ont à l'œil, ils surveillent tous tes amis.

On est sortis de la ville, on est montés dans la montagne, on s'est garés et on s'est promenés un peu.

J'ai dit à Joseph que j'avais besoin d'une arme à feu.

Écoute Bassam, c'est pas une bonne idée que tu achètes un pistolet en ce moment.

J'ai dit : J'ai quelqu'un sur le dos. J'en ai besoin pour bientôt. J'ai de quoi payer.

Je vais voir ce que je peux faire.

On est redescendus vers la ville. Quand je suis sorti de l'auto, Joseph m'a rappelé : Bassam, je vais pas me mettre à te poser trop de questions, mais je sais que ce n'est pas toi qui as tué le vieux.

Qui c'est ?

Sans répondre, il a appuyé sur l'accélérateur et il a déguerpi.

Pendant plusieurs nuits, j'ai dormi à la belle étoile sur le toit de l'immeuble en face du mien.

De là-haut, on voyait très bien brûler Beyrouth-Ouest. Les Israéliens ont bombardé ses habitants pendant des jours. Des lueurs orange trouaient la nuit. Les balles des mitrailleuses traçaient des arcs rouges au-dessus du sol. La ville en flammes se noyait dans les hurlements des sirènes, du sang et de la mort.

Un matin, Joseph m'a fait parvenir un signal : il voulait me voir.

On s'est vus, il m'a tendu un revolver, j'ai craché l'argent, après quoi je lui ai demandé s'il pouvait me donner un coup de main. Je lui ai confié mon projet de quitter Beyrouth, ainsi qu'une idée qui m'était venue, un dernier coup pour mettre la main sur plus d'argent.

Quel genre de coup ? m'a demandé Joseph.

La caisse du casino.

Majnoun, m'a-t-il lancé. Tu es vraiment *majnoun*. Je sais pas, Bassam. C'est risqué ; faut pas se frotter aux *Majalis.*

Oui. Dis-moi, les *Majalis,* qu'ont-ils jamais fait pour toi, Joseph ? Je t'ai vu passer des semaines entières sur les barricades. Tu risques ta vie. Tout ça pour que les commandants s'offrent des voitures sport, des maisons de campagne et des comptes en banque pleins à craquer. Regarde-toi, tu arrives à peine à acheter de quoi nourrir ta mère, tes frères et ta petite sœur. Réfléchis, Joseph. Un jour, cette guerre va se terminer, et qui est-ce qui se promènera en complet Armani ? Et nous, qu'est-ce qu'on aura ? Tu crois qu'ils se diront : Ah oui, en voilà un qui a bien combattu pour la cause chrétienne ? Penses-y un peu. Ça pourrait nous rapporter une grosse galette à tous les deux.

Joseph se taisait.

Je lui ai demandé : Celui qu'on appelle Rambo, tu connais son vrai nom ? Il roule en BMW noire, il a une longue cicatrice qui lui barre le visage de l'œil au menton.

Ouais, Rambo, je le connais, c'est un *ars*.

J'ai besoin de savoir où il habite.

Walid Skaff le connaît bien ; il m'a dit qu'une fois, il avait été invité à une fête dans la montagne, près de Fakhra, à la maison de campagne de Rambo. Il l'a confisquée à une famille musulmane qui s'est enfuie.

De jour en jour, mes blessures se refermaient et mes muscles reprenaient des forces. Je marchais de nouveau sans douleur et mes narines avaient recraché les dernières traces d'eau. Les bulles qui étaient restées prises dans ma bouche depuis la fois où Rambo m'avait enfoncé la tête comme un sous-marin dans la porcelaine jaunie des lavabos s'étaient évaporées avec un bruit sec, on aurait dit des mots. Alors je suis retourné travailler au port. Dès que j'ai mis le pied sur le terrain, le garde est venu me voir : Abou-Tarik veut te voir.

Arrivé devant le bureau d'Abou-Tarik, j'ai frappé à la porte. Assis devant un petit poêle en laiton, il faisait du café. Lentement, il s'est retourné, m'a fait signe d'entrer et m'en a versé une tasse. Je me suis assis à son bureau, en face de lui.

Il m'a demandé : Où étais-tu passé ?

Ils m'ont arrêté.

Il a hoché la tête. Oui, c'est ce que j'ai entendu dire.

Et pourquoi ?

Quelqu'un a tiré sur un homme dans mon quartier, alors ils m'ont envoyé aux *Majalis*.

Tu sais que les hommes d'Abou-Nahra sont venus ici ? Ils m'ont posé des questions sur toi. Ils voulaient fouiller ton casier. Je leur ai dit qu'ici, on ne fouille pas. Ils sont entrés ici en se pavanant comme chez eux. Je les ai avertis : Ici, personne ne se met en travers de mon chemin. Moi, je ne travaille pas pour eux. Je reçois mes ordres du plus haut commandant, Al-Rayess lui-même. Je leur ai dit que je n'obéissais qu'à Al-Rayess.

Abou-Tarik a joué un instant avec son imposante moustache avant de poursuivre dans son patois du nord : Je leur ai dit : Pour entrer ici, laissez vos armes à la porte, sinon, la prochaine fois, je ne vous laisserai pas passer. Ils n'ont pas aimé. Écoute, tu es un bon employé, et si tu avais vraiment commis ce dont on t'accuse, tu ne serais pas revenu gagner ton pain ici, pas vrai ?

J'ai hoché la tête.

Ils t'ont fait passer un mauvais quart d'heure, ces enfoirés, hein ?

Oui.

On attend un paquebot italien pour demain soir. Je vais avoir besoin de toi pendant plusieurs jours. Je compte sur toi. Ce soir, c'est tranquille. Rentre chez toi, repose-toi.

Le lendemain soir, je suis retourné au port et je me suis mis au travail. Pendant la pause, je suis monté sur le pont à la recherche du commandant. Le capitaine Ashraf, un Égyptien, mangeait un morceau dans la cambuse.

Je me suis assis près de lui : Je travaille ici, sur les quais.

Il m'a regardé : Oui ?

Il faut que je m'en aille d'ici, vite.

Il m'a rétorqué : Tu as un visa ?

À mon tour, je lui ai demandé : Vous êtes en partance pour où ?

Marseille. Tu as un visa pour la France ?

J'ai dû admettre que non.

Je ne peux pas te prendre à bord.

J'ai tenté le coup : On ne pourrait pas s'arranger ?

Il a continué à mâcher en silence. Pour finir, il m'a demandé : Ils te payent bien, ici ?

Je l'ai rassuré : J'ai de l'argent.

Il a dit : Huit cents.

J'ai six cents.

Le capitaine n'a rien dit. Il s'est levé nonchalamment.

Je me suis repris : Je peux vous donner sept cents. Il me resterait deux cents pour affronter mon destin après mon arrivée.

On appareille dimanche. *Twakkal 'ala Allah,* et apporte une veste chaude. La nuit, il fait froid sur le pont.

14

J'étais chez moi, au lit, au milieu de la nuit, quand on a frappé à la porte. C'était ma voisine de palier. En larmes, elle m'a annoncé : Ils l'ont tué. Ils ont tué Al-Rayess.

Le commandant en chef des forces armées avait été assassiné lors d'une visite à un camp de soutien politique. C'est pendant qu'il était à l'intérieur, en train de serrer les mains de ses partisans, que la bombe avait explosé, faisant s'écrouler tout le bâtiment. Par ailleurs, à Beyrouth-Ouest, les forces palestiniennes et gauchistes s'étaient rendues aux forces israéliennes.

J'ai assisté à la radiodiffusion de l'enterrement d'Al-Rayess et au retrait des forces palestiniennes du Liban vers la Tunisie. Le tout-Beyrouth féminin portait du noir et pleurait.

Nabila m'a téléphoné, jurant ses grands dieux qu'elle l'avait rêvé la nuit d'avant. Elle prenait du valium : la nouvelle de l'attentat l'avait rendue malade et déprimée. Elle avait parlé à Georges, m'a-t-elle confié. D'après lui, ils tenaient déjà un suspect, un certain Al-Tahouneh.

Quelque chose comme ça. Il est membre du parti communiste syrien. Ils ont trouvé chez lui des dessins d'architecture représentant les fondations de l'immeuble détruit.

Joseph a fini par accepter le plan fumant dont je lui avais parlé. J'ai passé quelques jours à observer le casino. Les miliciens chargés de la collecte passaient un soir sur deux dans une voiture banalisée, en vêtements civils et toujours par paires. Ils venaient d'entrer. J'ai traversé la rue et fouillé leur auto du regard pour voir ce qu'ils avaient comme armes en plus de celles qu'ils portaient à la ceinture. Quand ils sont ressortis, je les ai suivis de loin, histoire de repérer le chemin. Ils se sont arrêtés à un autre casino, puis ils ont rejoint l'état-major des *Majalis* par une interminable route de campagne.

Le lendemain, Joseph et moi, on a attendu que le copain de Najib rentre à la maison.

Joseph a grimpé sur le toit de son immeuble et je me suis posté en face de l'entrée.

Peu après, le type s'est garé devant et il a gravi l'escalier. J'ai sifflé, deux doigts dans la bouche, et Joseph a descendu les marches en toussant, le visage dissimulé derrière un mouchoir. Quand ils se sont croisés, il a fait semblant de tousser et il a frappé l'ami de Najib au visage.

J'ai gravi l'escalier quatre à quatre, muni d'un épais rouleau de ruban adhésif.

Avant que le petit comparse ait pu émettre un seul son, Joseph lui avait enfoncé son mouchoir dans la bouche. Je lui ai ligoté les mains et les pieds et on l'a déposé sur le toit de son immeuble, moins les clés de sa bagnole. On est vite montés dedans et on a filé chez Joseph, qui est monté chercher sa *kalach* et ses revolvers.

Pendant que je conduisais, il a rempli les chargeurs de balles. Il a vérifié son arme et la mienne. Après un petit arrêt devant le casino pour assister à l'arrivée des encaisseurs, on a pris les devants jusqu'à la route de campagne qui menait aux *Majalis*.

Bloquant la rue, j'ai soulevé le capot et me suis abrité derrière. Quand j'ai aperçu la voiture des deux miliciens, j'ai enfilé un bas sur ma tête. Joseph était caché dans le fossé.

Dupond et Dupont sont sortis de leur auto et se sont approchés en jurant. Joseph se dépêchait de les suivre avec sa kalachnikov.

J'ai bondi de derrière le capot, tenant dans chaque main un revolver braqué sur leurs visages :

'Ala-l-ard ya ikhwet'charmouta ! J'ai répété : *'Ala-l-ard.*

'Ala-l-ard, avant que je vous vide mon chargeur dessus, a repris Joseph derrière eux.

Ils ont levé les mains en l'air et se sont allongés sur le ventre. J'ai posé le pied sur la nuque du premier et je lui ai confisqué son arme tandis que Joseph fouillait l'autre.

On leur a lié les mains avec le ruban adhésif, on les a laissés près de l'auto au capot ouvert et on a déguerpi en marche arrière dans leur caisse pleine de fric. J'ai fait demi-tour dans une traverse, on est repartis par où on était venus et on s'est garés près d'une usine déserte. C'est là qu'on a laissé l'auto délestée des sacs de monnaie : on a tout transbordé dans un camion de livraison qu'on avait pris soin d'y parquer pendant la journée et on a pris la route des montagnes.

On s'est garés dans un coin. J'ai compté l'argent et j'ai tout de suite fait moitié-moitié.

J'ai mis Joseph au courant : Il y a un navire qui part demain pour la France. Je vais le prendre. Tiens, tu iras voir Nabila. Tu vois qui c'est, Nabila ? La tante à De Niro ?

Oui.

Tu lui donneras les clés de chez moi. Dis-lui de s'occuper de la maison. Dis-lui que je vais chercher la personne dont elle m'a donné le nom. Je tiendrai parole ; dis-le-lui. Bon, j'aime mieux que tu me laisses au carrefour, en bas. Je rentrerai en taxi ; il vaut mieux qu'on parte chacun de son côté.

On s'est embrassés et on s'est quittés.

Majnoun, je ne t'oublierai jamais, m'a lancé Joseph. *Majnoun !*

Il s'est éloigné.

J'ai pris un taxi jusqu'à Fakhra, dans la montagne. Je suis descendu au centre du village, j'ai rempli un jerrycan d'eau à une petite source qui chantait la nuit sous les fenêtres des villageois, je me suis glissé dans le maquis et je suis monté encore plus haut. J'ai fini par m'arrêter. J'ai versé l'eau sur la terre et étendu sur mon visage et mes mains la boue ainsi formée. Toute la nuit j'ai marché, longeant les murs du village à la recherche d'une BMW noire aux vitres teintées. Quand les chiens aboyaient, je me faufilais par les arrière-cours et je poursuivais mon chemin dans les ruelles obscures. J'ai eu beau ratisser tout le village, je n'ai pas trouvé l'auto. Au petit matin, je me suis assis au sommet de la colline pour observer le passage des voitures.

J'ai repéré une BMW qui grimpait à toute allure, zigzaguant comme si le chauffeur était ivre, comme un âne gravissant un coteau.

Écartant les branches folles, j'ai couru à sa poursuite à travers les pins, les coteaux humides, la rosée du matin. J'ai traversé l'escalier de pierre et j'ai attendu que l'auto s'arrête. Un homme a ouvert la portière et est descendu sans se presser. C'était Rambo.

J'ai marché vers lui et quand il a entendu le bruit de mes pas, il s'est retourné en dégainant au ralenti. Je me suis arrêté. En voyant son visage, mon cœur s'était mis à battre un tocsin lugubre. Je m'attendais à ce qu'il m'oblige encore à marcher toute la nuit, à ce qu'il écrase chaque matelas m'invitant au sommeil. La sueur s'est mise à couler sur mon front, inondant mon visage comme un seau d'eau froide. La brise matinale m'a frôlé, parfumée au jasmin. Un banc de papillons a remué ses ailes gigantesques, soulevant la brume des vallées, et mes paupières ont papilloté à leur tour. Mes mains se sont tendues, mes deux index ont appuyé sur la gâchette et j'ai tiré sur lui, j'ai vidé mon chargeur dans son sourire. Les balles se précipitaient dans sa chair parfumée à l'eau de Cologne, dans ses derniers soupirs aux relents de whisky, ses ongles agrippés à la portière. Mes coups résonnaient dans la vallée profonde, carillonnant comme le glas, tonnant comme des fusils de chasse dans le soleil matinal. J'ai tiré jusqu'à ce qu'il s'écroule. La brume épaisse est passée sur nous, emportant son dernier souffle.

J'ai fouillé Rambo à la recherche des clés de son auto. Je les ai trouvées sous son cadavre. J'ai palpé son blouson de cuir, sa chemise de soie blanche empâtée de sang et de terre rouge. Ses yeux me fixaient pour la dernière fois. J'ai vu mon reflet s'enfoncer dans ses pupilles noires et ça m'a foutu la trouille.

J'ai pris les clés et j'ai descendu la côte dans sa voiture. Peu après, je me suis garé sur le bas-côté, je suis sorti de l'auto et j'ai vomi par-dessus une falaise, la tête penchée sur la terre. À genoux.

Le navire partait cette nuit même. De retour à la maison, j'ai rassemblé quelques vêtements, mon passeport, mon argent et j'ai descendu l'escalier pour la dernière fois. Les voisines lavaient le marbre à grandes giclées. Il y avait de l'eau ce jour-là, dans les robinets, sur les toits ; les femmes du quartier montaient remplir leur seau qui pesait jusqu'en bas. Certaines m'ont regardé, d'autres non. Je savais à quoi elles pensaient ; je savais quelles mains, quels seaux manquaient à l'appel. J'ai franchi sur la pointe des pieds le ruisseau d'eau savonneuse. J'ai filé sans adresser la parole aux femmes. Je n'ai pas frotté, je n'ai pas porté, je n'ai pas dit bonjour, je n'ai pas dit merci. Je suis passé à gué, cherchant la mer.

J'ai longé la rue, pensé : Rien ne change ici. Ces fenêtres dureront éternellement. Ces voitures vont se multiplier, se parquer et pousser sur les trottoirs comme des plantes, des arbres multicolores. Je regardais droit devant moi, sans saluer personne, sans pleurer. Je ne faisais que partir.

Une voiture m'a dépassé, s'est arrêtée, a fait marche arrière. C'était De Niro. Il m'a offert de monter.

J'ai dit : Ça va, faut que j'aille travailler.

Il a insisté : Je vais te conduire. Il faut qu'on se parle. Il avait les yeux rouges. C'était soit la coke, soit l'alcool, soit le manque de sommeil, avec tous ces coups de fusil, tous ces bruits de bottes militaires.

Quand je lui ai demandé de me foutre la paix, il est descendu, m'a pris dans ses bras et m'a embrassé sur le front : Tu es mon frère. Il m'a escorté jusqu'à l'autre côté, m'a fait asseoir sur le siège du passager, et il est retourné à son siège sans lâcher la voiture de la paume de sa main, la paume qu'il avait posée sur ma nuque, sur ma joue, la paume qui m'avait guidé vers l'auto.

Il conduisait vite. Sans stopper, sans freiner. Il me regardait, parfois en souriant, parfois au bord des larmes. Il n'a pas desserré les dents jusqu'après Quarantina, quand il a lancé l'auto sur l'autoroute qui aboutit sous le pont, malmenant le manche, de nouveau les secousses, la vitesse. Il a ralenti en arrivant sous le pont et on s'est garés au pied de l'énorme pile de béton, juste au bord de l'égout qui charriait nos péchés collectifs. En face d'un échafaudage de sable et de pierres inachevé. On est restés sans rien dire. Le revolver de Georges était posé entre nous sur le siège.

Et il s'est mis à rire. Il n'arrivait toujours pas à me regarder dans les yeux. Il a tiré de son paquet deux cigarettes qu'il a allumées ensemble avant de m'en tendre une.

Son pantalon de soldat était barbouillé de sang frais, une grosse flaque noire qui luisait presque.

Il m'a vu la regarder. Il a tendu la main vers la bouteille de whisky. Il a bu. Quand il me l'a tendue, j'ai refusé.

Enfin, il a parlé : J'ai tué aujourd'hui.

J'ai hoché la tête sans surprise.

J'en ai tué beaucoup. Beaucoup, a-t-il répété en jouant avec son revolver.

J'ai hoché de nouveau la tête et j'ai gardé le silence encore un moment. Puis j'ai dit : Il faut que j'y aille. Je n'avais plus aucun intérêt pour l'écho des abattoirs, la course lourde des talons, les feux d'artifice. Je n'avais d'oreille que pour les vagues qui jutaient sous le pont, plongeaient sur le pare-brise, venaient me lécher les pieds.

Georges a sorti un cylindre où il a plongé une cuiller miniature, la ressortant pleine de poudre qu'il a reniflée. Il a passé le revers de sa main sur son nez, puis l'a observé dans le miroir. Il s'est tourné vers moi, il a souri, il a grondé : Dix mille. Dix mille, peut-être plus. On a dû en tuer au moins dix mille.

J'ai dit : De qui ?

Des enfants, des femmes, on a même abattu l'âne, et il a éclaté de rire.

J'ai donné ma langue au chat : Georges, qu'est-ce qui s'est passé ?

Il a empoigné le revolver, l'a braqué sur le pare-brise, puis il l'a regardé avec un rire étouffé.

J'ai insisté : Parle. Si c'est pour ça qu'on est là.

Il m'a regardé : Je vais tout te dire. Tout... On a attaqué un camp palestinien, ils étaient des centaines, peut-être même des milliers.

Quand ?

Les derniers jours.

Je poussais des questions : Comment ? Pourquoi ?

On était campés à l'aéroport international du Liban. Il a répété : International, et il a ri encore. Toute la semaine sans dormir après l'assassinat d'Al-Rayess. Les hommes hurlaient vengeance. Un officier de liaison israélien, Eïtan, est venu nous voir avec Abou-Nahra. D'après lui, il restait toujours des groupuscules armés dans les camps palestiniens, même après leur reddition. Alors Abou-Nahra a dit : Il va falloir purifier les camps.

George a ri, il a levé le revolver et il a fait tourner le barillet. De Niro, putain, quel acteur ; tu te souviens de cette scène, Bassam, dans le film où De Niro joue le meilleur ami? Tu es mon meilleur ami, mon frère, tu sais.

Il a essayé de me prendre dans ses bras, mais je l'ai repoussé.

Il a repris: Quinze cents lions prêts à bondir de l'aéroport, voilà ce qu'on était. Rien ne nous aurait arrêtés, rien. On a filé comme l'éclair vers les camps de réfugiés de Sabra et de Chatila, le long de la grand-route qui passe par Ouzaï. On est passés devant les baraquements militaires Henri-Chehab où on a opéré une jonction avec un autre bataillon venu du Sud, composé d'hommes de Damour, de Saadiyat, de Naameh. D'hommes qui n'avaient pas oublié leurs villages incendiés. Eux aussi étaient des lions. L'un d'eux – il avait tout de même un certain âge – m'a regardé droit dans les yeux: Nous attendons ce moment depuis longtemps, m'a-t-il confié. Alors on a tué! Tué! On a tiré au hasard, exécuté des familles entières assises à table. Cadavres en chemise de nuit, gorges tranchées, haches brandies, mains arrachées à leur corps, femmes sciées en deux. Les Israéliens avaient encerclé les camps. Ensuite, un lieutenant israélien nommé Raly, qui était campé près de Bir Hassan, de l'autre côté du stade, a envoyé au comité du camp un message demandant à tous nos hommes d'aller porter nos armes au stade. On a répondu qu'on n'avait pas d'ordres à recevoir de lui. Que les ordres venaient d'Abou-Nahra, ce que le haut commandement israélien n'était pas sans savoir. On a avancé; un avion israélien a largué des projectiles éclairants de quatre-vingt-un millimètres. Toute la zone s'est illuminée, comme dans un film d'Holly-wood. Je suis De Niro dans un film, a conclu Georges. Bois ! m'a-t-il crié brusquement. Bois !

J'ai écarté la bouteille du revers de la main.

Il a bu avant de reprendre : Tout était blanc, fluorescent ; on y voyait comme en plein jour. Le ciel étincelait comme si le Messie en personne était de retour. Les bataillons du Sud étaient déjà dans la place. Plusieurs de nos hommes ont suivi les blessés dans l'hôpital d'Akka et les ont achevés. En arrivant, on a entendu une femme hurler. Trois types violaient une infirmière sur une table d'examen. Un des médecins, un Asiatique, avait dans son bureau une photo d'Arafat ; il m'a lancé quelque chose en anglais. Terroriste ! j'ai crié. Vous êtes un terroriste, et je vois la photo d'un terroriste sur ce mur. Il m'a dit autre chose en anglais. Je lui ai balancé la crosse de mon fusil dans la gueule.

De Niro a avalé une autre rasade : À l'extérieur, des corps gonflés roulés dans le sable. Le sang figé en étangs noirs, les mouches vertes voraces, les bulldozers qui creusaient de grandes fosses où s'entassaient les cadavres. Comme dans un film. Tout ça, c'était comme dans un film. Des morts partout. T'en veux encore ? T'en veux ? Encore ? Il hurlait : Bois, tiens ! Il a armé son revolver et me l'a collé sur la tempe : J'ai dit bois.

J'ai pris la bouteille et bu une petite gorgée.

Il m'a lancé : Comment il s'appelle, mon père ?

J'en sais rien.

Menteur. Je sais que tu le sais. Tu parles avec Nabila, tu vas la voir quand je ne suis pas là. Je t'ai vu. T'en veux encore ? Tiens, bois. Oui, tu en redemandes, et moi je veux finir mon histoire. On a attaché des hommes ensemble avec une corde et on leur a tiré une balle dans la tête un par un. Les chiens volaient des morceaux de cadavres qu'ils traînaient dans les ruelles. Un enculé de Syrien est passé en poussant sa petite voiture de légumes. Je lui ai demandé sa nationalité. Il était syrien ! Enculés de Syriens ! Ils viennent tous nous prendre notre pays ! Je lui ai renversé sa charrette d'un coup de pied. Abou-Haddid n'a pas perdu de temps : il lui a mis une balle dans le ventre, au Syrien. J'ai ordonné : Tout le monde contre le mur. Les femmes se sont mises à hurler, à supplier, à répéter qu'elles s'étaient déjà rendues. Kamil en a pris une par les cheveux, il l'a poussée par terre et il a posé le pied sur sa nuque. Je leur ai gueulé : Je ne veux pas entendre un bruit. Tout le monde au stade. En cours de route, plusieurs combattants se sont mis à lancer des grenades dans la foule pour s'amuser.

Après m'avoir conté tout ça, Georges a ruminé un bout de temps, de plus en plus pété. Il parlait, puis il regardait dans le vide. Il buvait un coup, puis il marmonnait de plus belle. Il était question de sa mère, comme quoi il l'avait tuée. Il hallucinait, ma parole. Tout d'un coup, il a pris une expression accablée. Croyant à un coup de fatigue, j'ai essayé de lui enlever le revolver, mais je l'avais à peine touché qu'il a bondi, menaçant de me tirer dessus. Je n'ai pas eu de mal à le croire.

J'ai tué ma mère, répétait-il. Je l'ai tuée, et il a fondu en larmes.

Ta mère, elle est morte d'un cancer à l'hôpital, lui ai-je rappelé.

Il a levé la bouteille, braillé : Pour Al-Rayess ! et bu une autre lampée.

J'ai dit : Faut que j'y aille.

Il a articulé : Personne ne va nulle part, tant que je n'aurai pas fini de parler. Écoute ce qui s'est passé là-bas, dans ce camp. Écoute. Kamil avait de la coke. On en a pris. On criait : Pour Al-Rayess ! On a réuni encore des hommes contre un mur, des femmes et des enfants contre un autre. On a tué tous les hommes pour commencer. Les femmes et les enfants poussaient des hurlements ; on a changé de chargeur et ça a été leur tour. Ils n'avaient qu'à pas crier comme ça. Je déteste les enfants qui braillent. Moi, je ne pleure jamais ; tu m'as déjà vu verser une larme ? Ceux qui sont arrivés après, quand ils ont vu les corps par terre, j'aime autant te dire qu'ils ont paniqué. Ils pissaient dans leurs culottes. J'en ai vu trois se débiner par derrière ; on leur a fait la chasse dans les ruelles. J'ai perdu les autres de vue, je me suis retrouvé à l'écart, seul. J'ai enfoncé des portes. Je suis entré dans une maison où j'ai trouvé une femme assise par terre au milieu des corps de ses filles. Elle m'a dévisagé. J'ai dit : Tu veux rejoindre ta famille, hein ? Elle a répondu : Autant finir ce que tu as commencé, mon fils.

Mon fils! Mon fils, répétait Georges en rigolant. Je l'ai cognée avec la crosse de mon fusil, cognée, cognée, comme ça (il a frappé dans le vide avec son arme). Le sang lui giclait de la tête comme d'un tuyau d'arrosage; j'en avais les cuisses éclaboussées. J'ai erré dans les ruelles, seul. J'ai vu une femme poser la main sur la bouche de ses enfants… ils pleuraient. Les maisons étaient pleines de cadavres de femmes tuées dans leur tablier, d'hommes couchés avec leur compagne et leurs filles violées. Alors je me suis arrêté.

Tu ne me croiras peut-être pas, mais j'ai entendu glousser une perdrix. Exactement comme celles qu'on chassait dans les montagnes toi et moi, Bassam. Toi et moi. Je l'ai suivie entre les murailles. J'ai couru, couru après elle, sautant par-dessus les cadavres baignant dans l'eau de vaisselle. Je l'ai vue s'envoler par-dessus les oliviers, par-dessus les collines. Et puis elle s'est arrêtée; elle est revenue se percher sur le cadavre d'un homme. J'ai vu la main du mort se soulever pour lui caresser les plumes.

Je l'ai vue! a crié Georges avant de porter de nouveau la bouteille à sa bouche. Je la pourchassais toujours. Elle est entrée dans une hutte. J'ai couru à l'intérieur et je l'ai vue se glisser sous un lit. J'ai soulevé le matelas: deux petits enfants s'y terraient, recroquevillés d'horreur. Dans la pièce, le corps de leur mère assassinée les fixait, les yeux ouverts. Moi, tout ce que je voulais, c'était l'oiseau, a précisé Georges. Tout ce que je voulais, c'était la chasse.

Puis il s'est tu, perdu dans ses pensées. Il a pris son magnum, ouvert le barillet, retiré deux balles, il l'a fait tourner et il m'a dit : Trois sur cinq. On fait une partie ici, maintenant.

J'ai refusé. J'ai essayé de lui ôter son arme. Georges m'a traité de lâche :

T'es pas un homme. C'est pour ça que ta femme en a cherché un autre, un vrai. Il m'a visé avec le revolver et m'a nargué : Poule mouillée !

J'ai répliqué : Le seul peureux ici, c'est toi.

Il m'a regardé dans le fond des yeux. Puis il a dit : Tu t'en vas. Je le vois à ton sac. Tu te crois obligé de foutre le camp. Tu as le visage tout écorché. Une cicatrice sur l'œil.

J'ai répondu : C'est un cadeau de ton patron. Pour mon départ. Je le sais bien que tu as tué. Tu as descendu le vieux aussi. Et puis sa femme. Tuer, tu ne fais que ça.

Mais nous tuons depuis toujours, Bassam, a rétorqué Georges. Plongeant de nouveau son regard dans mes yeux, il a répété : *Nous* tuons depuis toujours. L'homme qui a assassiné Al-Rayess est passé aux aveux. Il a balancé ton nom. C'est toi qui lui as donné le plan des fondations. C'est *toi* qui as tué Al-Rayess.

Je lui ai demandé : C'est pour ça que tu es là ?

Oui. Je suis venu te conduire aux *Majalis*. Ils ont envie de te voir. Tu sais, ils t'ont gardé quelques bulles. Un certain nombre de paires de baffes.

Je l'ai interrompu : Mais alors, pourquoi tu as roulé jusqu'ici ? Elles sont de l'autre côté, les chambres de torture.

Non Bassam, les chambres de torture, elles sont en nous. Mais je suis un homme juste et toi, tu es mon frère. Je vais te donner une porte de sortie, m'a dit De Niro. Je t'ai pris Rana. Il a braqué son revolver. Ses yeux lançaient des éclairs rouge sang, durs comme la roche, voilant toute trace de vie, reflétés dans la lueur du pare-brise.

III
PARIS

15

En arrivant au port, je me suis mis à la recherche du cargo puis de son capitaine, l'Égyptien.

Ah, te voilà, a-t-il dit. Tu as l'argent ?

Je l'ai payé et il m'a conduit à la salle des machines : Voici Moustafa, notre mécanicien. Tu vas rester ici avec lui jusqu'à ce que le bateau soit sorti du port. Après, tu pourras te montrer sur le pont. On part bientôt, a annoncé le capitaine avant de remonter.

Les machines grondaient de rire, les tuyaux se gonflaient en cliquetant, Moustafa m'a lancé en souriant dans sa barbe : C'est ta première traversée ?

Oui.

Ça l'a fait rire : Si tu as mal au cœur, tu n'as qu'à monter respirer l'air frais. Il a souri de nouveau.

Le navire avançait lentement vers la mer.

Quelques heures ont passé durant lesquelles je suis resté assis sans bouger, l'esprit comme une ardoise effacée. Je voulais le garder vide longtemps.

Puis j'ai fini par monter sur le pont où j'ai vu la petite lueur de la côte se fondre dans la nuit noire. Dans l'escalier, j'ai croisé des marins qui montaient ou descendaient vers leur pont. Serrant mon sac, mon argent, mon revolver et mon veston sur mes genoux, j'ouvrais l'œil.

L'air était calme ; le navire passait sans bruit d'une obscurité à l'autre, d'une terre à l'autre, d'une étendue d'eau à l'autre. J'observais la lente agonie des lueurs lointaines du continent.

Dix mille vagues sont passées sous la citerne flottante qui m'arrachait à mon pays natal.

Sous leur surface, dix mille poissons grignotaient en chantant les ordures que leur balançait la main du cuistot.

J'ai regardé le ciel tapissé de signaux lumineux émis par des planètes éloignées crachant du gaz, de feux de joie allumés par des hommes morts en chantant des hymnes guerriers dans un paysage de roche incandescente, envoyant des signaux en morse aux navires pilotés par des capitaines alcooliques vers des îles peuplées de sirènes qui se produisaient dans les cabarets, offrant la saveur salée de leur sexe, le goût du poisson mariné des réunions de famille, le dimanche, après avoir enduré le discours moraliste des prêtres grassouillets inondant leur congrégation de l'encens répandu en va-et-vient par leurs mains branlantes, mouvement de balancier des escarpolettes dans les parcs envahis de landaus poussés par des nounous philippines au visa éphémère, au chèque de paie dérisoire, renvoyées pour Noël à leur famille qui vivait, au loin, dans des huttes au bord de la mer, recevant des signaux en morse émis par les antiques créatures de l'espace intersidéral. Créatures lisant les oracles et les longues lettres des boniches qui regardaient les marmots de cadres supérieurs verser du sable dans des seaux en plastique, escalader des portiques aux formes géométriques en culottes courtes de marins rayées de rouge, créatures capables d'expliquer les lettres des gardes qui maraudent en tablier immaculé dans les ascenseurs des maisons de retraite, qui changent les draps des capitaines au long cours frappés de sénilité, des dames de la haute ignorant superbement la présence de leurs rejetons en complets-vestons, sourdes aux jérémiades suraiguës de leurs brus, tels les cris des mouettes qui pâturaient le sillage parsemé de restes de marins, se posaient sur le pont, m'observaient de leurs yeux xénophobes, s'aiguisaient le bec et s'envolaient vers d'autres planètes, écartant leurs ailes mythologiques.

Moustafa est venu me voir, s'est assis près de moi et m'a offert une cigarette.

J'ai vu des passagers vomir pendant des jours ; toi, tu n'as pas mal au cœur. Tu t'en vas. Il a souri.

Oui, il n'y a plus rien pour moi ici.

Il était de mon avis : Ouais, dans ces endroits, il n'y a rien.

On a fumé. Moustafa s'est rendu à la poupe du navire, au-dessus des vagues incessantes qui filaient sous nos pieds fugitifs, tous lampions éteints. Seule la cabine du capitaine luisait au milieu de la Méditerranée. Comme le vent fraîchissait, on est descendus, on a longé les coursives et on s'est assis dans la cambuse. Le capitaine est descendu à son tour, lentement, et s'est assis avec nous, pensif et calme. Il s'est levé, il a rempli la bouilloire et m'a offert du thé.

J'ai une cabine pour toi, m'a-t-il annoncé. Tu peux la prendre à partir de onze heures. Mamadou, l'Africain, son quart commence à onze heures ; tu peux dormir dans son lit.

On a bu en silence. À onze heures, j'ai suivi le capitaine. Il a frappé à une cabine et un Africain a ouvert doucement la porte. Le capitaine lui a expliqué la situation. Avec un signe de tête, Mamadou m'a fait signe d'entrer de la main. Je me suis couché sur le lit et j'ai essayé de dormir malgré le bruit omniprésent des machines, sonore et étouffé à la fois, cliquetant comme un signal lancé sous la mer par une usine enfouie sept lieues sous la mer. Je l'imaginais peuplée d'une armée de singes esclaves farcissant de thon des conserves de fer-blanc, y apposant des étiquettes rédigées en langues cryptiques, les disposant dans des boîtes à musique étanches qui hurlaient des symphonies diaboliques, les expédiant à dos d'hippocampe vers des villages submergés remplis de soldats noyés, de vierges kidnappées, d'envahisseurs barbares, de chercheurs de trésors et d'une princesse captive dans une bouteille scellée par un génie portant une boucle d'oreille unique et qui passait son temps à attendre qu'un pêcheur trouve la clé de l'énigme et la ramène dans son palais perdu où elle rejoindrait le calife dans un jardin d'ambre et de jasmin et déambulerait parmi les arcades de Bagdad avant que les armées de l'envahisseur jettent au feu ses livres favoris, détruisant des milliers de contes.

Le matin venu, Mamadou a frappé à la porte de la cabine et on a changé de place. Juste comme je sortais, il a souri et m'a confié que le dernier passager avait refusé tout net de partager le lit d'un Noir. Il a souri de nouveau, secouant la tête.

Je suis monté sur le pont. Le navire était entouré d'eau bleue, de ciel bleu et rien d'autre. Les marins se hâtaient à gauche, à droite, montaient et descendaient l'escalier de métal. Le navire traçait sa voie dans l'eau mêlée au ciel.

Moustafa est venu me trouver sur le pont et m'a demandé si j'avais mangé. J'ai dit non.

On est descendus dans la cambuse et le coq nous a offert à manger dans des bols en plastique. Le bateau tanguait, les plats se balançaient dans nos mains, les bouchées passaient d'un côté à l'autre dans notre bouche. Personne ne parlait. La vibration des machines transperçait les yeux timides des marins, leurs manières furtives, leurs pieds d'équilibristes. Au bout d'un moment, un marin aux yeux bleus a dit quelque chose à Moustafa en mauvais anglais. Il était question de la chaudière arrière. Moustafa s'est levé et s'est éloigné en traînant les pieds. Ignorant ma présence, l'homme s'est assis à sa place et s'est mis à manger. J'ai vidé mon bol et je suis remonté sur le pont. Le vent s'était levé. L'odeur de l'eau était partout autour du bateau. Je me suis assis et j'ai pensé à ma patrie, essayant de repérer sa direction, mais je n'ai pu que constater mon égarement dans l'écume d'une contrée en déroute, comme si mon quartier était parti à la dérive sur la marée, comme si mon coin de terre errait sur la mer avec sa guerre, avec les corps de mes parents. Plus je m'étirais le cou, plus je me dressais sur la pointe des pieds, moins je la voyais ; elle flottait autour de moi, emportée par le cours des choses. Appuyé au bastingage, je regardais l'écume blanche passer sous l'étrave du navire et caresser ses lignes en changeant de formes. Alors, une perdrix m'est apparue et m'a dit : *Aucun état n'est permanent. Je t'apporterai une branche quand les montagnes flottantes seront proches de tes pieds.*

J'arpentais le pont, les vagues m'éclaboussaient le visage, le teintant de bleu marin, et quand le navire s'est élevé, poussé par une lame de fond, j'ai tendu la main, j'ai touché le ciel, je l'ai tiré vers moi, j'ai regardé pardessus et je l'ai relâché. Il a palpité un instant, puis regagné sa place.

Le retour de la nuit m'a ramené Moustafa. Assis près de moi, il m'a demandé : T'aimes le *kif*?

J'ai hoché la tête en souriant.

Il a sorti un petit sac et on a roulé un hasch huileux à l'intérieur d'une mince feuille découpée avec des ciseaux géants dans les draperies du ciel. Moustafa a passé sa langue sur les bords de la feuille et le liquide l'a scellé comme de la colle à bois. J'ai tendu le bras et j'ai volé le feu d'une étoile filante. Moustafa s'est emparé du vent, il l'a serré contre son cœur. Il m'a passé le vent, le ciel, le feu et j'ai tiré le tout vers mes lèvres. Tel un trou noir, je les ai aspirés, retenus, relâchés. Ils sont partis en flottant se poser à la surface de l'eau, bondissant sur les vagues, attirant un banc de poissons volants qui tournoyaient dans la fumée en chantant des mélodies marines ultraviolettes pour les singes esclaves engloutis qui répétaient, au rythme assommant des machines à thon, ces suaves mélodies évoquant le bruissement de leur jungle natale, leur habitat depuis longtemps détruit, leurs nids dans les branches bercées par le vent.

Toi, mon frère, tu ne reviendras jamais, m'a soufflé Moustafa. Tu m'as l'air du genre vagabond.

J'ai murmuré : Revenir, vers quoi?

Ça fait des années que je vis sur la mer, m'a conté Moustafa. J'ai quitté l'Égypte quand j'étais jeune. J'en ai visité des endroits, mon ami. Je suis allé au Japon, j'ai vu scintiller mille lampions, je me suis fait masser par des filles toutes menues qui me marchaient sur le dos, je suis allé en Afrique, je me suis soûlé dans des bordels, j'ai couché sur tous les continents avec des putes de toutes les couleurs. J'ai jeté mon argent par les fenêtres des bars et des restaurants, j'ai fumé de l'opium, j'ai *sniffé* la meilleure cocaïne du monde. J'ai travaillé sur plein de bateaux. J'ai vu des prostituées aux yeux noirs comme des puits sans fond me prier de les soustraire aux poings de leurs maquereaux dentés d'or. J'ai erré dans des villes où les hommes avaient des ancres tatouées sur les bras et où les femmes, penchées à leur balcon, me criaient de me dépêcher avant que leur mari rentre à la maison.

Moustafa et moi, on a fumé pendant des jours en se racontant des histoires tandis que le navire glissait sur les vagues qui fuyaient pour ne plus revenir, que les marins ramenaient leurs voiles, que le vent soufflait, soufflait, nous poussant vers le Nord, subtilisant la fumée sur nos lèvres ; par grand frais, la mer ralentissait, l'eau ralentissait, la voile ralentissait, les poissons ralentissaient et la perdrix passait au-dessus de nos têtes, se coulant sous les draperies hellénistiques du ciel, et les nymphes, nous apercevant de leur œil unique, s'attroupaient pour écouter nos contes fantastiques, charmées par l'effluve de nos herbes flambées qu'elles prenaient pour l'encens de leurs dieux ailés.

Deux jours avant d'arriver à Marseille, la perdrix s'est envolée et elle a disparu.

16

Le navire entrait dans le port. Un groupe de marins m'a fait descendre dans la salle des machines. Coincé derrière la chaudière, en sueur, j'ai échappé au contrôleur qui inspectait les cabines. Quand il est parti, Moustafa et Mamadou m'ont vite apporté de l'eau en se moquant de mes cheveux et de mes vêtements détrempés.

Cette nuit-là, Moustafa et moi, on a gagné la côte dans une barque. On a franchi une clôture, traversé une voie ferrée et puis Moustafa m'a annoncé en souriant : Voilà, tu es à Marseille. À toi de jouer maintenant.

J'ai marché.

Marché dans les rues désertes, passé devant des portes ouvrant directement sur le bord du trottoir. Les chiens aboyaient sur mon passage. Mon ombre restait collée au sol, dansait et changeait de forme selon l'emplacement des lampadaires aux longues colonnes recourbées. Une voiture m'a dépassé, crachant à mes oreilles une musique assourdissante qui s'est évanouie derrière les immeubles après un virage brusque. J'ai poursuivi mon chemin, cherchant le centre-ville et un endroit où me reposer. J'ai regardé le ciel : jaillissant de la mer, la lueur lavande de l'aube commençait à paraître. De nouveau, j'ai entendu approcher une musique de tous les diables. Pas besoin de me retourner pour reconnaître la voiture. Empoignant mon sac, je l'ai fait passer de mon dos à mon ventre, j'ai ouvert son attache hors d'usage, plongé dedans à deux mains et armé mon semi-automatique sans l'en sortir.

À la façon dont la lumière des phares s'étirait sur les pavés, au lent passage de leur lueur sur les portes des maisons, j'ai deviné que l'auto ralentissait derrière moi. Je marchais sans m'arrêter. La voiture est arrivée à ma hauteur. À l'intérieur, trois jeunes me dévisageaient. Le conducteur avait la main sortie par la vitre, exactement comme nos chauffeurs de taxi, là-bas. Les deux passagers se dévissaient la tête pour mieux me voir.

J'en ai entendu un cracher : Une merde de beur ici, chez nous.

Hé, m'a lancé le conducteur, on veut pas d'une saloperie comme toi ici.

Je l'ai regardé dans les yeux sans rien dire, marchant toujours.

Ils m'ont couvert d'injures avant de s'éloigner à toute vitesse. En haut de la rue, ils ont fait demi-tour. J'avais les phares dans la gueule. Les jeunes ont ouvert les portières, sont descendus et se sont approchés nonchalamment. Leurs longues ombres démoniaques léchaient le bout de mes souliers ; leurs bras brandissaient des bouts de bois et des tuyaux.

Tournant le dos aux phares qui m'aveuglaient, je me suis retourné pour fuir dans la direction opposée. J'entendais derrière moi leurs pas brusques, leurs promesses de m'éclater la tête et d'écraser mon corps sous leurs talons.

J'ai tourné le coin ; je me suis arrêté entre deux maisons au milieu d'une rue étroite. J'entendais des chiens aboyer à l'horizon. J'attendais mes poursuivants. En arrivant au coin, ils se sont immobilisés brusquement dès qu'ils m'ont vu. J'avais gardé le revolver derrière mon dos. Je les ai laissés s'approcher en se battant la paume de leurs bâtons, se lancer des sourires sarcastiques, se raconter des blagues et se moquer de mes tendances masos, puis je l'ai exhibé sans me presser. Injuriant mes poursuivants dans ma propre langue, je les ai défiés d'un geste de la main d'accepter que mes balles baisent leurs bottes à tige haute, déchiquettent leurs blousons de cuir, illuminent leurs crânes rasés, réécrivent leurs tatouages, leur colonisent l'âme, leur tortillent la peau comme un robinet, leur bloquent les orifices comme les doigts de Tuma et leur fassent chanter un petit chant grégorien.

Le plus éloigné a pris ses jambes à son cou ; je suis resté seul avec les deux autres, qui reculaient de peur. Leurs bâtons et leurs tuyaux s'inclinaient vers la terre comme des fleurs assoiffées.

Je leur ai agité mon revolver sous le nez en souriant, en maudissant leurs mères et leurs arrière-grands-pères, et je leur ai ordonné de laisser tomber leurs bâtons, leurs tuyaux. Je les ai fait mettre à genoux et, une fois par terre, je leur ai dit d'enlever leurs bottes et leurs pantalons.

J'ai gueulé : Les pantalons aussi, *charmouta,* et les chiens aboyaient derrière les issues fermées. Plusieurs lampes se sont allumées dans les cuisines ou sur le pas des portes et des visages curieux se sont encadrés dans les petits carreaux. Des femmes en nuisette diaphane écartaient les rideaux d'une main théâtrale pour y glisser la tête avec une nervosité de dramaturges.

J'ai donné quelques coups de pieds dans les deux enfoirés et je me suis éloigné rapidement, emportant leurs souliers. J'ai retrouvé la rue où je marchais au début, j'ai jeté leurs chaussures et je me suis sauvé en courant dans des avenues et des allées inconnues. J'ai couru jusqu'à l'aurore et j'ai fini par me poser sur un banc de la promenade où j'ai regardé le ciel changer lentement de couleur en écoutant la mer.

Au milieu de la matinée, le soleil tapait dur, assombrissant d'autant les ombres de la ville. Je voyais les murs manichéens se fendre, les feuilles des arbres étinceler sur l'ombrage des bancs. Les cafés se sont ouverts et les gens sont sortis se promener. Je marchais parmi eux, je les dépassais et je ralentissais de nouveau pour leur faire un bout de chemin. Je cherchais un endroit où changer mon argent. J'en ai trouvé un, j'ai fait ma transaction et je suis entré dans un café où j'ai pu m'asseoir, manger, boire, lire le journal. Le vieux patron derrière son comptoir n'a pas paru surpris de me voir. Je suis reparti à la recherche d'un endroit où passer la nuit.

Je suis entré dans le premier hôtel que j'ai vu. La femme qui tenait la réception, une grosse qui suait l'indifférence, ou l'ennui, m'a demandé mes papiers. J'ai dit que j'allais les chercher dans l'auto, je suis sorti et je suis parti sans me retourner, préférant encore errer sans but toute la journée, observer la foule, passer d'un café à l'autre. En fouillant dans ma poche pour trouver du feu, j'ai fini par tomber sur le papier que Nabila m'avait donné. Elle y avait écrit un nom, Claude Mani, un numéro, et au bas de la feuille : Paris.

Brusquement ça m'a frappé : la distance entre Nabila et moi, que j'avais quitté Beyrouth. Du même coup, cette prise de conscience me donnait un but. J'ai décidé d'appeler. Comme je l'avais promis. J'ai trouvé une cabine, j'ai composé le numéro. Ça sonnait, mais personne ne répondait. Mais je suis resté dans la cabine, regardant par la vitre, l'esprit ailleurs. Si j'avais pu en prendre possession, je me voyais très bien élire domicile entre ses quatre murs. J'ai fait semblant de parler au téléphone, mais je voulais juste rester plus longtemps. J'avais envie de me planter là, d'observer chaque passant, de justifier mon existence, de légitimer mes pieds de métèque, de regarder passer les gens trop pressés pour me lancer un regard ou un signe de la main. Je ne reconnaissais pas un seul visage. Alors j'attendais, le combiné collé sur l'oreille, écoutant la longue tonalité monotone. Jusqu'à ce qu'une voix de madame enregistrée me donne le choix entre deux options : recomposer ou raccrocher.

J'ai choisi la première, et cette fois, une femme a répondu d'une voix douce.

J'ai dit, en français : Je cherche Monsieur Mani.

Après un silence, la femme a répondu : Monsieur Mani est mort.

Nous nous sommes tus tous les deux.

C'est de la part de qui? a-t-elle repris au bout d'un certain temps.

J'ai répondu avec circonspection : Je suis un ami de son fils Georges.

Une autre pause, puis la femme m'a demandé : D'où téléphonez-vous?

Marseille.

Elle a dit : Je suis la femme de monsieur Mani.

Je lui ai expliqué que j'avais un message pour son mari. Je ne savais pas quoi dire d'autre.

Vous venez du Liban?

Oui.

Une dernière pause. Puis : Vous pourriez venir à Paris? Ma fille et moi, nous aimerions vous rencontrer.

J'ai pris l'autocar pour Paris, roulé à travers des champs de vigne disposés en rangs d'oignons. Les ceps enroulés autour de leurs tuteurs laissaient pendre des grappes blanches et parfois rouges sous leurs feuilles vertes. On traversait des villages rustiques aux toits de tuiles, avec des églises perchées sur des dunes modestes, des espaces nets, ouverts, semblant n'avoir d'autre raison d'être que de servir de décor à l'occasionnel villageois pesant sur les pédales, un panier rempli de légumes en équilibre sur sa bicyclette. L'autobus s'y arrêtait parfois ; alors des passagers montaient et descendaient sans bruit, restant sur leur quant-à-soi comme des touristes visant une église. J'étais assis seul ; j'ai posé ma tête contre la vitre et je me suis endormi. Arrivé à Paris, en descendant du car, j'ai cherché la femme à qui j'avais parlé au téléphone.

Comme promis, elle portait une robe longue bleu marine. Je me suis approché. Elle a souri et m'a demandé : Tu n'as pas de bagages ?

Non.

L'auto est de l'autre côté. Elle marchait à mes côtés, souriant toujours. Moi c'est Geneviève, s'est-elle présentée. Je suis la femme de Claude.

J'ai hoché la tête.

Tu es en France depuis quand ?

Quelques jours.

Tu es venu directement de Beyrouth ?

Oui.

J'ai connu ta ville, il y a longtemps, avant la guerre. Oui, j'ai connu Beyrouth ; quel endroit formidable.

J'ai étudié Geneviève dans la voiture. Elle devait avoir la fin quarantaine, début cinquantaine ; elle était si bien habillée et maquillée que c'était difficile à déterminer avec précision.

Elle regardait tout le temps dans le rétroviseur, et avant de prendre un virage, elle se retournait vers la lunette arrière. Puis elle m'a lancé un coup d'œil rapide.

Alors comme ça, tu connais Georges?

Oui, on était très amis.

Et il t'a demandé d'entrer en contact avec Claude?

Non, c'est sa tante Nabila qui m'a donné votre numéro.

Et la mère de Georges?

Elle est morte.

Petit hochement de tête de Geneviève.

Lorsqu'on est arrivés à destination, elle a garé l'auto et m'a demandé de la suivre. Elle a ouvert le portail d'un grand immeuble blanc, on est entrés et on s'est dirigés vers l'ascenseur, une petite boîte en bois rouge et acier massif. À travers la grille métallique, je distinguais la longue spirale de l'escalier qui faisait le tour de la cage, et quand la cabine (tirée, j'imagine, par des démons vivant sur le toit) est arrivée au bon étage, elle a poussé un cri perçant qui s'est répercuté comme je ne l'aurais cru possible que dans un hall immense conçu pour la musique de chambre, ou une des salles de bal de la haute. Geneviève a glissé une clé dans la serrure, mais avant qu'elle ait eu le temps de l'y tourner, la porte s'est ouverte de l'intérieur et une bonne a dit Bonjour madame.

Geneviève m'a invité à entrer, à m'asseoir, je me suis assis, elle a disparu. La bonne m'a apporté du jus et une poignée de biscuits.

J'ai mangé, bu, contemplé le haut plafond, les tapis d'Orient, les grands tableaux japonais, l'acajou, le merisier. Je me suis levé pour m'approcher lentement de la fenêtre, d'où j'ai baissé les yeux vers la rue qui s'étirait de part et d'autre, bordée de balcons, de petites voitures et de ces lignes blanches qui donnent à Paris un air quadrillé, symétrique.

Tu aimes la vue? m'a demandé Geneviève en entrant dans la pièce.

Oui.

Où est-ce que tu habites ici? Tu connais des gens dans la ville?

Non.

Tu es venu en avion?

Non, en bateau.

Oh, mon Dieu, c'est long ça, non? s'est-elle inquiétée de sa voix douce et agréable. J'ai admiré ses manières charmantes, sa robe longiligne, ses cheveux châtains bien coiffés.

J'ai promis à Nabila que je viendrais voir son beau-frère, le père de Georges.

Elle m'a coupé la parole : Nabila, c'est la tante de Georges?

Oui.

Écoute, a-t-elle commencé. Comme je te l'ai dit, le père de Georges est décédé, mais ma fille, donc sa demi-sœur, est en route vers ici et elle meurt d'envie de faire ta connaissance. Elle va arriver bientôt. Si tu nous racontais tout ça quand elle sera là? Nous allons manger ensemble. Tu veux prendre une douche? Je dois avoir des vêtements à te donner.

La salle de bains avait des robinets en or par où l'eau coulait en abondance. J'ai étalé sur ma peau de la mousse parfumée et du shampooing onctueux sur mes cheveux. La bonne a frappé et m'a passé un rasoir en gloussant. Geste de gaspillage revanchard : en me rasant, j'ai laissé couler l'eau. La bonne a refrappé et m'a tendu un pantalon, une chemise, des bas. Les manches un peu longues me tombaient sur les mains ; je les ai roulées, j'ai enfilé les bas et je suis sorti.

J'entendais deux voix de femmes se répondre dans le salon. Je suis entré. Elles se sont arrêtées en même temps et m'ont souri. Une jeune fille s'est levée, s'est approchée de moi et m'a embrassé sur les joues. Elle avait de longs cheveux blonds et les yeux de Georges.

Je m'appelle Rhéa, a-t-elle dit. Je suis la sœur de Georges.

Je lui ai dit que je l'avais reconnue.

C'est vrai ? Je ressemble à Georges ?

J'ai répondu : Oui, les yeux.

Elle a souri, m'a pris par le bras et a lancé : Mangeons.

On s'est assis à table. Geneviève a versé du vin dans nos verres. On a mangé en silence un instant, puis Rhéa a ouvert la conversation. Sa voix perçait le fracas des lourdes cuillers en argent plongées au fond des assiettes cerclées d'or :

Ma mère m'a raconté que tu es venu en bateau.

J'ai hoché la tête.

Elle m'a demandé : Pourquoi tu es parti ?

À cause de la guerre.

Et Georges, il se plaît là-bas ?

Il n'a jamais eu envie de partir.

Mon père a tout fait pour le faire venir ici, tu sais, mais la mère de Georges ne voulait rien savoir, et après le début de la guerre, on n'a jamais su ce qui leur était arrivé. Mon père a tenté de leur faire parvenir des messages par l'ambassade, mais on aurait dit que la mère de Georges ne voulait pas entendre parler de nous.

Je ne disais rien.

Monsieur Bassam est économe de paroles, m'a taquiné Geneviève.

J'ai souri : Demandez et je répondrai.

Ah bon ! s'est-elle exclamée en riant.

Alors, qu'est-ce qu'il fait, Georges ? m'a demandé Rhéa.

Il travaille dans la sécurité.

Quoi ? Mère et fille se sont regardées, interloquées.

Tu veux dire comme garde du corps ?

Quelque chose comme ça.

C'est dangereux, ça, non? a murmuré Geneviève au cœur de son ballon de rouge incliné, suspendu, hésitant. Une vague bourgogne espérait sur le rivage de ses lèvres que le mot lève l'ancre.

Tu as apporté une photo de lui?

Non.

Il est grand?

Un peu plus que moi.

Alors, vous travaillez ensemble en sécurité?

Non, on est amis d'enfance.

Depuis l'école?

Oui, et ma mère était la meilleure amie de la sienne.

Tu parles très bien français. Vous avez appris tous les deux à l'école, j'imagine?

Oui.

Alors tu es venu ici pour nous voir?

Eh bien, j'ai promis à Nabila de venir. C'est la tante de Georges.

Et Georges, il n'a rien envoyé? Il ne t'a jamais parlé de nous?

Non, pas vraiment. Georges n'a jamais pensé qu'à son travail.

Que sait-il de nous? Sait-il que son père est mort?

J'ai dit : Il ne m'a jamais parlé de sa famille. Chez nous, il vaut mieux taire certaines choses ; ce sont des sujets délicats.

Être né d'un père illégitime, tu veux dire.

Oui.

Mais toi, tu es au courant, a remarqué Rhéa.

J'ai rétorqué : C'est Nabila qui m'a demandé de venir, et je me suis interrompu pour mâcher lentement, délicatement.

Rhéa a insisté : Comme ça, tu viens nous voir, mais tu n'as pas de message.

Nabila aurait voulu que Monsieur Mani envoie à Georges un passeport français.

Ah, je commence à comprendre, s'est écriée Geneviève. Alors, Georges souhaite venir ici ?

J'ai répondu : Non, c'est Nabila qui voulait que Georges parte pour la France.

Mais Georges ne veut pas ? a deviné Rhéa.

J'ai secoué la tête, planté la fourchette dans ma bouche. J'avais l'estomac dans les talons, mais je faisais de mon mieux pour manger sans me presser, poliment, avec des gestes adaptés à la richesse du décor. Mais leurs questions me mettaient mal à l'aise, et la brièveté de mes réponses semblait les laisser sur leur faim. Elles mangeaient du bout des lèvres, préférant les tremper dans leur vin sans boire et caresser leur verre sans arrêt.

Soudain, les deux femmes se sont mises à parler vite, fort et en même temps.

J'ai continué à manger jusqu'à ce que la bonne vienne nous faucher les assiettes sous le nez. Rhéa me plaisait avec sa présence fougueuse, son assurance. Quand elle parlait, elle agitait les mains ou tapotait sur la table. En plus, elle avait une façon délicate de relever ses cheveux du bout du doigt, laissant voir son teint clair, ses petits yeux, son nez pointu. Elle tenait sa fourchette et son couteau avec aisance, séparait les légumes de la viande et les coupait en petits morceaux sans piquer la fourchette dedans. Elle parlait sans regarder sa mère. Lorsqu'elles engageaient un dialogue rapide et sporadique, ou plutôt deux monologues rivaux, on semblait perdre toute importance, la bonne et moi.

Mes yeux sont repartis se promener dans la pièce où ils découvraient toujours quelque chose de nouveau : cadres mettant en valeur des cartes antiques où des boussoles indiquaient le Nord ; traces de voyages en terres exotiques : masques africains, la statue d'un dieu égyptien ; livres, étagères, tables à café.

Enfin, l'attention des deux femmes est revenue sur moi ; Geneviève m'a demandé combien de temps je pensais rester à Paris.

Je ne sais pas trop.

Elle a ri : Tu n'es pas perdu, au moins ?

J'ai répondu : Je viens juste d'arriver.

D'un ton brusque, Rhéa a prié sa mère de me foutre la paix : Laisse-le, putain, laisse-le !

Pendant qu'elles s'engueulaient, la bonne a fini de débarrasser la table, je me suis levé et je suis retourné à la fenêtre.

La longue rue était toujours là. Je n'arrivais pas à repérer un seul changement depuis la dernière fois que j'y avais jeté un regard ; tout ressemblait à une photo sur une carte postale.

Entre deux gorgées de café, Geneviève m'a annoncé qu'elle allait demander à Maurice, l'avocat de la famille, s'il pouvait faire quelque chose pour Georges. De nouveau, je me suis senti coupable de ne pas leur raconter tout ce que je savais, mais les mots refusaient de sortir.

Se tournant vers Rhéa, Geneviève lui a demandé d'assurer le suivi avec Maurice, puisqu'elle partait le lendemain passer quelque temps dans leur maison du midi de la France.

Rhéa s'est opposée à sa mère, la traitant d'irresponsable.

Franchement, répétait Geneviève, mais franchement.

Elles m'ont offert du gâteau, mais j'ai refusé et j'ai pris congé en les remerciant. Rhéa m'a suivi dans l'escalier et m'a lancé :

Tu vas revenir ? Un faible écho a repris ses paroles dans la vaste caverne formée par les grands murs et l'escalier de marbre.

Je ne sais pas, je cherche un endroit où loger.

Tu as besoin d'argent ?

Non, mais je n'ai pas les papiers qu'il faut pour louer une piaule.

Ça, m'a-t-elle assuré, ça peut s'arranger. Bouge pas. Elle est remontée chercher son sac en vitesse et m'a suivi dans l'escalier, jusqu'à la rue. Elle m'a attrapé par le coude. On a traversé plusieurs rues. C'est elle qui me guidait. On est entrés dans un petit hôtel. Elle a pris une chambre à son nom et c'est elle qui a payé. Deux semaines, a-t-elle précisé au réceptionniste. Elle s'est tournée vers moi et m'a lancé un sourire de triomphe espiègle.

Elle m'a accompagné jusqu'en haut, mais s'est arrêtée devant la porte de ma chambre. Voilà, a-t-elle soufflé en m'embrassant sur une joue, puis sur l'autre. Et elle est repartie en sautillant vers l'escalier. Elle s'est arrêtée sur une marche, s'est retournée, m'a souri de nouveau en balançant ses cheveux : Ils te vont bien, les habits de mon père.

J'ai enlevé les vêtements et les ai disposés sur le dossier d'une chaise poussée sous un petit bureau, un vrai pupitre de voyageur. Je m'attendais presque à voir une main de Français munie d'une longue plume en tremper la pointe dans un petit encrier, y puiser quelques gouttes et les transformer, sur un papier crème raffiné, en un flot de mots distingués qui commencerait par *Ma chère...*

Confronté au linge posé sur la chaise, je me suis demandé ce que cela pouvait signifier de remplir les nippes d'un homme mort avec un autre.

J'ai fait le tour de la piaule, examinant les objets que je trouvais dépaysants : la poignée servant à soulever l'abat-jour, l'espace mesquin qui faisait paraître la fenêtre plus grande qu'en réalité. Je me suis allongé sur le lit simple, à côté du téléphone blanc cassé, massif mais privé de touches à enfoncer ou de cadran où planter le doigt. La curiosité m'a poussé dans la salle de bain : un bidet, une petite savonnette, quelques serviettes usées pliées sous un message poli de la direction. Planté au-dessus de la toilette, j'ai défait ma ceinture de toute urgence et laissé le vin métamorphosé s'écouler lentement, formant un arc-en-ciel d'un jaune unique. Un engourdissement s'est emparé de mes mains et de mes yeux, s'est propagé à mes pieds.

Je me suis penché à la fenêtre, ne sachant si je préférais retourner dans les rues ou me coucher sur le lit. J'ai ouvert mon sac, j'en ai sorti le revolver, du linge sale et le chandail de laine que m'avait tricoté ma mère. Pendant des semaines, je m'en souvenais très bien, elle m'avait demandé tous les jours de lui montrer mon dos. Elle étirait le tricot de part et d'autre, le lissant de la main sur ma colonne vertébrale, plissant les yeux derrière ses lunettes de myope. Et elle tricotait, jusqu'à ce qu'on ne parle plus que d'elle, chez les pêcheurs comme chez les araignées de plafond ; elle tricotait la laine qui s'envolait vers elle de sous le nez des bergers pour se poser sur ses genoux. Après mon chandail, elle a fait des couvre-boîtes, des nappes, des dessus de télé. Elle a tricoté, tricoté jusqu'à ce que toute la maison en soit couverte, m'enveloppant dans sa toile suffocante.

J'ai pris les clés, mon sac et j'ai décidé de me balader dans la ville. En marchant, j'essayais de me souvenir du chemin pour rentrer à l'hôtel. Je remarquais que les rues étaient plus larges qu'à Beyrouth, les façades plus propres, que les conducteurs ne klaxonnaient presque jamais. Je me suis assis au bord d'un canal pour regarder passer les bateaux, comparant le Paris que je voyais avec celui que j'avais imaginé d'après les descriptions du prof d'histoire, Monsieur Davidian : récits de conquêtes et de proclamations, guillotine en chute libre, têtes envoyées rouler, et le petit caporal corse juché sur des chevaux superbes, subjuguant un pays après l'autre, échappant sur son petit bateau aux perfides Anglais et leurs reines puritaines.

J'ai repris ma marche et je me suis perdu dans la foule assise à des petits cafés perchés au bord du trottoir. Marché pendant des heures, sans croiser un regard malgré le fait que je scrutais ouvertement chaque visage que je rencontrais. J'en ai même défié plusieurs de mon regard féroce, comme si je les giflais d'un gant blanc au visage, les défiant en duel avec l'arme de mon choix. Le poids de mon arme dans mon sac me rassurait. Au besoin, je pouvais l'envoyer dans une ruelle, fracasser le miroitement des lumières entre les petites autos.

Maintenant que je portais le chandail tricoté par ma mère, que j'avais laissé mes sous-vêtements tremper dans le lavabo, je savais pouvoir trouver mon revolver en une seconde. Je pouvais maintenant défendre cette ville, si différente des vieilles photographies dans les livres d'histoire. Maintenant je pouvais tuer Nelson, l'amiral britannique, et me faire soldat dans l'armée de l'empereur. Ce serait moi le tireur à cheval le plus rapide. J'allais bouffer du curé, suspendre les aristos aux arbres ornés de brioches. J'imaginais les hurlements d'opéra saluant mon arrivée au palais, les joues fardées de rouge et les culs rembourrés sous les jupes en forme de citrouilles, les aristocrates dérapant de terreur sur leurs interminables sols de marbre. Je tendais l'oreille, goûtant la note de clavecin des sabres fendant l'air, musique qui remplirait de larmes de triomphe les yeux de n'importe quel révolutionnaire.

J'ai dérivé pendant des heures, échouant à concilier Paris avec l'idéal de mon enfance, les livres que j'avais lus, les récits de mon professeur. Sans trop savoir comment, comme si j'avais déjà vécu ici, j'ai rebroussé chemin ; laissant derrière moi les châteaux pillés, traversant les théâtres glorieux des têtes tombées, des perruques envolées, je suis revenu, soldat victorieux, à ma petite piaule avec son petit bureau et le point de vue panoramique de sa fenêtre. J'ai sorti du lavabo mes sous-vêtements trempés, je les ai étranglés et j'ai étalé leur moiteur sur la chaise, le pupitre, le bord du lit.

Je n'ai pas agité de drapeau blanc à la fenêtre.

J'ai dormi.

17

Quand je me suis réveillé, je me sentais stable, comme si la mer s'était évaporée, son ballottement immobilisé.

De l'autre côté de la rue, à travers le brouillard humide, j'apercevais par la fenêtre les balcons détrempés par la pluie parisienne.

J'ai cherché une clope, mais j'ai constaté que mon paquet s'était fait vider par les aristocrates que j'avais exécutés pendant la nuit et qui réclamaient tous une dernière cigarette.

Je me suis jeté de l'eau sur les yeux, j'ai rendu la liberté aux gouttes de vin qui m'étaient restées dans le ventre, je me suis douché, brossé les dents et j'ai descendu en courant l'escalier obscur. Je suis allé au magasin, j'ai acheté des Gitanes Maïs sans filtre et j'ai fumé tandis que mes soldats délestaient les cadavres de leurs bijoux, essayaient leurs perruques d'aristos en se moquant de leurs manières de gonzesses, leur faisaient les poches, s'inclinaient devant les dépouilles des femmes, défaillaient sous leurs mains et leur arrachaient leurs bagues. Avant que des joues poudrées ne s'élève une odeur de pourri, je leur ai ordonné de brûler les corps et quand le brasier a rugi, j'ai marché vers les flammes et j'en ai allumé une autre.

Au milieu de la matinée, le téléphone a sonné. C'était Rhéa qui me demandait de descendre à la réception.

J'ai enfilé les vêtements de son père et je suis allé la rejoindre.

Dès qu'elle m'a aperçu, elle a couru vers moi et m'a embrassé pour la troisième fois depuis notre rencontre : Viens.

Je l'ai suivie où elle voulait. Les femmes font partie de la révolution, me disais-je, il faut prendre ce qu'elles ont à offrir.

On a marché dans le crachin, on est entrés s'abriter dans un petit café. À l'intérieur, je n'étais pas le seul à fumer des clopes révolutionnaires. On s'est frayé un chemin dans un brouillard de clients ouvrant des journaux qui claquaient comme des ailes et on a trouvé une petite table ronde dans le fond. J'ai commandé un café et un croissant au goût de beurre et de crème. Rhéa souriait sans discontinuer. Plongeant son regard dans le mien comme personne n'avait osé le faire, elle s'est penchée vers moi d'un air enjoué : Alors, je peux commencer à te poser des questions ?

Oui, bien sûr.

Parle-moi de Georges.

Mais avant que j'aie pu ouvrir la bouche, elle a poursuivi : Tu sais, ça m'emballe vraiment, l'idée de trouver mon frère. Je me suis toujours sentie seule. Mon père partait tout le temps en voyage et ma mère était toujours très occupée avec ses fêtes et ses obligations mondaines. Il n'est pas seulement gardien de sécurité, n'est-ce pas? Il ne serait pas plutôt combattant?

Oui.

De quel côté il se bat?

Il s'est engagé dans la milice chrétienne de Beyrouth-Est.

Parle-moi de lui.

J'hésitais sans savoir par où commencer, comment finir. J'ai décidé de lui conter des anecdotes du temps où on allait à l'école : qu'on avait toujours joué ensemble, Georges et moi, que sa maison n'était pas loin de la mienne ; le jour où on s'était vautrés dans les ordures de l'école à la recherche de copies de l'examen de français, celui où on s'était introduits dans l'église pour voler les oboles dans le tronc, la fois où on a volé les clés de la voiture de mon père pour aller faire les fous. Je lui ai raconté l'époque où on avait commencé à fumer dans les ruelles, qu'au début de la guerre, on était encore des gamins et qu'on recueillait les douilles vides et les cartouches d'obus qu'on échangeait contre des cigarettes après les avoir polies à la chaux.

Rhéa m'écoutait en souriant. Dès que je m'arrêtais, elle faisait l'enfant à qui on raconte une histoire, me demandait de répéter, de ne jamais m'interrompre. Je lui ai dit qu'on avait travaillé ensemble, Georges et moi, avant qu'il décide d'entrer dans la milice par besoin d'argent. Je sautais beaucoup de détails le concernant et, quand j'ai vu comme elle était contente, je me suis mis à changer les noms, j'ai planté des arbres, j'ai peint de couleurs tropicales les immeubles en béton de notre vieux quartier, j'ai fait danser et chanter les gens, même sous la pluie de bombes.

Que sait-il de moi? m'a demandé Rhéa.

J'ai dit la vérité : Il ne m'a jamais parlé de toi.

Est-ce qu'il lui arrivait de poser des questions sur son père?

Non, mais à l'école, quand les autres le taquinaient en l'appelant «le bâtard», il leur cassait la gueule, même aux plus grands. Jusqu'à ce que plus personne n'ose dire un mot.

Il avait honte de ne pas avoir de père?

Si c'était le cas, il ne l'a jamais montré. On n'en parlait jamais. Mais tout le monde l'appelait Georges *Al-Frensawi*.

Toi aussi?

Non. Il a pris le nom de famille de sa mère.

Rhéa a tapoté sa cigarette : C'est quoi?

Machrouki.

Elle a répété : Machrouki. Georges Machrouki. Ça a dû être dur pour lui de se faire taquiner comme ça. Les enfants sont cruels, les êtres humains sont cruels, la vie est cruelle. Elle a vite bu son thé. Puis elle m'a pris la main, s'est levée et m'a tiré vers elle :

Allez, viens. Je veux te faire voir Paris.

Nos pas nous ont menés au jardin du Luxembourg, Rhéa et moi. Le vert des pelouses au pied des statues innombrables, nues, les pigeons, les pions, tout me ramenait à la chambre où j'avais grandi. Je me suis dit que la maison devait être vide maintenant, me suis demandé si Nabila avait bien eu les clés, si elle avait tout recouvert de draperies, si les pièces s'emplissaient de l'odeur qu'ont les maisons désertes et fermées, si fantômes et araignées reposaient ensemble. Et si mes parents, spectres de leur état, avaient toujours sur les lieux des prétentions juridiques, et ce qu'ils feraient si, revenant les hanter, ils constataient que j'avais enfin réussi à partir; s'ils pénétreraient dans les affiches où coulaient les fontaines et riaient les pigeons, exactement comme ici, et s'ils laisseraient le frigo débranché, les poubelles entassées, sans un message d'adieu.

Sur le gazon, j'ai vu une perdrix s'abaisser à lutter avec un pigeon, lui disputant quelques miettes sous les pieds d'une vieille dame. J'ai faim, m'a dit l'oiselle, et ici, il n'y a rien d'autre pour moi que des fragments lancés d'une main démunie.

On marchait; je n'avais d'yeux que pour Rhéa qui me parlait d'architecture, de l'invasion allemande, des petites plaques de bronze portant le nom des combattants français de la Résistance morts au combat pour libérer leur pays. On s'est arrêtés devant un étalage de livres d'occasion sur les quais de la Seine. J'étais passé par là la nuit précédente. Par respect pour Rhéa, j'ai ordonné à mes soldats de nettoyer le champ de bataille et de cesser le feu, les vols et le tapage. D'entrer dans la clandestinité. De lutter contre l'envahisseur fasciste. Ils étaient ravis, mes soldats.

On a farfouillé dans les livres et puis, Rhéa et moi, on s'est assis sur un banc, on a regardé l'eau se précipiter lentement sous les arches des ponts. Les monstres de pierre perchés au sommet des églises n'ont pas quitté l'ennemi des yeux pendant que mes soldats mangeaient et se reposaient.

Elle m'a demandé : Toi, Bassam, qu'est-ce que tu fais ?

Je ne lui révélerai rien de mes sympathies révolutionnaires, de mon rôle essentiel dans la révolution ni de mon soutien pour la Résistance, me suis-je dit en caressant mon cheval blanc :

Je travaillais au port.

Elle a ouvert de grands yeux ronds : Mais tu faisais quoi ?

Opérateur de treuil.

Tes parents sont toujours là-bas ?

Ils sont tous les deux morts et enterrés, pas très loin de la maison du croque-mort.

Après le décès de mon père, m'a confié Rhéa, j'ai pleuré pendant des jours. On n'était pas très proches, lui et moi. Il était toujours si solennel, même avec moi, si élégant, si bien habillé... il s'exprimait comme un aristocrate. (J'ai décidé de l'épargner ; après tout, c'était le père de Georges et Rhéa.) Comme tous les diplomates, il était d'une politesse exquise. Mais il nous quittait pendant des semaines, des mois. Au début, on l'accompagnait, jusqu'à ce que ma mère décide de rester à Paris. Elle a pris un amant. Et mon père s'est mis à voyager de plus belle.

J'ai soupiré : Il aurait fallu que Georges le connaisse. Elle a vite répondu :

Oui. Oui, il aurait dû tous nous connaître. Il a une petite amie, Georges ?

J'ai répondu : Non.

Qu'est-ce que tu crois qu'il fait en ce moment ?

Maintenant ?

Oui, en ce moment.

J'ai dit : Il est loin.

Il est loin. Elle a ri : Ça, on le sait. Allez, viens manger. Tu dois avoir faim, non ? On va prendre un taxi.

Elle est allée jusqu'au bord du trottoir, elle a levé la main, s'est dressée sur la pointe des pieds et elle a tourné sur elle-même comme une danseuse étoile, agitant la main comme le font les amoureux sur les quais des gares. Dans le taxi, on s'est assis aussi loin que possible l'un de l'autre. Chacun sa fenêtre. Moi, à travers la vitre embuée par la pluie régulière qui donnait à toute chose une vague allure mystérieuse, je regardais défiler Paris ; tandis que Rhéa, connaissant bien la ville et sa faune, contemplait le verre humide, parcouru de gouttelettes qui ruisselaient comme des larmes.

L'après-midi, Rhéa m'a demandé si je voulais prendre le thé chez elle.

On a monté la rue d'Arras sous un parapluie qui nous cachait le sommet des hautes églises, les statues d'angelots sculptées sur les avant-toits, les feuilles des arbres ployant sous le poids incessant de la pluie, les hauts monuments triomphants et la fumée de la Bastille, qui brûlait toujours.

On a laissé le parapluie dégoulinant à la porte et on est entrés chez Rhéa. C'était plus petit que chez sa mère et il y avait moins d'objets. Je me suis assis pour l'attendre pendant qu'elle disparaissait dans la cuisine, puis dans sa chambre. Elle en est sortie vêtue de neuf et de sec, elle a mis de la musique indienne, elle a allumé de l'encens, elle est repartie dans sa piaule. Une minute plus tard, elle est ressortie pour me dire d'aller me servir une tasse de café dans la cuisine. Dans la pièce, j'entendais un sèche-cheveux ; dehors, une tempête de pluie et de vent passait en secouant les arbres.

Tout en sirotant mon café, je me suis approché de la rangée de bibliothèques du salon. Sur une étagère trônait une photo de Rhéa et d'un homme qui devait être Monsieur Mani, prise quelque part en Orient. Un temple bouddhiste emplissait presque toute l'image. On voyait qu'elle avait été prise d'assez loin, car ils étaient tous deux en pied.

Monsieur Mani ne ressemblait pas à Georges, sauf peut-être son large sourire. Je me suis rappelé comme ils étaient rares, les sourires de Georges. De temps en temps, il nous en faisait la surprise, sans autre raison que pour saluer notre présence. Monsieur Mani avait le type slave, la peau très pâle. Georges avait pris le teint olive de Jamal, sa mère.

Ça, c'était en Thaïlande. Lui, c'est mon père, m'a glissé Rhéa en s'approchant de moi. Elle a posé ses doigts sur le bord du cadre. J'ai tourné la tête vers elle et je l'ai embrassée sur la joue. Comme j'appuyais mon visage contre la chaleur de sa peau, elle a lentement tourné la sienne et on s'est embrassés sur la bouche.

Il faudrait que tu enlèves tes vêtements. Tu es tout mouillé, a chuchoté Rhéa. Viens dans ma chambre. Je vais te donner une serviette.

Je suis resté chez Rhéa plusieurs jours, emplis de longues promenades. On passait d'un café à l'autre, entrant dans chaque musée, chaque galerie où elle me montrait ses tableaux favoris. Parcourant en diagonale les ailes peuplées de portraits dorés de gouverneurs empâtés, de dames distinguées et de statues romaines immaculées, on filait tout droit vers ses œuvres chéries. Dès qu'elle les apercevait, elle sautait de joie comme si elle retrouvait une amie d'enfance perdue de vue. Braquant sur moi un large sourire extasié, elle me décrivait la vie de l'artiste, l'époque où il avait vécu, le symbolisme de son œuvre et les techniques qu'il utilisait. Un jour où on était allés voir une exposition de photo, elle a fait tranquillement le tour, s'arrêtant devant chaque cadre, chaque image. La photographie, m'a-t-elle dit, parle toujours de la mort. Il s'agit de conserver l'illusion d'un moment du passé qui ne se reproduira plus jamais.

La nuit, je dormais dans son lit et on faisait l'amour. Avant de se coucher, elle allumait toujours une bougie. J'aime quand il fait juste assez noir pour qu'on ne voie que les formes, sans trop de détails, m'avait-elle confié.

Une nuit, Rhéa m'a demandé de lui décrire Georges en détail.

J'ai répété : En détail ?

Elle a souri. Il a tes yeux verts et le sourire de ton père. Il a la peau foncée, un peu comme la mienne. On a presque la même taille. Il a des cheveux noirs, raides, qui lui tombent tout le temps dans le visage. Il n'a jamais porté de lunettes. Il a le nez recourbé comme sa mère, *tante* Jamal. Il est plutôt maigre, mais il a de la force dans les bras. Ça se voit à leurs veines proéminentes.

Est-ce qu'il fume ?

Oui.

Quelle marque de cigarettes ?

Des Marlboro.

Qu'est-ce qu'il fait d'autre ?

De la moto. On allait à la chasse ensemble.

Vous chassiez quoi ?

Des oiseaux. Surtout des oiseaux.

Cette nuit-là, Rhéa a dormi et moi non. Je suis resté allongé quelque temps sur le dos, puis je suis allé à la fenêtre et, de là, sur le balcon pour fumer et scruter le peu d'étoiles, cherchant à détecter les feux de joie célestes, les signaux en morse venus de l'espace.

Après l'amour, les questions de Rhéa redoublaient. Elle voulait que je lui décrive tout, insistait comme une enfant délaissée. C'est une grande ville, Beyrouth ? Comment ils s'habillent, les gens ? Ta mère, elle était comment ? Tu l'aimais, ton père ?

Un soir, au dîner, elle a ouvert une bouteille de vin et fait jouer des chansons d'amour françaises. M'invitant à m'asseoir par terre à côté d'elle, elle a ouvert un album de photos : Viens, on va les regarder. Elle a tourné lentement les pages tandis que je regardais les images où un bébé rampait sur le parquet, Geneviève en robes des années 1970, chaussures pointues et lunettes noires, Rhéa dans les bras de son père avec l'Afrique pour toile de fond. Ça c'est ma nounou, disait-elle. Ça c'est moi à Singapour. Ça c'est le kibboutz en Israël.

Je l'ai interrompue : Quand y étais-tu ?

Elle a répondu : Ça ne fait pas très longtemps.

Bien sûr, quand je lui ai appris que Georges y avait séjourné, Rhéa a tout voulu savoir.

Quand est-ce qu'il était là? Qu'est-ce qu'il faisait en Israël? Et comment il a fait pour y aller depuis le Liban?

Je lui ai révélé que Georges était en mission secrète, qu'il y était allé pour son entraînement militaire.

Oh! mon Dieu, on y était peut-être en même temps! Est-ce qu'il était là en août, en septembre, en novembre? En quelle année?

L'année dernière.

Tu sais où il était, dans quelle région?

J'ai répondu: Non, c'était censé se passer dans un camp d'entraînement secret.

Mais est-ce qu'il savait que notre père était juif?

Je n'en sais rien.

Tu ne crois pas que sa mère lui en aurait parlé? Georges doit bien avoir posé des questions au sujet de son père, a-t-elle insisté en écartant ses cheveux de son visage.

Je ne peux pas te dire.

La bougie avait fondu sous les coups de langue de sa propre flamme, qui se consumait dans une flaque d'eau. Le regard perdu dans le feu, mon esprit est retourné sur les bancs de bois où nous avions usé nos genoux Georges et moi, murmurant du bout des lèvres en mâchonnant le corps du fils de l'homme dans nos tuniques blanches, sirotant gaiement Son sang, sachant très bien qu'Il nous aimerait toujours, cannibales, délinquants, désaxés hormonaux, voleurs de chandelles et masturbateurs que nous étions.

Le lendemain matin, en rentrant à mon hôtel, j'ai pris une douche, je me suis allongé sur mon lit et j'ai empli la pièce de fumée en regardant le plafond. J'ai plié le linge que j'avais laissé traîner un peu partout et je l'ai caché dans les petits tiroirs de la chambre. Je n'avais pas de projets et je me suis aperçu qu'il ne m'en venait aucun à l'idée. À part Rhéa, je ne connaissais personne à Paris. Personne ne m'attendait pour dîner, pour suivre une procession funèbre, pour travailler, manger, porter les blessés, faire de la vitesse à moto. Puis je me suis souvenu que j'avais toujours le loisir d'errer dans Paris. Je me suis rappelé l'histoire de ma grand-mère (que les Turcs avaient réduite à l'esclavage dans sa jeunesse, qui avait passé les plus belles années de sa vie à repasser les chemises des soldats français pour quelques piécettes), celle de son frère qui, pendant la Deuxième Guerre mondiale, avait fait partie des six mille Libanais formant la troupe de Kanasa. Ma grand-mère m'avait souvent raconté leur combat héroïque à Bir Hakeim sous le commandement des Forces françaises libres : comment son frère était mort dans le désert, mort de soif pour son pays de hautes montagnes, la chaîne des arbres, la clameur des cloches, les chèvres en paissance.

Alors j'ai allumé une Gitane et je suis parti marcher dans les rues de Paris, à la recherche des noms de mes ancêtres sur les plaques de marbre et les arcs de triomphe. Déguisé en agent secret, un chapeau sur le crâne, une baguette sous le bras. Quand j'ai vu les hommes de Vichy et de la Gestapo ramasser des milliers de gens qui me ressemblaient comme des frères, avec le même nez, la même peau, j'ai fait demi-tour et j'ai plongé dans les égouts. J'avais peur d'être capturé, de me retrouver parqué dans un train, des nuits glaciales sans rien à manger, de me faire arracher mon chapeau, ma montre, ma baguette et mon violon, mes êtres chers... je craignais aussi le prix que j'allais devoir payer, d'une manière ou d'une autre, au présent ou au futur. Je tremblais pour les oliveraies, les réfugiés dans leurs tentes, agrippés à des clés qui ne serviraient jamais plus, à des photos du pays qui leur serait volé un jour par des Slovaques en sandales, légitimés par des écritures saintes. J'ai rampé dans les égouts jusqu'aux catacombes de Rome et je me suis reposé en compagnie des milliers de crânes éclairés d'un brandon vacillant. À moins que ce n'ait été le reflet de ma cigarette dans mes yeux?

Le lendemain, Rhéa est passée me voir dans l'après-midi. Elle m'a embrassé sur la joue et on est partis comme si on savait tous les deux ce qu'on avait à faire.

Je lui ai demandé si elle savait comment son père avait rencontré la mère de Georges.

À l'époque, m'a raconté Rhéa, mon père était posté comme diplomate en Égypte, mais il a dû partir à cause de la Guerre des Six Jours. Avant de rentrer en France, il s'est arrêté à Beyrouth où il avait des affaires à régler. À ce moment-là, la mère de Georges travaillait comme secrétaire au consulat de

France. Mon père était encore célibataire, jeune et beau ; il m'a dit que son accent lui avait plu. Elle devait avoir le même accent que toi, a remarqué Rhéa en souriant. La mère de Georges avait été élevée par les sœurs, mais elle a raconté à mon père que, plus tard, elle s'était rebellée contre elles. Je crois que c'est quand il a su qu'il avait le cancer que mon père a décidé de me raconter toute sa vie. Il m'a appris que la mère de Georges avait été battue par les sœurs, mais qu'elle en avait tout de même reçu une excellente éducation qui lui avait permis de décrocher son poste au consulat. Avant qu'elle accepte de sortir avec mon père, il a dû lui faire sa demande plusieurs fois. Beyrouth… Mon père ne parlait jamais de Beyrouth sans une certaine tristesse empreinte de nostalgie. Après son départ, ils se sont écrit pendant quelques semaines. Puis mon père m'a dit qu'il est brusquement resté sans nouvelles. Elle devait s'être aperçue qu'elle était enceinte. Pendant des années, mon père n'a rien su de l'existence de son fils. La mère de Georges ne lui a jamais rien dit ; il ne se doutait de rien. Ce n'est que beaucoup plus tard, lors d'un voyage à Rome, qu'il a rencontré un homme d'affaires libanais qui, par hasard, connaissait la famille, et c'est cet homme qui a raconté à mon père que la mère de Georges était tombée enceinte d'un Français qui avait quitté le pays, qu'elle avait décidé de garder l'enfant malgré tous les tabous sociaux et les difficultés que cela représentait, les menaces d'excommunication, l'exclusion de sa famille et de la société. J'ai demandé à mon père pourquoi il n'était jamais allé voir

Georges et sa mère à Beyrouth. Il m'a répondu qu'après le début de la guerre, Beyrouth était devenue dangereuse pour les gens comme lui.

De nouveau, Rhéa m'a regardé dans les yeux : Elle avait la tête dure, la mère de Georges, hein ? J'ai soupiré : Elle était aussi très généreuse, et elle nous aimait tous les deux. Comment elle est morte ? De la même maladie que ton père. Rhéa a réfléchi : Peut-être aussi en même temps.

18

Après notre conversation au sujet de son père et de la mère de Georges, Rhéa ne s'est pas manifestée pendant deux jours. La seconde nuit, j'ai marché jusqu'à sa rue. Planté devant chez elle, au carrefour, sous le feu de circulation, j'inspirais au feu jaune et je crachais des vapeurs blanches au feu vert. Quand le feu passait au rouge, je me retrouvais entouré de piétons, ce qui me donnait l'occasion d'observer leur habillement haut en couleur.

J'ai repéré un homme âgé bien vêtu qui faisait le poireau dans l'entrée de l'immeuble. Le feu de circulation projetait des rayons de lumière sur son visage ; j'ai remarqué qu'il changeait de couleur comme un caméléon. Et puis j'ai vu Rhéa descendre. J'ai débarrassé le coin de la rue pour me dissimuler dans l'ombre. Rhéa a embrassé le vieux et ils sont partis bras dessus bras dessous. Il était mince, avec quelque chose de délicat dans son visage poupin. Je les ai suivis, passant d'une ombre à l'autre ; quand ils se retournaient, je m'immobilisais comme une proie détectant un prédateur.

L'homme et Rhéa sont entrés dans un bar. Il lui a tenu la porte. Jusque-là, c'était elle qui avait fait les frais de la conversation ; lui, il se contentait de hocher la tête et de la pencher vers elle.

En attendant devant le bar, j'ai fumé toutes mes cigarettes. Mais je restais là, devant la vitrine, et j'ouvrais l'œil. Les serveuses allaient et venaient, bloquant la lumière accrochée au milieu du châssis comme un vaisseau spatial. De temps en temps, leurs gestes faisaient vaciller la lumière dans mes yeux, clignotements que j'interprétais comme des signaux en morse m'enjoignant de ne pas perdre mes sujets de vue, de les suivre à la trace, de noter chaque éclat de rire, chaque fragment de dialogue, même les plus insignifiants, d'observer leurs moindres gestes, de détecter tout échange de papiers, d'étui à cigarettes, de regards, de sourires, d'inflexions tendres.

J'ai attendu pendant des heures. Je crevais d'envie d'une cigarette, et aussi de voir Rhéa allumer une bougie au-dessus de son lit. J'étais en manque de ses photos, de ses questions incessantes.

Quand Rhéa et l'homme sont enfin sortis du bar, je me suis figé sur place. Je ne clignais même plus des yeux. L'homme s'est arrêté sur le trottoir et a sorti de ses poches un étui à cigarettes et un vieux briquet. Il en a allumé une, il a pris une bouffée et s'est remis à marcher avec Rhéa. Ils revenaient sur leurs pas en direction de chez elle. Je les ai suivis. L'homme l'a raccompagnée jusqu'à la porte, elle l'a embrassé et il est reparti à pied. J'ai attendu qu'il me dépasse, puis je l'ai suivi dans le métro et je me suis planté non loin de lui sur le quai afin de l'observer à mon aise. L'éclairage au néon suspendu au plafond projetait sur son visage des ombres inquiétantes qui juraient avec ses yeux bleus, sa cravate de soie, ses cheveux bien peignés.

Je suis monté et je suis descendu aux mêmes stations que lui ; je l'ai suivi partout sans me soucier qu'il me remarque ou non.

Il était arrivé. Il s'éloignait. J'ai couru derrière lui. Dans une ruelle, je lui ai demandé une cigarette. Il m'a répondu grossièrement qu'il n'en avait pas.

J'ai rétorqué : Vous en avez, je le sais !

Il m'a écarté de son chemin avec arrogance et m'a dit de foutre le camp.

J'ai dégainé et j'ai couru devant lui. Tu me donnes une cigarette ou je t'allonge un coup de feu. Qu'est-ce que tu préfères ?

Il a sorti l'étui de sa poche de côté et me l'a donné.

J'ai dit : Le briquet aussi.

Il a fouillé dans ses poches et tiré de son pantalon le briquet qu'il m'a tendu sans se presser, sans me quitter de ses yeux impassibles. Je l'ai pris et je me suis éloigné dans la direction opposée. J'avais décidé de ne pas prendre le métro au cas où il appellerait la police, qui ne manquerait pas de surveiller les stations.

Je marchais vite dans les rues désertes, sentant la faim. Je n'avais rien mangé de la journée parce que j'avais attendu que Rhéa m'appelle, de partager ma nourriture avec elle, de la regarder me regarder droit dans les yeux comme personne ne le faisait jamais dans cette ville, de respirer ses cheveux.

J'ai fini par tomber sur une rue animée ; je me suis caché derrière un jeune arbre et j'ai allumé une cigarette en soupesant le briquet, admirant sa couleur dorée. Il était gravé d'initiales ; j'ai décidé de l'examiner plus tard sous un meilleur éclairage. Je l'ai ouvert et refermé avec un claquement qui s'est répercuté comme une porte de prison, comme le fracas d'une chambre de torture, comme une querelle d'amants dans une auto garée dans un stationnement désert, comme mon père quand il sortait de chez nous le soir ou de ses tripots de jeu le matin. J'avais soif, mais rien que de penser à de l'eau, la main de Rambo revenait m'appuyer sur la nuque pour me noyer, cette idée me coupait le souffle, ce qui me faisait tirer plus fort sur mes cigarettes et allonger le pas, et plus vite je marchais, plus je me sentais étranger. Mes longues errances sous la pluie de bombes me manquaient. Je me suis dit que les bombes ne servent pas qu'à tuer : elles sont comme des signaux en morse débordant de messages et de mots. Mais il n'y a pas de bombes à Paris. Paris est une ville muette.

Le lendemain, Rhéa m'a appelé de la réception pour m'annoncer qu'elle montait dans ma chambre.

Elle est entrée, elle a claqué la porte (comme on referme un briquet en or massif hors de prix) et elle m'a accusé : Tu m'as suivie hier soir.

Je n'ai rien répondu.

Je le sais. Je t'ai vu. Je t'ai vu attendre devant le bar, de l'autre côté de la rue. J'ai reconnu ta posture, ton sac, tes cigarettes. Tu es resté là pendant des heures, comme un espion. Je t'ai reconnu à ta façon de fumer et de lancer des regards par en dessous, derrière ton chapeau et le col de ton blouson. Oui, c'était toi sous l'éclairage diffus, tu pensais que personne n'allait te reconnaître, mais j'identifie toujours les gens à leur silhouette. J'ai traîné longtemps au bar parce que je ne voulais pas partir avant toi, mais tu as la tête dure. Tu es resté planté là comme si on t'avait payé pour le faire. Planté là, et la vue de ton corps raide et triste m'a terrifiée, on aurait dit un cadavre debout. De quel droit ? De quel droit tu me suis ? Je t'ai vu suivre Roland après son départ.

Elle a crié : Je t'ai vu ! Pourquoi tu l'as suivi ? De quel droit ?

Elle a de nouveau planté ses yeux dans les miens, mais avec une expression que je ne lui avais jamais vue auparavant, en les plissant un peu comme un archer ébloui, un marin fourvoyé, quelqu'un qui épie à travers la fumée d'une cigarette ou d'un champ de foin en flammes.

Pourquoi, pourquoi ? Dis-moi tout de suite pourquoi tu m'as suivie. Elle a répété à tue-tête : Pourquoi ?

J'ai balbutié : Pour te protéger.

Quoi ? Pour me protéger ? Mais de quoi, de qui ? Qui te l'a demandé ? Qui ? Tu n'as aucun droit sur moi, tu m'entends ? J'ai eu pitié de toi, mais le fait que j'aie couché avec toi par

compassion ne fait pas de toi mon propriétaire. Compris? Alors ne me suis plus
jamais! Elle a braqué l'index vers mon visage : Et laisse Roland tranquille, parce qu'il
est loin d'être aussi doux et fragile que tu te
l'imagines.

Elle a tourné les talons et la porte a encore
claqué (oui, comme une porte de prison). Je
me suis penché dehors et je l'ai regardée traverser la rue, traverser la ligne blanche
continue et disparaître derrière un mur de
pierres blanches.

Je faisais les cent pas entre la croisée et la
salle de bains. Il me fallait quelque chose de
nouveau à examiner. Je manquais de savon
et j'avais besoin d'une serviette propre. Je
suis descendu à la réception.

Le réceptionniste, un Algérien frisé aux
épaisses lunettes, lisait un livre. Il a pris tout
son temps pour lever la tête. Quand je lui ai
demandé du savon et une serviette, il m'a
répondu que j'allais devoir attendre le pro-
chain ménage. Je lui ai demandé s'il n'avait
pas un bouquin à me prêter.

Il s'est penché sous le comptoir et a posé
quelques volumes dessus : Tiens. On garde
toujours les livres que les gens oublient dans
leur chambre. Tel un croupier, il a pris dans
ses mains une pile chancelante qu'il a étalée
devant moi. Fais ton choix. Je compte sur toi
pour le rapporter quand tu l'auras fini, ou
avant de partir.

J'ai choisi *L'Étranger* de Camus.

Ça l'a fait rire : Ah oui. On est tous ça ici, mon frère.

Je suis retourné dans ma piaule et je me suis allongé sur le lit. *Aujourd'hui, maman est morte. Ou peut-être hier, je ne sais pas.* Ainsi commençait le roman. Je me suis levé, je me suis assis à la fenêtre, j'ai feuilleté le bouquin. En regardant dans la rue, j'ai vu un homme promener son chien en lui criant des injures. Le soleil brasillant sur l'horizon faisait glisser Paris dans la chaleur de la Méditerranée. Le parfum du thym emplissait les cafés. Plus le soleil répandait sa chaleur, plus Paris descendait vers les rives de l'Afrique du Nord. Entre les pages du livre, j'ai vu le héros marcher le long de l'eau, un fusil à la main…

Cet homme est moralement coupable de la mort de sa mère, a dit le procureur en pointant l'accusé du doigt. Je suis sorti du tribunal en vitesse, laissant tomber le livre sur mon lit pour observer Paris qui plongeait toujours vers le Sud dans une marée de lumière rouge, reflet des sables du désert unis aux vagues de la Méditerranée. Il faisait si chaud que la tête me tournait ; je sentais me couler dans le dos une cascade de sueur qui se déversait dans mon pantalon, ruisselant sur mes fesses. L'humidité s'est répandue aux articulations à l'arrière de mes genoux.

Pris de nausée et d'une profonde angoisse, j'ai couru me jeter sur mon lit. J'ai tendu la main vers le téléphone et j'ai soulevé le récepteur. L'Arabe m'a répondu au rez-de-chaussée.

Je lui ai demandé : Vous avez du vinaigre ?
Je voulais y tremper un bout de tissu et me l'appliquer sur le front comme le faisait ma grand-mère quand j'étais petit et que j'avais une fièvre de cheval.

Il a répété : Du vinaigre ? C'est un hôtel ici. On n'a pas de vinaigre.

J'ai chuchoté : *Khall.*

Le réceptionniste a raccroché. J'ai lancé le téléphone par terre et je suis allé dans la salle de bains. Par la fenêtre, j'ai vu voler du sable sur les ailes du vent, comme les embruns des vagues qui s'écrasent sur les quais, dans les ports. Beaucoup plus loin, dans le désert, j'ai aperçu Rommel et ses hommes qui avançaient vers l'Est. Tenant fermement mon revolver, je me suis retranché sous la fenêtre et j'ai attendu qu'ils passent.

La perdrix est venue se poser sur l'appui de la fenêtre et m'a promis : *Je te le dirai quand ils seront là.*

Je me suis réveillé un peu plus tard. J'ignorais quelle heure il était. Ma chemise était trempée. Une soif désertique m'a fait courir à la salle de bains. J'ai rempli mon verre au puits et j'ai bu. J'ai regardé dans le miroir : mes cheveux mouillés, mon corps maigre, mes yeux ronds, rouges, enfoncés sous la peau jaunâtre de mes pommettes saillantes. Mes vêtements couverts de poussière. Je me suis dit que j'avais dû ramper dans le sable bouillant, sous les yeux de l'ennemi. J'avais dû m'enfuir de sous la haute botte de cuir de mon adversaire.

J'ai pris une douche et je me suis tâté le front sous le jet d'eau. La fièvre était partie. Quand je suis sorti de la douche, j'ai cherché ma montre. Il était quatre heures de l'après-midi, mais ça ne m'était pas d'une grande utilité, puisque j'avais oublié depuis quand, au juste, Paris s'était mise à glisser vers le Sud, ou quand elle avait fini par déserter ses colonies pour remonter vers le Nord.

J'ai appelé l'Algérien au rez-de-chaussée et je lui ai demandé s'il se rappelait quel jour on était quand je lui avais demandé du vinaigre. Il s'est contenté de rire sans répondre à ma question. Mais il m'a demandé si j'avais terminé mon livre.

J'ai dit : Non.

Aujourd'hui, maman est morte. Ou peut-être hier, je ne sais pas.

Les premières phrases du livre tournaient et retournaient dans ma tête, jusqu'à ce que je finisse par rire de leur absurdité. J'ai ri du souvenir de la cousine éloignée de ma mère, partie du nord toute vêtue de noir, qui s'était jetée sur la tombe ouverte de ma mère en un geste de lamentation mélodramatique et lui avait fait la conversation, annonçant à ma mère que son fils Bassam était toujours là, mais seul maintenant, lui rappelant combien elle était jeune pour mourir, faisant pousser des hurlements à toutes les femmes en noir, après quoi elles avaient versé des larmes dans leurs mouchoirs. L'image de ces femmes entourant le cadavre de ma mère, toutes vêtues de noir, toutes éplorées, buvant toutes leur tasse de café, m'embrassant toutes sur le front, chantant toutes en se frappant la poitrine, m'a donné encore plus envie de rire. Je me souvenais aussi du père Semaan, le petit prêtre gras qui était entré dans ma chambre, agitant son encensoir sous le nez des filles à demi nues et des joueurs de football de mes posters d'adolescent, sous le bec des pigeons perchés à ma fenêtre et qui, à la vue de toute cette fumée non sans feu, s'étaient enfuis à la volée pour se jucher sur le toit d'en face en lui lançant des regards de travers. Je n'avais qu'un désir : que tous ces gens sortent de chez moi. Je ne me rappelais plus bien le moment exact de la mort de ma mère : était-ce le jour même, la veille ou même l'avant-veille ? Et voilà que toutes ces femmes, s'adressant à elle comme si elle était toujours là pour les écouter, se servaient du café et des cigarettes dans la cuisine, ouvraient le frigo, espérant y trouver de l'eau fraîche, se ranimaient l'une l'autre à grand renfort d'eau de rose, s'évanouissaient en gémissant comme des cantatrices italiennes. Ce jour-là, tout ce que j'ai vu des funérailles de ma mère, c'est un grand drap noir étendu sur tant de têtes en larmes, toutes unies sous le voile noir, oscillant de douleur comme une grande bête blessée. Puis les hommes se sont frayé entre les robes noires des femmes un chemin jusqu'au cercueil qu'ils ont levé de leurs douze bras, et ma mère est partie en flottant vers le cimetière, le long des rues encombrées de voitures et de voisins mettant le nez à leur balcon, mi-humains, mi-vautours aux longues serres recourbées. J'avais accompagné la procession, suivant du regard les couronnes traversées de rubans blancs portant des dédicaces ainsi que le nom des parents et amis de la défunte. J'avais marché, et m'apercevant qu'on me tenait le bras de crainte que je perde connaissance, que je glisse à terre, que je me mette à ramper derrière le cercueil, j'avais regardé cette personne dans les yeux et je lui avais demandé une cigarette.

À Paris, où la douce lumière du soir rampait à la surface des trottoirs, dehors s'est levée une brise qui portait le parfum des rues arrosées de frais. J'ai ouvert un tiroir dont j'ai sorti une enveloppe et j'ai compté mon argent. Il devait m'en rester encore pour une semaine, me suis-je dit, peut-être davantage. La chambre était payée pour quelques jours de plus, mais je n'attendais pas de Rhéa qu'elle renouvelle son geste.

Emportant mon argent, j'ai descendu l'escalier. L'Algérien était sorti ; un autre homme, sénégalais cette fois, trônait à sa place. Je lui ai demandé de prolonger mon séjour d'une semaine sous le même nom.

Il m'a demandé qui était Rhéa : La chambre est au nom de Rhéa Mani.

J'ai répondu : C'est ma copine.

Il a hoché la tête et il a rempli les papiers sans rien demander de plus. J'ai payé et je suis sorti chercher de quoi manger. L'ombre des réverbères se reflétait en masses obscures sur le pavé humide, évoquant des spectres de serpents en trench-coat aux cheveux flamboyants.

J'ai acheté une baguette avec une saucisse dedans, j'ai marché jusqu'à la Seine, je me suis appuyé contre une rambarde et j'ai enfoui la baguette dans mon estomac.

Sur l'autre rive, les palais miroitaient de leurs feux rouges et verts, coiffés d'une purée de pois qui rabaissait le ciel, donnant à la cité un air humble et confiné.

J'ai dévalé les marches jusqu'en bas, je me suis assis sur un banc, j'ai attendu que la brume descende toucher l'eau.

En ce moment, me suis-je dit, tout est invisible ; tout est à l'abri des lois, des regards, de n'importe quelle perception. Ça doit être ça, la mort, là où rien ne se voit.

Et j'ai marché dans la nuit, portant le brouillard comme un costume.

Le lendemain, le téléphone a sonné et l'Algérien m'a dit : Une nana t'attend en bas. Elle veut que tu descendes.

C'était Rhéa, je le savais. J'ai enfilé le pantalon de son père et j'ai couru pieds nus dans l'escalier. Elle m'attendait à la réception, en grande conversation avec l'homme que j'avais attaqué quelques nuits auparavant. Ils se sont tus, se sont tournés vers moi, puis ont échangé un regard.

Tu as le temps de prendre un café avec nous? m'a demandé Rhéa d'un ton brusque et distant.

J'ai répondu : Oui, j'arrive tout de suite.

J'ai mis les chaussettes, les souliers et la chemise de son père, que j'avais lavée, mais pas repassée. À la sortie de l'hôtel, l'homme m'a dévisagé sans rien dire, le visage inexpressif. On a marché jusqu'à un café où on s'est assis.

Le regard réprobateur, la mâchoire serrée, Rhéa m'a lancé : Le briquet de Roland, tu l'as?

Je l'ai sorti de ma poche et je l'ai rendu au type.

Et le revolver? Tu peux me dire où tu as pris le revolver?

À Beyrouth.

Tu es entré armé dans ce pays? a réagi Roland, caustique.

Ouais.

Ici, le port d'armes, on prend ça très au sérieux, a-t-il poursuivi.

J'ai haussé les épaules.

Rhéa m'a serré le bras par-dessus la table avec force : Écoute ce qu'il te dit, Bassam. Roland, il sait de quoi il parle! Écoute-le.

Roland a parcouru la salle du regard comme si on était entourés de mouchards : Il faut que tu t'en débarrasses. Tu l'as dans ton sac en ce moment ?

Ouais.

C'est pas vrai ! s'est exclamée Rhéa. Se redressant de tout son buste, elle a cogné de la main sur la petite table ronde. Mais c'est ridicule, non ?

Va le jeter dans la Seine cette nuit, m'a chuchoté Roland.

Écoute ce qu'il te dit, martelait Rhéa. Écoute-le. Il sait ce qu'il dit.

Jette-le dans la Seine et tout sera oublié, m'a jeté Roland avant d'aller régler l'addition au comptoir.

Rhéa se regardait les ongles en évitant mon regard, le visage voilé par ses cheveux. Tout autour de nous, des murmures, des chuchotements mêlés au claquement des couverts, de la fumée échappée des soupirs des amants, la voix douce et triste des accordéons accompagnaient notre malaise et notre silence.

Quand Roland est revenu, Rhéa s'est levée en agrippant son grand fourre-tout. En sortant, Roland m'a tendu un étui à cigarettes : Tiens, garde-le ; ça te dissuadera peut-être d'autres actes héroïques.

Je l'ai repoussé de la main : Quand j'ai besoin de quelque chose, je me sers tout seul.

Je suis resté un moment dans le café, buvant le verre d'eau minérale que Rhéa n'avait pas touché.

Puis je suis sorti marcher dans Paris. Dans mon sac, le revolver pesait plus que jamais. Je me suis demandé si j'aurais la même démarche en revenant, sans lui sur le dos. Si je me sentirais tout nu. Que dirait l'empereur que je dépose mes armes dans la Seine ? C'était sans doute un complot, me disais-je : Roland est riche, aristocrate, et si je perds mon arme, cela ne sert que les desseins de la vanité, de l'hérédité, de l'oppression.

Je suis retourné dans ma piaule et j'ai attendu que le soleil se couche dans le fleuve, que l'eau se soulève et recouvre la terre, dévorant rivières et ruisseaux. En position horizontale sur le lit, j'étais parfaitement parallèle au plafond bas. J'ai empoigné mon pistolet et tendu le bras vers le mur, visant le tableau qui représentait une chasse au cerf avec des chiens humant la terre.

Puis j'ai retourné l'arme vers moi et j'ai regardé le canon en face. Si j'avais eu un revolver à barillet plutôt qu'un automatique, aurais-je tenté le destin ? Aurais-je gardé une seule balle et joué au baccara comme tant de jeunes hommes beyrouthins l'avaient fait pendant la guerre, après avoir vu le film *Voyage au bout de l'enfer* ? Nombreux étaient ceux qui avaient trouvé la mort en imitant De Niro. On était quelques-uns à savoir que Roger, le fils de la veuve Miriam, avait tiré sur la gâchette une nuit, éclaboussant de sang et de cervelle la cocaïne alignée sur la table, la chemise de Georges, le visage d'Issam ainsi que ma poitrine. Issam et moi, on l'avait transporté jusqu'en bas et allongé sur le siège arrière de sa voiture. Ça ne sert à rien de bloquer le sang, m'avait dit Georges. Il est foutu. Arrivés à l'hôpital, on a attendu dans le hall en fumant sans remords, jusqu'à ce qu'un infirmier vienne nous demander le nom du mort et la façon dont cela s'était passé. Georges lui a raconté que Roger avait reçu une balle en combattant sur la *jabhah*. L'ambulancier n'en a pas cru un mot. Reniflant le mensonge sur nos chemises de soie, dans l'eau de Cologne qui submergeait l'odeur du sang, il nous a lancé un regard soupçonneux en murmurant d'une voix hésitante : Il a reçu cette balle à bout portant. Georges a pris l'ambulancier de côté. Il a posé une main sur l'épaule de l'homme et lui a parlé à l'oreille. Sa main est remontée jusqu'à sa nuque et il a parlé encore. Puis il a relâché l'ambulancier d'une bourrade. L'homme s'est éloigné, plein de colère. Il a enlevé sa blouse blanche en signe de protestation et l'a jetée sur une civière roulante en maudissant la guerre, son boulot, les dieux, ce pays dément.

À l'enterrement, Zaghloul avait chanté du *zajal* et les hommes avaient dansé avec le cercueil. La mère de Roger avait parcouru les rues en criant vers les balcons : C'est un héros, mon fils est un héros, j'ai mis au monde un *batal*, un *batal*.

Quand la nuit est retombée sur Paris, je suis allé à mon rendez-vous avec la Seine. Maudissant tous les fleuves du Jourdain au Mississippi, je me suis penché au bord de l'eau, j'ai pris mon sac et j'ai ouvert sa ferme-ture éclair en criant : Eaux traîtresses qui nous lavent de tout et nous laissent nus et froids ! J'ai sorti le revolver, mais je ne l'ai pas lancé à l'eau.

Je suis rentré à l'hôtel, m'arrêtant en pas-sant dans un magasin où j'ai acheté des sacs en plastique et une corde. Je suis remonté dans ma chambre et j'ai emballé le revolver dans un sac après l'autre, attachant le tout avec la corde et un paquet de nœuds. Puis je suis redescendu au bord de la Seine, à l'en-droit le plus désert, où j'avais trouvé un vieux pont rouillé, isolé, sans témoin dans la nuit. Dessous, j'ai décelé des traces de clo-chards, des petits feux de camp. J'ai noué le bout de la corde au montant du pont et j'ai jeté le revolver dans la Seine. Il a coulé ; il est parti rejoindre les boulets de canon rouillés, les soldats morts assoiffés, les chevaux de l'empereur qui broutent sous les berges du fleuve.

Je suis retourné à l'hôtel, porteur d'une légèreté insoutenable. Sur mon dos, mon sac devenu inutile et sans importance retentissait tel un insecte géant à mon oreille.

En arrivant, j'ai constaté que le lit était fait. Dans la salle de bains trônaient plusieurs savonnettes neuves ainsi qu'une serviette propre. On avait même plissé l'extrémité du rouleau de papier de toilette.

J'ai ouvert la fenêtre pour aérer. Le filet de la douche fondait sur mes membres fumants. Quand j'ai fermé le robinet, j'ai attrapé la serviette et je me suis frotté avec.

J'ai ouvert le bouquin en sous-vêtements : *A-t-il seulement exprimé des regrets pour son abominable forfait ?*

J'ai répondu : Non. Pourquoi l'aurait-il fait ? On était tous d'accord pour participer. C'était notre choix, on avait tous fait tourner le barillet de notre arme, on avait tous quatre chances sur cinq. On était tous motivés par nos convictions, par notre passion. Et la raison ? me demanderez-vous. Monsieur le procureur, tous autant que nous sommes, en sueur dans ce tribunal bondé d'hommes et de juges français, la raison est une fiction utile.

Je suis sorti du tribunal et j'ai tourné la page du livre : *J'étais épuisé et je me suis jeté sur ma couchette.*

19

Le lendemain matin, le téléphone a sonné.

C'est Roland, m'a appris la voix à l'autre bout du fil.

Oui.

Il faudrait qu'on se voie, mais viens sans ton objet.

Il est dans la Seine.

Ah, bien, très bien, excellent. Viens cet après-midi, alors.

Il faut qu'on se parle. On se voit à quatre heures au métro Montparnasse.

Je suis descendu et je suis sorti prendre un café. Hakim (j'avais fini par apprendre le nom de l'Algérien) m'a demandé si j'avais fini le livre. J'ai dit : Oui, mais je le garde. Il a ri : Un jour sans doute, tu devras payer le prix de tes actes. Mais je n'ai rien contre.

J'ai retrouvé Roland à la station de métro. Comme toujours, il était bien habillé, bien peigné, il sentait l'eau de Cologne. On est sortis de la station et je suis monté dans sa Renault.

Roland m'a demandé : Tu as faim ?

Oui.

Bien. Viens chez moi, je vais te préparer un petit repas.

L'appartement de Roland regorgeait de tableaux, d'œuvres d'art et de tapis. Par la grande fenêtre ouverte, on voyait la tour Eiffel. Roland a débouché une bouteille de son modeste cellier et l'a versée tout entière dans une carafe. Quelques minutes plus tard, il m'en a versé un verre.

Après deux gorgées de vin, je lui ai posé une question : Elle va venir, Rhéa ?

Non, elle ne va pas venir.

Elle est fâchée ?

Oui, elle est fâchée, mais elle veut aussi t'aider. Rhéa, elle n'est pas pour toi. Vos vies sont différentes.

Je me suis rebiffé : Pourquoi elle veut m'aider, alors ?

Rhéa a ses convictions, ses croyances religieuses. Pour elle, tu représentes aussi ce qu'elle a de plus proche de son frère. Quand tu nous as suivis, l'autre soir, a poursuivi Roland en versant de l'huile dans une poêle, on discutait justement de la possibilité de faire venir Georges à Paris. Rhéa se fait du souci pour son frère. Bien qu'elle ne l'ait jamais rencontré, sa curiosité est en train de se changer en… comment dire ? Pas en amour, mais en une sorte d'obsession, si tu veux mon avis.

J'ai objecté : C'est plutôt normal, non ?

Normal de se passionner pour quelqu'un qu'on n'a jamais rencontré?

Je n'en sais rien. Mais je comprends, parce que je devine qu'elle se sent seule, sans famille.

J'ai changé de sujet : Votre nom de famille, c'est quoi?

Mon nom de famille? a-t-il répété, surpris. Meusiklié.

Alors le briquet n'est pas à vous, lui ai-je dit. Les initiales ne correspondent pas.

Il appartenait à Claude, le père de Rhéa.

Il vous l'a donné.

Non. Je l'ai gardé après sa mort.

Vous étiez proches?

En fait, on travaillait ensemble.

Comme diplomates?

Roland a ri : C'est ça, comme diplomates.

Je lui ai demandé : Pourquoi riez-vous?

Rhéa nous traitait d'espions.

L'êtes-vous?

Eh bien, dans une certaine mesure, tous les diplomates sont un peu espions.

Bon. Pourquoi m'avez-vous invité ici?

Rhéa m'a demandé de t'aider. Au début, je me suis fait tirer l'oreille, mais elle a insisté. Il faut que tu quittes la France. Tu es sans papiers, et cela peut prendre des années avant que tu en aies. Tôt ou tard, tu vas te faire arrêter par la police. Pas d'argent non plus, je suppose, sinon tu n'aurais pas été prêt à tout pour un paquet de cigarettes, tu vois ce que je veux dire?

Roland m'a fait un clin d'œil. Alors, mon cher jeune homme, voici ce que je te suggère. Tu aimes la sauce au basilic sur les escargots, j'espère? Bref, voici ce que je te suggère. Encore un peu de vin?

Après s'en être versé, il a haché du persil puis il s'est retourné pour se laver les mains. Alors, comme je le disais... mets ton verre ici... voici ce que je te suggère: le Canada.

J'ai répété: le Canada.

Oui. Tu vas appeler un type qui connaît quelqu'un qui connaît quelqu'un qui peut t'obtenir un faux visa pour le Canada.

J'ai réagi: Vous parlez comme un espion, là.

Perspicace. Oui, tu es un jeune homme très perspicace. Roland a souri: Tu es entré ici avec un passeport, ou juste un pistolet?

Oui, j'ai un passeport.

Bien. Tu n'es pas si irresponsable que ça, après tout. Tu montes dans un avion, et quand tu arrives à l'aéroport de Montréal, au Canada, tu demandes le statut de réfugié. Je te donnerai le numéro de la personne plus tard. Rhéa m'a assuré qu'elle paierait tout: le ticket et les autres frais. Elle va te contacter à ce sujet. Mangeons maintenant. En passant, a-t-il ajouté, tu as pu voir Georges avant de partir?

J'ai dit : Non.

Roland a secoué la tête et m'a fait asseoir à sa table.

Le lendemain matin, je suis entré dans une cabine téléphonique et j'ai composé le numéro que Roland m'avait donné. C'est une femme qui a répondu. Je lui ai dit que j'appelais au sujet de mon complet, pour le mariage qui aurait lieu bientôt à l'extérieur de la ville.

Un complet de quelle couleur et de quelle taille ? m'a-t-elle demandé.

Il est bleu et la taille, c'est sept.

Elle a dit : Bien. Où puis-je vous rencontrer ?

Au métro Montparnasse. Je porterai une chemise blanche aux manches trop longues qui me tombent sur les mains.

Demain matin à huit heures et demie, a-t-elle précisé. Je vous trouverai.

Après avoir raccroché, j'ai flâné jusqu'à un café où j'ai commandé une tasse de café. Le serveur était poli, il m'a appelé Monsieur. J'ai ouvert un journal que j'ai parcouru lentement.

Parmi les nouvelles, une voiture avait explosé à Beyrouth-Est, tuant cinq personnes et en blessant trente autres. La photo montrait une femme couverte de sang qu'on portait d'urgence vers une ambulance.

Je me suis approché de la vitrine du café pour mieux distinguer la scène au cas où je parviendrais à la reconnaître, elle ou quelqu'un d'autre. La légende disait : « Achrafieh », le quartier où j'habitais. Le sol était couvert de décombres et de verre, et à l'arrière-plan, un homme montrait du doigt le balcon qui le surplombait. Le ton de l'article était d'une neutralité déconcertante, sans aucune analyse, aucun examen.

J'ai eu beau m'arracher les yeux, je n'ai reconnu personne. Alors j'ai bu mon café, et pendant que le serveur avait le dos tourné, j'ai soigneusement déchiré la page, je l'ai pliée sous la table et je l'ai glissée dans ma poche.

Je me suis dirigé vers l'hôtel et je suis monté dans ma piaule. J'ai sorti la page de ma poche et je l'ai posée sur le bureau. Puis je me suis couché et j'ai regardé les murs. Au bout d'un moment, j'ai repris mon livre. J'en étais aux dernières pages : *J'ai dit qu'il y avait des mois que je regardais ces murailles. Il n'y avait rien ni personne (…) « Une vie où je pourrais me souvenir de celle-ci », et aussitôt je lui ai dit que j'en avais assez.*

J'ai fermé le livre et j'ai braqué les yeux sur le soleil qui venait d'entrer dans la chambre, consolation mélancolique.

Cet après-midi-là, je suis allé jusqu'à chez Rhéa et j'ai attendu près de l'immeuble. Je n'ai pas sonné, mais je ne me suis pas caché non plus. Posté sous le ciel, agité comme les feuilles, j'ai fumé, envoyant des signaux amérindiens pour l'avertir de mon arrivée.

Je n'ai pas tardé à apercevoir, grossissant peu à peu, le long manteau et le parapluie de Rhéa flotter au-dessus du trottoir en s'approchant lentement. Elle m'a vu, m'a dépassé en évitant mon regard et s'est dirigée droit vers la porte d'entrée.

Je me suis approché et je me suis glissé sous son parapluie. Couvrant le bruit de la pluie, je lui ai annoncé que j'avais parlé avec Roland.

Bien. Maintenant tu peux t'en aller.

Tu veux que je m'en aille?

Écoute, c'est impardonnable, ce que tu as fait, et pour parler franchement, un peu inquiétant aussi. Au début, Roland ne voulait rien savoir de t'aider. C'est moi qui le lui ai demandé.

Pourquoi tu m'aides comme ça?

C'est pour Georges que je le fais.

Elle a ouvert la porte de l'immeuble, mais avant qu'elle ait pu la refermer, je m'y suis accroché et je lui ai demandé de me laisser entrer.

Comme elle ne répondait pas, je l'ai suivie à l'intérieur. Dans l'ascenseur, elle n'a pas dit un mot, préférant regarder ses souliers pendant toute la montée. Ses petits souliers noirs vernis, plats, avec leur bout rond, leur petit talon et les perles brodées par la pluie. Je les ai suivis le long du couloir. J'ai suivi ses petits souliers de cuir noir comme un chien mouillé, un de ces caniches dont les rues de Paris sont pleines, avec leurs laisses qui s'étirent de la main de leurs maîtres comme des fils d'araignée.

Rhéa a ouvert la porte de son appartement. Elle a lancé ses clés dans un bol. Elle est entrée dans sa chambre en refermant la porte derrière elle. Puis elle est revenue me demander si j'avais faim.

J'ai dit : Non.

Tu les as appelés, les gens ?

Oui.

Bien, alors tu es décidé.

Non, mais je les ai appelés quand même.

Tu n'as aucun avenir ici ; il faut que tu partes.

Je l'ai prise par la main et je l'ai attirée vers moi. Elle a tenté de s'enfuir, mais je la tenais fermement. Elle me cachait sa figure derrière le voile soyeux de ses cheveux. Je les ai soulevés au ralenti et je lui ai caressé le visage. Elle restait sans bouger, hésitante. Je l'ai embrassée sur la joue, puis dans le cou. Quand j'ai atteint ses lèvres, elle les a gardées closes.

Elle a dit : Tu es trempé. Tu devrais rentrer te changer. Elle m'a repoussé avec douceur. Appelle-moi quand tu auras le visa. Je réserverai ton billet.

Je suis sorti de l'appartement et je suis revenu sur mes pas de caniche. En me retournant, j'ai vu qu'elle m'observait par une petite ouverture pratiquée dans l'embrasure de sa porte.

Le lendemain, devant l'entrée du métro Montparnasse, une femme dans la quarantaine a tiré sur le bout de ma manche en souriant. Elle a pris les devants et je l'ai suivie dans un petit parc avec quelques bancs. Elle s'est assise et m'a regardé en face.

Tu es ici depuis quand ?

Quelques semaines.

Elle a hoché la tête. Tu viens d'où ?

Du Liban.

Avec un accent impossible à reconnaître, elle a commenté : La situation est très difficile là-bas. Pourquoi tu es parti ?

Je n'étais plus le bienvenu.

Aux yeux de qui ?

Ceux qui ont le pouvoir.

Tu peux essayer d'être un peu moins vague, s'il te plaît ?

J'ai dit : Vous voulez toute l'histoire ? On m'a accusé d'un meurtre que je n'avais pas commis. J'ai été torturé.

As-tu subi un procès ?

Non.

Qui t'a torturé ?

La milice.

Pourquoi ?

Comme je disais, ils m'accusaient de vol et d'assassinat !

Au début, tu as juste mentionné un meurtre. Tu n'as pas parlé de vol.

Ben, les deux.

Parle-moi un peu de la torture. Ils t'ont torturé seul ou avec un ami, un membre de ta famille?

Seul.

Comment?

J'ai parlé de Rambo à la femme : Le bassin d'eau, comment il m'avait plongé la tête dedans pour la ressortir juste avant que je suffoque. La privation de sommeil, les voyages dans le coffre d'une voiture, les interrogatoires prolongés.

Et pourquoi penses-tu qu'ils t'ont choisi?

Je crois que c'est parce que je fume de la drogue, et aussi parce que le chef savait que mon oncle était communiste.

La femme m'a posé pas mal de questions. Elle voulait toutes sortes de détails tels que mon nom, mon âge, la date exacte de mon départ.

Elle m'a expliqué : La raison pour laquelle j'ai demandé à te rencontrer, c'est d'abord parce qu'il me faut ton passeport, et aussi pour que tu saches qu'on ne fait pas ça pour l'argent. Nous sommes une organisation humanitaire clandestine qui n'aide que les réfugiés. Tu comprends ça?

J'ai répondu oui.

Bien. Tu as ton passeport sur toi?

Oui.

Bien.

Tu vois le taxi qui est là ?

J'ai dit : La petite voiture blanche ?

Oui.

Quand je serai partie, tu vas monter dedans et laisser le chauffeur te ramener chez toi. Laisse-lui ton passeport. Nous te ferons signe quand le visa sera réglé. Je te prierai aussi de ne pas essayer de discuter avec le chauffeur. Et n'appelle plus jamais à ce numéro. Évite la police et les endroits publics fréquentés. Ne te fais pas arrêter. Nous te contacterons quand tout sera terminé.

Je suis monté dans le taxi. Pendant le trajet, j'ai lancé le passeport sur le siège du passager. Quand on est arrivés devant mon hôtel, j'ai dit : C'est ici que j'habite.

Le chauffeur m'a demandé le prix de la course.

Deux jours ont passé sans que je fasse quoi que ce soit pour contacter Rhéa. J'avais fini le bouquin et je l'avais mis dans mon sac, dans l'espoir de lui redonner un peu du poids absent de mon arme.

Par une nuit cristalline, je suis allé retrouver mon pistolet là où je l'avais laissé. J'espérais qu'il aurait refait surface et que je le verrais flotter à contre-courant. À moins qu'il ne soit en la possession d'un soldat français abîmé. Ou qu'il ne mette à profit sa rapidité, sa précision, ses propres qualités de semi-automatique pour tirer par en dessous sur tous les bateaux-mouches, coulant les agents américains figés sur le pont dans leurs poses de touristes et d'œnologues distingués.

Je suis resté une minute à l'affût de la moindre bulle, espérant toujours voir mon arme jaillir de l'eau comme les poissons attrapent au vol les mouches narcissiques qui planent au-dessus de leur reflet sur le miroir de la rivière. Mais la surface était immobile. Soudain, j'ai entendu des coups de feu étouffés par le bruit du courant et j'ai su que quelqu'un avait déballé mon paquet. Je me suis approché prudemment de la berge, je me suis penché sur l'eau et j'ai rencontré mon reflet, couronné des formes changeantes des châteaux. Mes yeux projetaient des scènes de bataille à Beyrouth : je me suis vu, enfant, talonner Al-Woutwat qui tirait derrière des sacs de sable avec son AK-47 ; j'ai vu mes petites mains poursuivre les douilles vides encore chaudes et les recueillir dans ma chemise relevée en poche de kangourou. Et la joie sur mon visage, tandis que je bondissais (comme un kangourou) jusqu'à la maison, à l'idée de troquer mon trésor avec les gamins du quartier.

Deux jours ont passé sans aucune nouvelle de Rhéa ni de la dame aux visas. Le premier matin, j'ai pris le métro et j'ai marché jusqu'à la tour Eiffel. Les touristes grouillaient comme des fourmis entre les pattes métalliques du monstre. Ils se tordaient le cou pour la regarder, se protégeaient les yeux de leurs petites caméras de plastique, posaient à ses pieds comme des statues hilares, appuyaient leur index sur des petits boutons pour soutirer la lumière de leur face réjouie, pour retenir le passage du temps en images latentes témoignant à la fois de leur existence et de l'impermanence de leur vie.

Je me suis assis pour regarder les pigeons se gaver de miettes mielleuses tombées des lèvres des enfants. J'ai vu les touristes atterrir dans leurs autobus et bondir comme des astronautes, le sac plein de cartes et de guides suggérant des indices sur le mystère de la lune. Livres exposant l'importance du choix d'un bon restaurant, indiquant le chemin des bons musées où le résidu de l'histoire et du vol des empires attendait dans une ménagerie de verre leur visite matinale, après un de ces petits déjeuners français dont ils ne faisaient qu'une bouchée, regrettant les files d'attente devant le buffet, les longs bacs d'acier inoxydable, les œufs fripés ou retournés, les blocs de patates fades, les confitures aux couleurs de néon, le pain Wonderbread caoutchouteux, le café dilué siroté au rythme des airs de *big band* qui s'échappaient de la cuisine, pimenté par la voix chantonnante du cuisinier noir derrière ses portes battantes aux hublots ronds comme sur les navires qui parcourent le Mississippi, transportant la farine, le maïs et le bacon graisseux dont se nourrissent les touristes.

Le second matin, je suis resté au lit, entouré de Paris immobile, sans tangage ni roulis. J'ai attendu que la vue de ma fenêtre change, mais elle n'a pas bougé.

Dans la rue, une file de soldats revenus de guerre m'appelaient à défiler avec eux. J'ai fini par me lever et j'ai marché sur l'Arc de triomphe, traversant la grande rue submergée de voitures qui tournaient en rond avec impatience. En passant sous l'arche, j'ai proclamé mon triomphe sur mes ennemis. Une fois de l'autre côté, j'ai décidé d'aller manger et je suis parti dans la ville chercher ma pitance. Je me suis assis à une table de café pour contempler la foule qui se pressait sur les trottoirs. J'ai mangé ce qu'on m'offrait, j'ai payé et je suis rentré à l'hôtel à pied.

À la réception, Hakim avait un message pour moi : mon costume était prêt, je devais passer le prendre demain à la même heure au même endroit.

Cette nuit-là, poussé par le besoin de voir Rhéa, j'ai marché jusqu'à chez elle et j'ai observé sa chambre de l'autre côté de la rue. Il y avait de la lumière et chaque fois que son ombre passait devant la fenêtre, j'effaçais ma silhouette derrière le mur.

J'ai monté la garde jusqu'à ce que les cigarettes viennent à manquer.

Le troisième matin, je suis allé au rendez-vous de la dame aux visas. On a marché jusqu'au parc où on s'était déjà rencontrés et on s'est assis sur le même banc.

C'est fait, a-t-elle dit. Voici ce que tu vas faire. Dans l'avion, avant d'arriver à Montréal, va dans la toilette. Déchire ton passeport, jette-le dedans et tire bien la chasse. Ne laisse aucune trace derrière toi. Ensuite, en débarquant de l'avion, tu diras au douanier que tu veux demander le statut de réfugié. N'oublie pas de déchirer ton passeport. Est-ce que tu as une autre pièce d'identité ?

Oui, un extrait de naissance libanais.

Ça, tu peux le garder. Alors, ce soir, rends-toi à cette adresse. C'est un restaurant. Quelqu'un ira te remettre le passeport là-bas. Arrange-toi pour être là vers huit heures du soir. Bonne chance.

J'ai regardé la femme s'éloigner en vitesse et se fondre dans la foule des imperméables et des porte-documents. Je ne l'ai plus jamais revue.

Ce soir-là, je suis allé au restaurant. J'ai commandé une bière et j'ai fumé en contemplant la nuit comme le font les Parisiens.

Sur la terrasse exiguë, les petites tables rondes étaient collées l'une sur l'autre et tout le monde respirait la même fumée dans une série de cercles concentriques. De temps à autre, le tablier blanc du serveur traversait la formation, coupant entre les tables comme une longue paire de ciseaux. J'ai attendu. Au bout d'une heure, la nervosité m'a gagné. À l'exception du garçon, personne ne s'était approché de moi, personne ne m'avait adressé la parole. Pour finir, le serveur s'est penché sur moi pour déposer l'addition sur ma table et m'a soufflé : C'est déjà dans ta poche.

Je suis sorti et je me suis fouillé. J'ai senti la forme du passeport et je me suis dit : Voilà, j'ai le droit de voler.

Alors j'ai survolé Paris. Les chapeaux des citadins dansaient comme des cibles mouvantes, les phares des autos se couraient après en tournant sur eux-mêmes comme des chiens mouillés se reniflant la queue. Plus je m'élevais, plus les gens devenaient minuscules, insignifiants, plus les maisons et les rues se disposaient en cercles formés comme les tables autour desquelles des artistes rêveurs tiraient sur leur cigarette, contribuant à l'évolution de l'épais brouillard parisien qui protégeait leurs réflexions intimes du regard des hommes volants et de l'odorat des chiens.

Je me suis posé devant l'hôtel, j'ai oublié de saluer le Sénégalais de la réception et j'ai couru jusqu'à ma piaule. J'ai ouvert mon passeport : un visa canadien y avait été apposé.

20

Le lendemain matin, je me suis levé de bonne heure, j'ai couru chez Rhéa et j'ai appuyé sur la sonnette, invoquant sa voix assoupie dans l'interphone.

J'ai claironné : J'ai le visa.

Elle a proposé : Tu veux du café ?

J'ai répondu : Oui.

Elle a fait sonner la porte et je l'ai trouvée déambulant dans sa cuisine en chemise de nuit mince, blanche, transparente. Elle avait dû sentir mes yeux remonter sous son ourlet haut perché, car elle s'est retournée et m'a pris en flagrant délit. Sans dire un mot, elle est passée dans sa chambre, en est ressortie tout habillée et s'est assise en face de moi : Que fais-tu ces jours-ci ?

J'ai répondu : Je lis, je marche.

Elle a hoché la tête. Tu lis quoi ?

Un truc sur quelqu'un qui tue un Arabe en Algérie.

Ah oui, *L'Étranger* ?

Oui, c'est ça.

Elle a souri : Viens t'asseoir sur le balcon avec moi. On n'aura pas le billet d'avion avant plusieurs jours. Je verrai demain avec Monique, mon agent de voyage. D'ici là, tu vas être sage ? Je n'aime pas tellement qu'on m'espionne.

J'ai écrasé ma cigarette : Je voudrais dormir encore avec toi.

Peut-être, a dit Rhéa, juste avant que tu partes. Pas ce soir ni demain, mais peut-être la nuit avant ton départ. Ce soir, il y a une fête chez des amis à moi. Tu peux venir si tu promets de bien te tenir et de demander poliment ce qu'il te faut.

Ce soir-là, je suis retourné chez Rhéa. On est montés ensemble dans un taxi pour se rendre à la fête, qui se déroulait dans un grand loft où quelques plafonniers rouges éclairaient un groupe de divans mauves duveteux. L'entrée était bondée de gens blasés, de ceux qui font exprès d'ignorer ton passage, figés dans des postures permanentes comme des plantes en pot. Propriétaires de cheveux teints et remplisseurs de pantalons de cuir moulants dansaient dans un coin ; la mode était au *moonwalk*. Rhéa avait disparu ; je me suis appuyé contre un mur, une bouteille de bière à la main, et je me suis rincé l'œil avec les sacoches, les minces talons hauts, les bas de dentelle noire et les coiffures flamboyantes des femmes.

Au bout d'un moment, j'ai aperçu Rhéa en grande conversation avec un type qui l'a suivie à l'étage. Elle est passée devant et il a grimpé derrière elle, gigotant sur la musique assourdissante.

Un jeune homme s'est approché de moi. Il avait du rouge à lèvres noir et les cheveux dans tous les sens. Hé, t'es l'ami de Rhéa ?

J'ai répondu : Oui.

Moi je suis son coiffeur, a-t-il dit.

Et celui de sa mère, j'imagine ?

Il a ri en balançant d'avant en arrière son fin corps lisse : Ben oui, je la connais, la connasse.

Je lui ai demandé : Qu'est-ce qui se passe en haut ?

Il a levé les yeux au plafond : Ah, c'est là qu'on s'envoie en l'air.

J'ai fini ma bière et je me suis avancé vers l'intérieur du loft. Tout le monde affichait sa persona de type pseudo-aristocrate moderne, pétrie d'importance nonchalante. Si seulement j'avais mon revolver, me suis-je dit avec tristesse, je leur foutrais tous une balle dans la tête aux marches du palais.

Une demi-heure plus tard, j'en avais ras le bol de cette mascarade *cool* collective, des conversations languissantes, des poses transies. J'ai empoigné le petit coiffeur au passage : Écoute, tu pourrais monter dire à Rhéa que je m'en vais ?

Il a posé les mains sur ses hanches en souriant : Et si je le fais, j'aurai quoi ?

Rien, absolument rien. Que le plaisir de me faire une faveur. J'ai ajouté : Et le jour de la révolution, je ne t'éclaterai peut-être pas la tête.

Je vais le faire pour ton accent, pour tes grands yeux et tes longs, longs cils, m'a lancé le coiffeur en s'élançant vers l'escalier qu'il a escaladé gracieusement, comme un lama.

Il est revenu m'annoncer : Je l'ai pas trouvée. Jinny dit qu'elle a dû sortir.

Je suis descendu dans la rue. Rhéa parlait avec l'homme avec qui je l'avais vue à l'intérieur. La tension entre eux était palpable ; Rhéa semblait agitée et l'homme en colère. J'ai attendu, les épiant de loin. Tout d'un coup, l'homme a saisi Rhéa par le bras et l'a traînée vers sa voiture.

J'ai accouru et je l'ai écarté d'elle avec force.

Rhéa s'est mise à pleurer. L'homme a sorti de sa poche un couteau qu'il a brandi dans ma direction. Rhéa s'est jetée vers lui, suppliante : Non, Moshe, arrête ! c'est un ami à moi.

Elle m'a crié : Va-t'en, Bassam ! Pourquoi tu me suis comme ça ?

Je n'ai pas bougé d'un cheveu.

Rhéa s'est accrochée au bras de l'homme en répétant : Va-t'en ! d'une voix aiguë. Puis elle a ouvert la portière et elle a dit à l'homme : Ben voilà, je vais avec toi.

L'homme l'a poussée dans l'auto et il a fait le tour en me pointant du doigt : Toi, je m'occuperai de toi plus tard. Ils se sont éloignés.

J'ai retenu le numéro d'immatriculation de la voiture et je suis retourné à la fête en me le récitant comme un mantra. Je suis allé trouver le petit coiffeur, je lui ai arraché son sac où j'ai trouvé un bâton de khôl. Vite, j'ai écrit le numéro sur le mur. Ensuite, je lui ai demandé d'aller me chercher du papier. Il a disparu pour ressurgir avec un paquet de cigarettes vide. Je l'ai déchiré et j'ai recopié le numéro dessus.

Avant que je m'en aille pour de bon, le petit coiffeur m'a demandé si je ne voulais pas noter aussi le sien.

Putain de macho! Sa voix a résonné longtemps dans l'escalier en spirale.

Sur le chemin de l'hôtel, j'ai eu l'idée d'appeler Roland. Il pouvait sûrement aider Rhéa. Je l'ai appelé de ma chambre et je l'ai réveillé. Je lui ai raconté ce qui s'était passé.

Il vaut mieux ne pas s'en mêler, a grommelé Roland avant de me raccrocher au nez.

Le lendemain, à midi, j'étais toujours au lit. J'avais appelé chez Rhéa pendant la matinée, sans réponse.

J'ai fini par descendre à la réception. L'après-midi était déjà bien entamé. J'ai dit : Hakim, tu es mon ami, non?

Hakim a ri : Tu as besoin de quoi?

Une petite question seulement. Tu crois que c'est possible de trouver le nom et l'adresse de quelqu'un à partir de sa plaque d'immatriculation?

Il a consenti : Laisse-moi le numéro. Ça pourrait te coûter quelque chose.

Combien?

Il a souri : Plus tard. Je vais voir ce que je peux faire pour un frère.

J'ai recomposé le numéro de Rhéa et cette fois, elle a répondu.

J'ai dit : Je viens te voir.

Elle a crié : Non !

J'ai juste répété : Je viens te voir.

Elle a redit : Non ! Je n'ouvrirai pas.

J'ai marché jusqu'à chez elle et appuyé sur l'interphone. Sa voix : Va-t'en !

Mon doigt n'a plus décollé du bouton.

C'est alors que j'ai aperçu, à travers l'épaisse vitre de l'entrée, une vieille dame accompagnée de deux bassets nains descendre de l'ascenseur. J'ai filé vers la porte et quand elle l'a ouverte, je la lui ai tenue en murmurant avec la politesse la plus absolue : Laissez-moi vous aider, Madame, et je suis entré dans l'immeuble.

Je suis monté dans l'ascenseur et j'ai couru frapper à la porte de Rhéa.

Elle l'a ouverte, mais dès qu'elle a vu que c'était moi, elle a essayé de la refermer. J'ai réussi à forcer mon pied à l'intérieur et à l'ouvrir toute grande.

Elle a couru dans la cuisine en criant : Sors d'ici ! Fous le camp ! Elle a hurlé : Dehors !

Ses cheveux étaient dans un état épouvantable. J'ai bien vu qu'elle avait un œil au beurre noir, qu'elle était exténuée.

Je l'ai interrogée : L'homme de la nuit dernière, c'est qui ?

Elle a répété : Va-t'en ! Elle a ouvert un tiroir de cuisine, y a plongé les deux mains, percussions frénétiques de métal, elle a brandi un couteau vers moi : Je t'ai interdit de me suivre et de te mêler de ma vie.

Je me suis approché. Elle reculait au ralenti. Je l'ai agrippée par le poignet, j'ai retiré le couteau de sa main, je l'ai entraînée dans le salon, je l'ai jetée sur le canapé : Georges voudrait que je te protège, je le sais ; et tant que je serai ici, c'est ce que je vais faire.

Elle a éclaté : Georges ! Georges, il ne sait même pas que j'existe ! Je suis libre, comprends-tu ça ? Tu ne te mêles pas de mes affaires ! Je vais te dénoncer à la police, te renvoyer à Georges, te réexpédier d'où tu viens ! Ses mains s'agitaient dans tous les sens. Elle a inspiré profondément, ses mains sont retombées, sa voix s'est adoucie : Allez. Va-t'en, je t'en prie. Tu me causes des ennuis. Elle m'a poussé avec douceur.

Comment il s'appelle ? Son nom de famille ?

Elle a craché : Va te faire foutre !

Avant de prendre la porte, je lui ai lancé : Personne ne lève la main sur la sœur de Georges ; personne ne nous menace du couteau. Ton Moshe, je vais le retrouver.

Elle me filait le train : C'est ça, vas-y ! Emporte ça avec toi. Elle m'a lancé une enveloppe dans le dos. Va-t'en te mêler de ce qui te regarde. Collant de merde !

J'ai saisi l'enveloppe et dévalé l'escalier. Elle contenait un billet pour le Canada. L'avion partait dans six jours.

Je suis rentré à l'hôtel sans me presser et dès mon arrivée, j'ai convoqué mes généraux et je leur ai dit : Nous devons trouver l'homme de l'autre nuit et concevoir un plan.

J'envoyai un capitaine interroger l'homme de la réception afin de déterminer s'il avait obtenu des renseignements concernant le numéro d'immatriculation. Il revint porteur d'une réponse négative. Mes officiers et moi faisions les cent pas en fumant la pipe. Plusieurs d'entre eux arboraient leurs bottes, les pieds sur la table. Le quartier général était envahi par la fumée, la table par les cartes indiquant le cours des fleuves, le relief des montagnes et des mornes plaines.

L'attaque doit se produire sans tarder, avant votre traversée vers ce nouveau continent, camarade, déclara l'un des généraux, celui aux blanches bacchantes retombantes.

Je me suis rallié à son opinion. Nous avons décidé de lever la séance et de nous disperser en attendant de recevoir de plus amples renseignements sur l'ennemi.

Deux jours durant, chaque fois que j'envoyais mon capitaine s'enquérir auprès de l'homme de la réception, la réponse demeurait la même : il s'en occupait. Enfin, le troisième jour, on vit débouler à l'état-major un messager à cheval qui annonça, à bout de souffle : Je l'ai.

J'ai décacheté la lettre : la voiture était enregistrée au nom de Mani et associés, Jules Favre, 52 rue de la Commune.

Je battis l'appel des rebelles et nous décidâmes d'un plan d'attaque séance tenante.

Je suis parti observer l'adresse indiquée dans la lettre. L'homme que j'attendais a fini par rappliquer au volant de la même auto que l'autre fois. Il s'est garé dans le parking et a pénétré dans l'immeuble. J'ai laissé passer un instant, puis j'y suis entré à mon tour. Tapi au bas d'une volée d'escaliers en spirale, j'ai épié la montée de son blouson de cuir vers les cieux.

Je suis rentré m'entretenir avec mes frères de lutte. Nous passâmes la nuit à planifier l'attaque sans fermer l'œil. Le lendemain après-midi, je me suis introduit dans la cave de l'hôtel. J'ai ouvert la poubelle, j'ai inspecté son contenu, puis j'ai fait le tour du plancher, fouillant du regard jusqu'à ce que j'aperçoive un bout de tuyau coincé entre une vieille pile de chaises, une table bancale et un évier ébréché.

J'ai sauté dessus, je l'ai glissé dans ma manche et j'ai repris l'escalier jusqu'à ma piaule.

Puis j'ai appelé mon lieutenant pour l'informer de l'arrivée des munitions.

Il amena les chevaux et le soir même, nous pénétrâmes en territoire adverse. Le véhicule de l'ennemi était stationné en bas de la rue. Je me suis appuyé dessus et je l'ai balancée jusqu'à ce que le signal d'alarme se déclenche. Rabattant mon chapeau, je me suis faufilé dans l'escalier de l'immeuble et j'ai attendu qu'une porte s'ouvre, caché entre deux étages.

La lune blafarde m'a dessiné l'ombre d'un homme qui descendait les marches. Quand il s'est trouvé à ma hauteur, j'ai enfoncé mon chapeau sur mes yeux et murmuré : Bonsoir. Dès qu'il m'a dépassé, je l'ai embouti par derrière. Avant qu'il ne reprenne ses esprits, je suis tombé dessus à bras raccourcis, aidé du tuyau qui me sifflait dans les mains. J'ai fouillé ses poches, pris son portefeuille et ramassé les clés de sa bagnole par terre. Alors je battis en retraite par l'escalier, sautai sur ma monture et nous fîmes retentir les pavés de Paris tandis que loin en arrière, la sirène de l'auto hurlait de désespoir et de douleur.

J'ai fait une série de cauchemars cette nuit-là. Je me suis vu me noyer dans un océan immense qui a rétréci jusqu'aux dimensions d'une baignoire. J'ai rêvé que Roland me versait du vin, puis, se détournant du poêle où grésillait quelque chose, me lançait avec le visage de Rambo : *Ya habboub,* on va te renvoyer d'où tu viens. Alors que je dégrin-

golais l'escalier du rêve, Georges m'est appa-
ru, tout sourire, un revolver dans la main.
Appuyé contre le mur, en équilibre sur une
marche, il faisait tournoyer le barillet.

Je me suis éveillé en sueur ; il m'a fallu
plusieurs minutes pour me rappeler que
j'étais à Paris. J'ai couru à la porte de la
chambre pour vérifier qu'elle était bien fermée à clé. J'ai même verrouillé celle de la
salle de bains. Je me suis assis à la fenêtre et
j'ai plongé mon regard dans la nuit, m'assurant que Paris était toujours Paris.

Mais les souvenirs se bousculaient et je
n'ai pas pu me rendormir. Je pensais à
Georges ; je m'attendais à tout moment à ce
que Rambo force l'entrée de ma piaule et
m'emmène faire un tour. Je me suis traité de
pleutre, et de tous les noms, d'avoir peur de
l'ombre de cette charogne crevée. Toute la
nuit, j'ai psalmodié *Les morts ne reviennent
pas,* maudissant Roland de m'avoir poussé à
jeter mon semi-automatique. Tout découlait
de son absence. Je ne pouvais m'empêcher
de me dire que ces rêves-là n'arrivaient pas
quand il dormait sous mon oreiller.

J'allais et venais dans la pièce, fumant une
clope après l'autre ; dans le cachot de torture
souterrain, c'est ce qui m'avait manqué le
plus : allumer une cigarette.

Je me suis rappelé m'être demandé, tandis
que Rambo, me tenant par le cou, m'emplissait les narines d'eau froide, s'il existait
des briquets sous-marins. Et les cigarettes
que fumait ma mère quand elle volait de
l'eau dans la citerne des voisins. Enfant, je la

regardais escalader l'épaisse tuyauterie pour atteindre le réservoir de métal, fasciné de la voir y plonger toute la moitié supérieure de son corps, y compris la cigarette posée sur ses lèvres, et refaire surface, tenant un seau plein dans chaque main et, sur ses lèvres, la cigarette encore allumée. Avant chaque plongeon, elle s'étirait sur la pointe des pieds comme une danseuse étoile, puis elle allait à la pêche à l'eau, exhibant ses cuisses au-dessus de ma silhouette menue, et le réservoir résonnait de ses imprécations de marin contre sa vie de sacrifices et son mariage avec ce joueur bon à rien qu'était mon père.

Des années plus tard, moi aussi, tout comme elle, j'avais plongé dans le réservoir sous la surveillance de mon bourreau, englouti la moitié supérieure de mon corps en pensant à la cigarette intacte de ma mère, de marque Phénix, qui jamais ne cesserait de se consumer, jamais d'agoniser. Et tandis que Rambo chuchotait à mon oreille des promesses de mort prochaine, j'étais soulagé que mes parents ne soient plus là, car ma mort, comme toutes les morts, se devait de signifier la fin de tout : pas de souvenirs, pas de photos, pas d'histoires, pas de larmes maternelles. Dans la mort, tout doit cesser. Le reste n'est que chimères et vanité humaine.

Le lendemain matin, dans la rue envahie par une foule dansante, buvante et chantante, des voitures où tremblaient l'étendard d'une équipe de football fendant le vent sont passées en klaxonnant sous ma fenêtre.

Quand je l'ouvrais, le bruit augmentait; dès que je la fermais, il retombait tels les draps que la femme de chambre de l'hôtel avait secoués au-dessus de mon lit, la veille, devant moi, assis en sa présence, observant leur chute lente et gracieuse comme le vol de la perdrix sur les eaux éblouies.

Observant la disparition dans la salle de bains de la femme de chambre qui jetait mes serviettes dans son chariot sans s'occuper de moi, sentant sans doute mon regard vorace tirer sur sa mini-jupe, mes yeux dénouer son tablier blanc. Je l'ai remerciée de chaque verre remplacé, chaque papier ramassé, chaque fois qu'elle s'était penchée, chaque coup de balai, chaque taie d'oreiller caressée, chaque couverture bordée. Quand je lui ai tendu mon paquet de cigarettes, elle a souri : Je ne fume pas. Elle a pris mon cendrier pour le vider dans un sac. Je lui ai demandé son nom, d'où elle venait. Et quand je lui ai pris la main en criant : Linda du Portugal, j'attendrai chaque jour que tu viennes dans ma chambre! Laisse-moi te caresser la poitrine, laisse-moi m'écrouler doucement sur toi, elle me l'avait retirée brusquement et s'était précipitée dans le couloir, acculant son chariot d'entretien vers le monte-charge et passant la tête entre les portes qui se refermaient afin de s'assurer que je ne la suivais pas pour la prendre par la taille, lui offrir de l'argent, souffler dans son oreille, appuyer sur le bouton d'arrêt et dénouer son tablier blanc.

Après cela, c'est un vieux qui est venu faire le ménage, poussant le même chariot devant lui avec un regard qui disait : Je vous connais, toi et ton engeance, le genre à croquer les boniches, les filles-mères qui triment dur, les ouvrières au noir et les femmes de chambre taciturnes. Il entrait sans me saluer, me traitait par le mépris, et avec lui le vol gracieux des draps blancs se faisait plongeon suicidaire, écrasement d'avion, me privant à jamais des atterrissages duveteux dans les mains de Linda dont je mourais d'envie.

Je lui ai demandé où était Linda.

Il m'a répondu en français, avec un accent portugais prononcé chargé d'hostilité : Laisse ma nièce tranquille, compris ? Et il a claqué la porte après avoir craché sur le tapis.

Ce jour-là, j'ai reçu une invitation de la part de Rhéa : Passe me voir, s'il te plaît. C'est important.

J'ai marché jusqu'à chez elle. Elle a ouvert la porte sans m'adresser un seul mot, un seul regard. Je me suis assis à sa fenêtre ; elle a choisi le fauteuil le plus éloigné possible pour m'annoncer : L'ambassade de France au Liban vient de téléphoner. On essaie d'obtenir un passeport pour Georges, mais apparemment, il est introuvable. Ils ont envoyé des enquêteurs chez lui, ils ont interrogé les gens. Ils sont même entrés en contact avec un homme de la milice. Personne ne sait où il est. Ils ont fait le tour des morgues et des hôpitaux : rien. Mais toi, tu es au courant, n'est-ce pas ? Oui, tu sais quelque chose ; tu ne me dis pas tout, je le sens. Que penses-tu qui lui est arrivé ? Je déteste ton silence. Et tes yeux! Tu ne me regardes même pas dans les yeux. Tu t'en fous complètement, pas vrai? Tu t'en fous. Elle a craqué : Parle-moi. Dis quelque chose.

Je me suis levé pour partir. Elle m'a crié : S'il te plaît, dis-le-moi. Je t'en prie.

Je suis sorti de chez elle sans desserrer les dents.

Bassam! Dis-moi, Bassam. Elle criait dans mon dos : Dis-moi quelque chose, putain.

J'ai marché jusqu'à la Seine. Je me suis assis sur un banc. J'ai contemplé le passage de l'eau, le retour des nuages. Et puis j'ai pris une décision. Je me suis levé et je suis retourné chez Rhéa.

J'ai appuyé sur la sonnette, mais elle n'a pas répondu. J'ai traversé la rue, j'ai crié son nom, elle n'a pas répondu. J'ai attendu, dix mille voitures sont passées, j'ai respiré leurs gaz d'échappement en ouvrant les yeux jusqu'à ce qu'il y en ait une qui s'arrête. À l'intérieur, j'ai reconnu Roland et l'homme que j'avais battu à coups de tuyau. Reprenant mon poste derrière le mur, j'ai aperçu Roland descendre de l'auto. Il s'est penché vers la portière et les deux hommes ont échangé quelques mots. Celui qui était resté dans la voiture a hoché la tête comme un employé. Roland s'est éloigné et a sonné chez Rhéa.

Dans les rues de Paris, j'ai attendu la nuit avec l'impatience d'un lion affamé. Il pleuvait et j'observais toujours chaque lueur faiblissante, chaque rayon de lumière parti se perdre au bout du monde. Et quand la nuit est montée de sous les fleuves, j'ai couru au pont où j'avais jeté mon semi-automatique. Un petit feu scintillait entre deux vieillards qui berçaient une bouteille de vin entre leurs paumes misérables et leurs lèvres édentées. J'ai marché droit vers la corde, qui était toujours là, et j'ai tiré dessus, mais un poids empêchait le pistolet de revenir vers moi. J'ai lutté avec les dix mille démons qui tiraient sur la queue de la corde. Profitant du mouvement régulier des vagues, ils comptaient ensemble jusqu'à trois et halaient tous en même temps. Je me suis enroulé la corde autour du bras, mais j'ai eu beau tirer de toutes mes forces, les diables me narguaient de leur dos hirsute et bossu, de leurs ailes glabres, de leurs grosses méchantes voix mugissantes. Ça les amusait bien de me voir tanguer d'un bord et de l'autre au-dessus de l'eau noire, accroché aux cailloux de la berge et aux poutres métalliques.

Alors j'entrai dans la Seine, plongeant mes pieds dans le reflet du feu des petits vieux qui dansait à sa surface. Avançant dans l'eau vers les dix mille créatures qui peuplaient les berges immergées de la Seine, je débarrassai la corde du sable et des détritus délétères qui l'écrasaient. L'eau grossissait mes pieds, me donnant l'allure d'un guerrier géant progressant, intrépide, sur le chemin de l'enfer. Sans me presser, je libérai la corde du poids des canettes ouvertes qui cliquetaient comme des croix de métal et j'en bannis les démons. Je plongeai sous l'eau ; sur le quai, les hommes regardaient couler mon dos, me criant de revenir, de changer d'avis, de ne pas écouter le courant ni ses sirènes diaboliques.

Moi, creusant à mains nues le fond limoneux, j'en arrachai le paquet de nylon et de nouveau, je sentis dans ma main le poids de mon semi-automatique. Le calant sous mon bras, je m'élançai vers l'arête polie de la rocaille et j'y frottai la corde jusqu'à ce qu'elle se rompe, libérant mon pistolet.

Marchant sur le pavé humide, j'entrai dans les portes de la ville, l'arme à la main.

21

L'eau était sous mes pieds, dans mon corps et, tombant des nuages, sur ma tête.

Protégeant mon semi-automatique sous mon blouson, je suis rentré à l'hôtel. Sans laisser le temps au concierge de tirer les vers de mon nez dégoulinant, j'ai grimpé l'escalier jusqu'à ma chambre et j'ai poussé une chaise contre la porte. Sur l'autre chaise, j'ai étendu les habits de l'homme mort que je portais, puis j'ai pris une douche chaude, j'ai enfilé mes vieux vêtements, j'ai volé la savonnette de la salle de bains, j'ai fait mes bagages, je me suis faufilé dans l'escalier qui menait à la cave, puis dans la ruelle, et je suis sorti de l'hôtel en passant par la cuisine.

La pluie avait cessé.

Toute la nuit, je suis allé nulle part en train. Les portes s'ouvraient, se refermaient, avalaient des gens, les transportaient d'un endroit à l'autre. Je prenais toujours le siège du coin, comme Georges. Assieds-toi le dos au mur, disait-il toujours, et laisse pendre ton revolver.

Après minuit, plus de trains. Je suis descendu nulle part, envisageant de tuer le temps à la gare, mais les flics passaient régulièrement. Alors j'ai marché, et quand j'étais fatigué, je me reposais dans les ruelles, derrière l'entrée de service des restaurants. Je fumais en comptant les petites gouttes de pluie qui cabriolaient par-dessus les murs et voltigeaient contre les lampadaires.

Le matin venu, j'ai téléphoné à l'hôtel. J'avais décidé de laisser un pourboire à Linda, de lui demander pardon de mes regards dévorants et de l'avoir traquée des yeux. J'ai demandé : Elle travaille aujourd'hui, Linda ?

Linda ?

Oui, la femme de chambre.

La voix s'est tue un instant, puis a repris : Non, aujourd'hui c'est le tour de son oncle.

Il finit à quelle heure ?

Midi.

À midi, je suis allé attendre dans la rue, devant l'hôtel.

Quand j'ai vu sortir le vieux, je l'ai suivi. Portant un sac sous le bras, il marchait la tête basse, rasant les murs, comptant les pavés.

Je le suivais en criant dans son dos : *Senhor ! Senhor !*

Le vieux s'est retourné et s'est arrêté. Il ne m'avait pas reconnu.

J'ai dit : *Senhor,* je suis le client de la chambre 201.

Il est reparti, me tournant le dos. Trottant à ses côtés comme un chien, la tête de travers, je cherchais ses yeux.

Senhor, je voudrais vous parler.

Pas de réponse.

Senhor, je voulais juste vous dire que je regrette ce que j'ai dit à Linda.

Là, il s'est arrêté et m'a lancé en me regardant dans les yeux : Vous autres, vous croyez que vous pouvez profiter des pauvres jeunes filles qui gagnent leur vie à la sueur de leur front.

Non, *senhor*. Je les respecte, *senhor*.

Du respect. Après un instant de silence, il a soupiré : Elle a eu peur. Il faut tout le temps qu'elle rencontre des hommes comme toi. La nuit d'avant, c'était un vieux qui jouait avec son poireau. Il savait qu'elle allait bientôt arriver, alors quand elle a frappé, il n'a pas répondu. C'est une fille bien, mais vous autres… Il s'est éloigné de nouveau après avoir prononcé en portugais quelque chose que je n'ai pas compris.

J'ai insisté : *Senhor,* s'il vous plaît, transmettez mes respects à Linda. Dites-lui que je lui demande pardon, qu'elle est si belle.

Non.

J'ai répété : *Senhor,* je vous en prie ! Je me suis remis à trottiner près de lui.

Jeune homme, tu arrives dans ce pays et tu ne fous rien. Quand j'ai quitté le Portugal, j'avais ton âge. J'ai recueilli Linda quand son père est mort, tué par Salazar. J'ai travaillé dur pour élever ma nièce, c'est une fille bien. Toi, tu ne vaux pas une mèche de ses cheveux ! Il agitait les mains devant sa poitrine.

Senhor, ce n'est pas vrai. Je suis digne d'elle.

Non, tu es un gars qui a des ennuis.

Pourquoi dites-vous cela, *senhor*?

La police est venue fouiller ta chambre d'hôtel hier soir.

La police?

Oui, ils étaient deux.

Senhor, vous êtes sûr que c'était deux policiers?

Il m'a repoussé : Va-t'en, arrête de me suivre maintenant.

Senhor, l'un des deux avait-il un pansement sur la tête?

Va-t'en.

Est-ce qu'il avait un pansement sur la tête? Je vous en prie, *senhor,* dites-le-moi.

Oui! Maintenant va-t'en.

Merci, *senhor,* et dites à Linda que je n'oublierai jamais sa façon de secouer les draps ni ses beaux grands yeux ronds. Dites-lui que je porterai du noir en souvenir de ses longs cils.

Levant le poing, il m'a injurié : *Conho!* et il a repris sa descente vers la voie ferrée, comptant les pavés, parlant aux murs entre ses dents, jurant, se répétant, crachant par terre.

J'ai téléphoné à Rhéa, qui m'a dit : Arrête de m'appeler. Ou alors, appelle-moi quand tu seras prêt à me dire quelque chose de valable. J'en ai assez de tes lécheries et de tes secrets.

J'ai menti : J'ai rendez-vous avec Roland chez lui avant de prendre l'avion pour le Canada, mais j'ai perdu son adresse.

Juste avant de raccrocher, elle m'a lancé : 35 rue Fouchons.

J'ai pris le train, puis j'ai marché jusqu'à la maison de Roland et j'ai observé la maison depuis le trottoir d'en face. Avant longtemps, j'ai vu arriver dans sa grosse auto l'homme que j'avais frappé avec le tuyau. J'ai patienté jusqu'à ce qu'il reparte après avoir déposé Roland, puis j'ai couru jusqu'à la porte et je l'ai suivi à l'intérieur. J'ai dégainé mon arme et je la lui ai collée près du foie :

Si on prenait le thé ?

Roland s'est retourné lentement, et quand il a vu que c'était moi, il a souri :

Ah, te voilà. On t'a cherché partout hier. On se demandait si tu partais toujours demain.

Je sais. C'est pour ça que je suis venu.

Roland a retiré son manteau et ses gants : Pas besoin de pistolet. Viens t'asseoir, a-t-il dit calmement.

Il s'est installé sur le canapé du salon. J'ai pris le fauteuil du coin, laissant pendre mon semi-automatique dans ma main.

Il m'a lancé : Tu es un idiot doublé d'un imbécile. Écoute-moi bien. Je vais te donner encore une chance, mais c'est la dernière. Pose ce pistolet.

Je l'ai levé et je l'ai braqué sur son visage : Ici, c'est moi qui donne des chances ou non.

Il a hoché la tête : Très bien.

J'ai dit : L'homme à la tête bandée, il travaille pour vous.

Tu veux dire Moshe ? Oui. C'est vrai.

C'est vous qui lui avez demandé de donner une volée à Rhéa ?

C'est touchant que tu t'en préoccupes. Assieds-toi, petit con, et ne sois pas si romantique.

J'ai insisté : Pourquoi vous l'avez fait battre ?

Parce qu'elle m'appartient. Rhéa est à moi depuis toujours, depuis ses quinze ans. Tu comprends ? Le père de Rhéa travaillait pour nous. Depuis sa mort, c'est moi qui m'occupe d'elle. Sa mère ne pense qu'à son shopping. C'est une mondaine superficielle. Rhéa était laissée à elle-même. Écoute, mon petit, tu t'aventures sur un terrain très glissant. Mais la bonne nouvelle, c'est que nous avons besoin de toi.

J'ai sursauté : Je n'ai rien à vous offrir.

Il faut que tu nous dises ce qui est arrivé à Georges.

Depuis quand il vous intéresse, Georges ?

Georges travaillait pour nous.

Qui ça, nous?

Nous. Le Mossad. Nous l'avons recruté pendant son séjour en Israël. Georges sait tout de son père. Nous soupçonnions déjà Abou-Nahra d'être réceptif aux Syriens. Il va sans doute s'en rapprocher encore plus, surtout maintenant, avec l'assassinat d'Al-Rayess. Notre homme, dans la région, c'était Al-Rayess. C'est nous qui avons armé sa milice, qui l'avons entraînée, qui lui avons donné ses stratégies. Georges était très proche de lui, il le surveillait pour nous. Abou-Nahra lui faisait confiance.

Georges était un agent double?

Oui. Un bon agent, intelligent. Toi aussi, mon garçon, sois bon et intelligent. Dis-nous où est Georges. Nous savons que la dernière fois qu'il a été vu, il venait de se porter volontaire pour aller te chercher chez toi. Il avait quelques questions à te poser au sujet de ta participation à l'assassinat d'Al-Rayess. Nous sommes au courant. Nous avons aussi des agents chez les chrétiens. Il nous suffit de demander. Ton dernier espoir, c'est de nous dire ce que tu sais. Tu ne peux aller nulle part sans notre consentement. Tu comprends?

Que sait Rhéa de tout cela?

Très peu, m'a révélé Roland. Seulement que nous voulons que tu nous parles de Georges.

Et le visa pour le Canada?

Tu aurais été arrêté à l'aéroport de Paris, emprisonné pour escroquerie... Et nous, nous serions intervenus pour te libérer, nous t'aurions offert un bon avocat, à condition que tu nous dises ce qui est vraiment arrivé à Georges. Tu serais allé en prison. Y avait-il meilleur endroit pour te garder enfermé qu'une prison légitime ? Et si tu avais refusé de parler, nous aurions envoyé un gros nou-nours affectueux te tenir compagnie, si tu vois ce que je veux dire. Dans ce jeu, a ajouté Roland, tu es un tout, tout petit pion. Bon. Je te laisse deux ou trois minutes pour réfléchir. Si tu veux parler, pose ton pistolet sur la table. Nous pouvons peut-être faire quelque chose pour toi ; si tu ne parles pas, tu ne bougeras pas d'ici, je te prie de me croire.

Je me suis levé et j'ai pointé le canon vers son visage : Les mains sur la tête.

Il a obéi.

Je l'ai fouillé, j'ai pris ses lunettes noires et son portefeuille. Il contenait quelques billets de cent francs. Je les ai mis dans ma poche :

Couchez-vous par terre.

Mes hommes seront ici d'une minute à l'autre, m'a prévenu Roland. C'est ta dernière chance.

J'ai répondu : Pas un geste ou je tire.

Sa voix montait du tapis : Brigand à la petite semaine ! Petit idiot.

J'ai écrasé ses lunettes noires sous mon talon. Puis je me suis jeté sur le téléphone qui trônait dans un coin et j'ai arraché le fil de la prise. J'ai lié les mains de Roland avec et j'ai pris la clé de la maison dans sa poche. J'ai marché doucement vers la porte et je l'ai entrebâillée. Quand j'ai vu qu'il n'y avait rien, je l'ai refermée et je l'ai verrouillée derrière moi. J'ai couru dans l'escalier, dans la rue, dans les ruelles, jusqu'à chez Rhéa.

En arrivant devant chez Rhéa, je l'ai appelée de la cabine d'en face.

Sa voix : Je t'ai pas dit de ne plus m'appeler ? De toute façon, tu n'as pas un avion à prendre ?

J'ai chuchoté : Je vais tout te dire pour Georges, maintenant.

Elle est restée un instant silencieuse, puis : Vas-y.

Je l'ai prévenue : C'est pas bon. C'est pas une bonne nouvelle. Je suis en face de chez toi. Ouvre-moi ta porte.

Elle a dit oui et je suis monté par l'escalier, sans attendre que la cage métallique de l'ascenseur vienne soulever mon cœur pantelant.

Rhéa m'a ouvert, en larmes. Elle s'est brièvement cramponnée à moi, puis, reconnaissant mes bras comme ceux du messager de la mort, elle a reculé, une main sur la bouche.

Alors, depuis le début, tu savais ce qui est arrivé à Georges.

J'ai pris la parole : La dernière fois que j'ai vu Georges, c'était juste avant mon départ.

Elle m'a invité à l'intérieur d'un geste de la main. Je suis entré ; elle m'a tourné le dos en sanglotant. J'ai posé la main sur son omoplate, mais elle a secoué la tête. Je l'ai prise par les épaules et je l'ai tournée doucement vers moi. Elle pleurait toujours. Les larmes coulaient sur son visage.

J'ai dit : Georges était mon frère.

J'ai inspiré profondément, puis j'ai parlé sans m'arrêter : Une fois, Georges et moi, on a escaladé la montagne avec nos fusils de chasse. Immobiles comme des serpents avec nos canons dressés et notre poudre venimeuse, à l'affût des branches ployant sous le poids des plumes, s'inclinant devant le moindre cri sexuel, on n'a pas tardé à blesser un petit oiseau. Je l'ai pris dans ma main.

Georges me disait : Tue-le s'il vit encore. Tue-le !

Mais je n'ai pas pu me résoudre à tuer le petit oiseau dont le bec s'ouvrait et se refermait en silence, comme s'il me demandait un peu d'eau. Ses yeux commençaient à se fermer dans ma paume.

Tue-le ! À quoi ça te sert de contempler cet oiseau blessé ? Tue-le et libère-le de sa souffrance. Achève-le. Ton frère semblait irrité.

Moi, j'attendais que l'oiseau reprenne son envol.

Georges a arraché la créature blessée de ma main ouverte. Il l'a posée sur une pierre et, de la crosse de son fusil, il l'a frappée sur la tête, plusieurs fois, avant de s'éloigner à la recherche de sa prochaine proie.

Pourquoi tu me racontes ça? m'a demandé Rhéa.

J'ai avoué: Georges et moi, on a tué plus que des oiseaux.

Des gens?

J'ai dit oui et je lui ai raconté nos magouilles pour trouver de l'argent, nos disputes muettes, comment on s'était débarrassés de Khalil, comment Georges s'était engagé dans la milice. Je lui ai parlé de Monsieur Laurent, de Nicole et des tortures que j'avais subies.

Rhéa m'écoutait, appuyée de tout son poids contre l'évier. Parfois, elle me regardait droit dans les yeux, parfois son regard se posait par terre ou au plafond. Après, elle m'a demandé: Bon, tu me racontes tout ça, mais Georges, où il est maintenant?

Je n'ai pas répondu directement. À la place, j'ai poursuivi en lui relatant le massacre du camp. Je lui ai décrit ce que Georges m'avait dit des lumières, des chiens, des oiseaux, des monceaux de cadavres pourrissants, des haches, des rivières de sang.

Plus je parlais, plus Rhéa secouait la tête. Elle a fini par m'interrompre en criant: Bon, ça va, ça suffit comme ça. Je ne sais pas... Je ne vois pas pourquoi il faut que tu viennes me raconter tout ça maintenant. Elle a secoué de nouveau la tête. Et tu as attendu tout ce temps-là pour m'en parler. Tu crois que c'est un jeu, tout ça ? Tu as attendu, et mon frère, où il est maintenant ? Tu me contes toutes ces histoires et moi, je ne sais même pas si c'est vrai ou non. On ne te connaît pas. Je ne sais pas qui tu es. Et toi, tu viens ici me rapporter toutes ces horreurs.

J'ai ignoré ses cris, ses yeux rétrécis, ses joues convulsées, sa robe beige. J'ai fait la sourde oreille à ses protestations et quand elle a essayé de sortir de la pièce, je l'ai maintenue coincée contre l'évier. Et je lui ai raconté la nuit où son frère m'a amené sous le pont.

Je ne comprends rien à tes histoires, se défendait-elle. Elles n'ont ni queue ni tête. Je ne connais pas tous ces gens dont tu me parles. Tu viens ici comme ça et tu t'attends à ce que j'écoute tout ça. Elle a dit : Il faut que je m'en aille. Allez, laisse-moi partir.

Mais je n'ai pas eu pitié d'elle. Je lui ai tout raconté :

On était assis dans l'auto, sous le pont, Georges et moi. Et on s'est bagarrés. Il était venu me chercher pour me livrer à la milice, juste comme j'allais quitter le Liban. Il m'a emmené dans sa voiture. Je ne voulais pas le suivre, mais il m'a appelé son frère, il m'a embrassé. Il m'a fait monter et on est allés sous le pont de Nabaa. Ils avaient chargé ton frère de me ramener à mon bourreau. Ils m'auraient tué. Mais il a dit qu'il allait me laisser une chance et il s'est mis à jouer avec son revolver. Il y a mis trois balles. Il a fait tourner le barillet. Il a souri et il m'a répété : Je te donne une chance.

J'ai pris le revolver dans sa main et sans cligner des yeux, sans me laisser le temps de penser à la mer, au bateau, à la ville où je désirais tant aller, j'ai appuyé l'arme contre ma tête et j'ai tiré sur la gâchette. J'ai entendu un cliquetis. Le coup n'est pas parti.

J'ai posé l'arme à côté de moi, sur le siège. Il a souri, ton frère. Lentement, il a pris le revolver. Il n'avait pas peur ; non, il était calme, posé, intrépide comme toujours. Il a pris le revolver dans sa main. Il s'est tourné vers moi. Il m'a souri. Et le coup est parti.

Une main sur la bouche, Rhéa luttait pour échapper à mon étreinte : Tout ça, tu le savais. Tu savais. Et tu…

Je l'ai repoussée et j'ai repris : C'est là que je l'ai inhumé. Il est enterré là, sous le pont. Le revolver est tombé à mes pieds. Georges s'est effondré sur moi. Il avait une plaie ouverte… béante. Je voyais l'autre côté de son visage. Il y pendait un bout de cervelle. Le pare-brise était devenu tout rouge. Le liquide écarlate coulait le long de la vitre et dégoulinait sur le capot, comme la pluie. Je ne bougeais pas. Je regardais les maisons et les voitures qui passaient, se teintant lentement de pluie rouge. De Niro avait les cheveux éparpillés sur mes genoux. Je les ai caressés. Je les ai caressés.

Sans réfléchir, j'ai effleuré les cheveux de Rhéa. Elle s'est figée de peur.

La tenant fermement par les épaules, j'ai poursuivi : Je l'ai enterré sous le pont. Je l'ai tiré vers un tas de pierres, au-dessus de l'égout. Je l'ai allongé à côté. La première grosse pierre que j'ai vue, je l'ai ramassée et je l'ai déposée près de sa tête. Puis j'en ai placé une de l'autre côté. Je l'ai entouré de pierres et je suis retourné jusqu'à l'auto, j'ai pris son revolver et sa carabine et je les ai couchés près de lui. Je l'ai couvert de roches et de cailloux et puis j'ai recueilli du sable dans mes paumes pour combler tout l'espace entre les pierres. C'est là qu'il est. Ton frère est là, sous ce pont. Tu veux savoir où le trouver?

J'ai dit à Rhéa : Écoute. Je suis retourné jusqu'à l'auto. Je me suis assis sur le siège du conducteur. Le pare-brise était couvert de sang. J'ai essayé de l'essuyer du revers de la main, mais cela n'a servi qu'à le rendre plus opaque, plus visqueux. Ça faisait de gros sillons épais. Le sang séchait vite en s'assombrissant. Le sang, ça colle. Je suis retourné au tas de sable, j'en ai repris et j'ai essayé de le frotter sur la vitre. Tout s'est changé en boue rouge comme les eaux de notre fleuve légendaire. Moi, tout ce que je voulais, c'était voir la route, tu comprends. Je voulais juste voir autre chose que cette ville maudite. Tout ce que je voulais, c'était partir.

Rhéa me regardait dans les yeux maintenant. Elle a secoué légèrement les épaules, mais j'ai posé mes mains sur les siennes et je lui ai dit doucement : Laisse-moi finir.

Elle a hoché faiblement la tête. Je sentais son corps fléchir sous le poids de sa fragilité, ses genoux se ployer à toucher presque les miens.

J'ai continué : J'ai cassé le pare-brise de l'auto. Je suis retourné chercher la plus grosse pierre que je pouvais porter. Je l'ai appuyée sur le capot. Je suis retourné dans la voiture, j'ai sorti mon blouson de mon sac et je l'ai étalé sur le siège du conducteur. Je suis descendu, puis je suis monté sur le capot. Et j'ai soulevé la pierre. Et je l'ai fracassée contre le pare-brise. Et la vitre s'est brisée en un million d'éclats.

J'ai enlevé mon blouson du siège et je l'ai balancé vers le ciel pour me débarrasser de tous ces petits cristaux. Et j'ai ri, auréolé de dix mille diamants rouges et verts.

Après, je me suis éloigné à toute vitesse, le vent dans les yeux. Je roulais, le vent se précipitait dans ma chemise, les larmes jaillissaient de mes yeux, mais je ne pleurais pas. Le vent me heurtait le visage et c'était comme si on me poussait de nouveau la tête sous l'eau. Je respirais à petites goulées, exhalant l'odeur du sang qui épaississait sur mes mains. Impossible de me le cacher ; je l'avais devant les yeux. S'emparant des roues, puis du moteur, il s'est mis à se répandre sur les voies, très vite, dépassant les voitures et les camions diesel. Le sang que j'avais sur les mains me faisait perdre le contrôle du véhicule. Il fallait que je m'en débarrasse.

J'ai pris une petite route poussiéreuse qui descendait vers la mer à travers un pré vert. Abandonnant la voiture, j'ai couru vers le rivage rocheux, je suis entré dans l'eau, je me suis lavé de mes péchés, de cette terre en feu, de mes êtres chers. Et la mer s'est teintée de pourpre, telle la calcédoine dont la rive était émaillée autrefois. Le sang hurlait plus fort que les mouettes, plus fort que les envahisseurs d'antan. J'ai enfoncé ma tête sous l'eau et je me suis lavé les cheveux. Derrière moi, les galets se balançaient d'avant en arrière ; les moules se repliaient dans leur coquille. Assis entre terre et mer, j'ai vomi tout ce que je n'avais pas mangé, crachant une substance jaune qui, se mêlant à l'écume des vagues, est allée se fracasser sur les rochers massifs.

Au bout d'un moment, je suis retourné à l'auto et j'ai enlevé le linge que j'avais sur le dos. J'ai ouvert mon sac et j'ai enfilé les autres vêtements que j'avais emportés.

Et puis je me suis éloigné sans plus penser à Georges. Tu vois ? Tu vois ? Tout ce que je voulais, c'était m'en aller sur la mer.

Je me suis écarté de Rhéa. Je n'avais plus rien à dire.

Elle ne s'est pas détournée de moi, mais je l'ai tout de même quittée en larmes. J'ai descendu l'escalier et je suis sorti dans les rues de Paris. J'ai marché jusqu'à la gare. Il pleuvait, les trains arrivaient et repartaient, les passagers passaient. La femme du guichet m'a demandé : Monsieur, où tu vas aujourd'hui ?

J'ai dit : Rome. Je vais à Rome.

Lexique des termes arabes

Akhou'charmouta : frère de putain

'Ala-l-ard ya ikhwet'charmouta : Couchez-vous par terre, frères de putains

Al-amn al-dakhili : forces de maintien de l'ordre

Al-aswak : les marchés ; désigne la région qui divisait Beyrouth-Est de Beyrouth-Ouest pendant la guerre civile du Liban

Al-Gharbiyeh : Beyrouth-Ouest

Allah yirhamha : qu'elle repose en paix (litt. que Dieu lui pardonne)

Al-nasik : l'ermite

Arak : eau-de-vie fabriquée à partir de jus de raisin distillé

Arba'in : quarante

Arba'in taouakal ala Allah : quarante, que Dieu soit avec vous

Arguileh : narguilé

Ars : maquereau

Assés : fondations d'une maison

'Ayran : yaourt liquide

Batal : héros

Bamiah : gombo

Bonsoiraïn : expression populaire libanaise qui signifie *bonsoir* deux fois

Chabéb : jeunes hommes

Chahid : martyr

Chaï : thé

Charmouta : putain

Dabkeh : danse de groupe circulaire

Danta, ya beh, mouch ayiz iddik cravata harir kaman ? : Votre Altesse, souhaitez-vous également que je vous offre une cravate de soie?

Daourah : une ville du Liban

Estéz : professeur

Fannas : menteur

Georges Al-Frensawi : Georges le Français

Habibti : ma chérie

Hachach : fumeur de drogue

Hamcha, chalkha : expression d'argot qui désigne une fille attirante et sexy

Haydi'ssersarah : cette commère

Jabhah : ligne de front

Jahiliyah : période préislamique

Kalach : abréviation argotique de *Kalachnikov*, arme très répandue pendant la guerre

Kalb : chien

Kannasah : tireurs d'élite

Kass : boisson à base d'amandes vertes

Kassak : salut

Khalas : assez, terminé

Khall : vinaigre

Kif : joie, plaisir ; *hachisch* en argot

Knéfeh : gâteau feuilleté au fromage

Labneh : fromage doux fait à base de yogourt

Lahm b'ajin : pâtisserie mince à la viande

Machkal : dispute, bagarre

Majalis : appellation de l'état-major des forces armées libanaises

Majnoun : fou

Mankoucheh : pâtisserie mince parfumée au thym

Mariam el-'adrah : la Vierge Marie

Massat : faire une pipe

Mezzeb : assortiment de plats traditionnels qui se mangent avec les doigts

Moukawamah : résistance

Oummah : nation

Rakweh : petite casserole munie d'un bec verseur, utilisée dans les pays arabes pour préparer le café

Remméneh : grenade (le fruit du grenadier, et, en argot, la grenade à main)

Rja' ya Allah, rja'! : recule, pour l'amour de Dieu !

Rouh : esprit

Sabtaïn : bon appétit

Sakaneh : base militaire

Twakkal 'ala Allah : Aie foi en Dieu

W'yallah chidd ya Bibo chidd mitl ma chadd bayyak awwal layleh : Allez tire, Bibo, tire comme ton père a tiré la nuit de ses noces

Ya chic inta : que tu es chic

Ya em al-nour : mère de la lumière

Ya habboub : (très familier) mon cher

Ya ikhwet'charmouta : frères de putains

Ya kalb : chien

Ya khalti : ma tante (appellation de politesse envers une femme plus âgée)

Ya wled'charmouta : fils de pute

Yallah : allez, au revoir

Yassaré : gauchiste

Zajal : forme de poésie dialectale improvisée

Ze'ran : vauriens

Zkhireh : fragment de bois dont les chrétiens du Liban croient qu'il provient de la croix de Jésus

Remerciements

J'aimerais remercier le Conseil des arts du Canada ainsi que le Conseil des arts et des lettres du Québec de leur soutien. Merci également à Lisa Mills pour sa présence, son amitié et ses encouragements, pendant et après l'écriture de ce livre. Merci à John Asfour pour son amitié et ses conseils très appréciés. À mon éditrice Lynn Henry, à toute l'équipe d'Anansi et à Martha Sharpe pour l'acquisition du manuscrit et pour son soutien constant. Merci à mes frères et à ma famille : Mark, Merdad, Ralph, Gigi et Ramzi. Remerciements spéciaux à Dima Ayoub, Leila Bdeir, Laurence Cailbeaux et Jesh Hanspal, Nick Chbat, Tina Diab, Jocelyn Doray, Julia Dover, Eva Elias, Majdi El-Omari, Erin George, Kathryn Haddad, Mansour Harik, Nasrin Himada et Raphaëlle Beaulieu, Magdalona Gombos, Aïda Kaouk, Sandra Khoury, Johanna Manley, Ramzi Moufarej, Nehal Nassif, Maire Noonan et Antoine Boustros, Milosz Rowicki, Babak Salari, Julian Samuels, Pascale Solon, Laurelle Sprengelmeyer ainsi qu'à Shannon Walsh.

La traductrice souhaite remercier Wassim Deko pour ses précieux conseils.

Né à Beyrouth, au Liban, Rawi Hage a vécu aux États-Unis puis a immigré à Montréal en 1992, où il vit toujours. Il pratique avec succès l'écriture, les arts visuels, le commentaire politique et le métier de curateur en plus de participer à des expositions solos et collectives.

Il a fait une remarquable entrée sur la scène littéraire mondiale avec *Parfum de poussière* (*De Niro's Game*), publié dans une vingtaine de pays, finaliste à de nombreux prix et lauréat, entre autres, du Prix des libraires du Québec, du Prix IMPAC Dublin et du Combat des livres de la radio de Radio-Canada. Il a publié un second roman chez Alto, *Le cafard* (*Cockroach,* finaliste au Prix littéraire du Gouverneur général du Canada et au prix Scotiabank Giller), qui a confirmé son redoutable talent.

Composition : Isabelle Tousignant
Conception graphique : Antoine Tanguay et Hugues Skene

Diffusion pour le Canada : Gallimard ltée
3700A, boulevard Saint-Laurent, Montréal QC H2X 2V4
Téléphone : (514) 499-0072   Télécopieur : (514) 499-0851
Distribution : SOCADIS

Éditions Alto
280, rue Saint-Joseph Est, bureau 1
Québec (Québec)
G1K 3A9
www.editionsalto.com

"Let's put it this way," Cheryl sighed. "I didn't do anything to stop it. I couldn't."

"Then Gil *handled it,* didn't he?"

"I've agreed not to talk about it. Does that answer your question?"

Laurie nodded pensively. "I've agreed not to talk about certain matters, too. A lot of things are just going to remain a secret . . ." She was thinking about the identity of the actual copycat killers and whoever had pushed Dolly Ingersoll down those stairs. At least Laurie could assure Adam tonight on the phone that the person who had ordered the killing of his brother and sister-in-law had been brought to justice.

"I think Gil is taking care of everything for us—and watching our backs," Cheryl said. "It turns out he really is your godfather after all."

She took a sip of water and nodded at the two fat blue folders on the coffee table. "Now, what's all this?"

Laurie started to go through all the documents with her. Cheryl was stunned to learn that her friend Maureen had created a whole file on the Styles-Jordan murders—as well as a file on her.

Laurie had tracked down the Taggarts' former neighbor, Laura Blankenship, who confirmed for her that she had indeed lied to Cheryl about the death of Thomas V. Taggart. Her friend Maureen was extremely protective of the developmentally challenged man. Mrs. Blankenship had thought it was a bit severe to tell the woman making the inquiries that the boy had drowned a week before his twelfth birthday. Then again, she didn't know the truth about Baby Patrick, Buddy, and Vincent. And Maureen knew that Vincent's reasonably happy life would be turned upside down if his true birthright became public knowledge.

Laurie didn't share any of this with Cheryl, not just yet.

She let Cheryl go through all the paperwork and documents Maureen had saved. She showed her the articles about Gloria Northrop and Earl Johnson. "Maureen was Earl's sister," she said. "I think she helped Gloria take care of Elaina and Dirk's baby."

Cheryl just shook her head in wonder.

"Did Maureen tell you that her husband was a sheriff in a small town outside Spokane?" Laurie asked.

"She mentioned it," Cheryl murmured. "Yes."

"Well, I think that's how she must have run across this," Laurie said, handing her the "missing" poster for Charlene and her "brother," Buddy. "I'm guessing she saw this part under Buddy's description about the birthmark over his eye—and she saw the age was the same, too." Laurie nodded at the folders. "She collected a bunch of form letters from adoption agencies. I assumed that was Maureen trying to track you down. But now I think she was trying to track down Buddy. She found him with an older couple named Taggart."

Cheryl nodded grimly. "I got that far, too. Like I told you, he drowned."

Laurie took hold of her hand. "No, he didn't, Cheryl. That was a lie. Maureen was just trying to protect Buddy. She had her friend lie to you. Then I think she made it a point to get to know you. I'm pretty sure she was getting ready to tell you the truth about Buddy, but she was killed . . ."

Cheryl's eyes narrowed at her. "What are you saying?"

"I'm saying Maureen never stopped looking after Buddy." Laurie squeezed her hand. "Cheryl, he's been your neighbor all this time. He's just down at the end of the courtyard. It's Thomas Vincent Taggart. I phoned him about twenty minutes ago. I told him we'd drop by . . ."

She picked up Joey, and the three of them stepped outside. Cheryl still seemed dazed—as if she couldn't quite fathom everything she'd just been told. Laurie imagined that like her, Cheryl needed to see the birthmark before she could start to believe it.

"I told him who you are, Cheryl," Laurie explained as they started down the walkway to Vincent's apartment. "But I didn't tell him about Elaina and Dirk. I really don't think we ought to—if we can help it. He seems pretty happy with his job at the Safeway and his routine here. I wouldn't want to spoil that. I think Maureen wanted it that way, too."

Cheryl just nodded.

Laurie knocked on Vincent's door.

He answered the door in the white shirt, black tie, and black pants he wore for his Safeway job. He had his glasses on. He smiled at Laurie. "Hi, Laurie, hi, Joey . . ." Then he looked at Cheryl. "Hi," he said tentatively.

"Would you like to come over to dinner tonight?" Laurie asked. "Cheryl made lasagna. It's not Stouffer's, but I guarantee it's good."

"Why, sure, thanks," he said, nodding.

"I just explained to Cheryl how you two used to know each other," Laurie said. "Would you mind taking off your glasses, Vincent?"

He nodded, and then obliged her.

Cheryl gazed at him. Tears filled her eyes, and her hand started to go up to touch his face, but then she pulled it back.

"Is it okay if I put my cheaters back on now?" he asked.

"Of course," Cheryl whispered.

"I'm really sorry I didn't recognize you all this time."

Cheryl let out a sad little laugh. "I'm sorry I didn't recognize you either." She patted his arm. "The last time I saw you, you were barely four years old. You were in the playground of a children's shelter. You can't possibly remember . . ."

"No, I don't. But I sort of remember being Buddy." Then, with a nervous smile, he took her hand in his and shook it. "And I remember you, Natty . . ."

Saturday, July 19, 1:22 P.M.

The story about the *7/7/70* caterer who went off the deep end and held Gil Garrett hostage for three hours seemed like yet another example of how the film production was cursed. Cheryl didn't think anyone would want to hire her after what had happened. She imagined it might be a while before customers even felt safe going to her food truck for lunch.

She phoned her contact at Atlantis Film Group to apologize for inconveniencing them.

"I just have one question," the man told her on the phone. "How soon can you guys come back to work?"

Apparently, no one was happy with the replacement caterers. So she and Laurie would be working again on Monday. That meant she would be prepping food tomorrow night.

Cheryl asked Vincent if he wanted to come along to the farm in Duvall where she bought her vegetables. They were picking up Laurie on the way. She was waiting for them at Evergreen Manor. She and Adam had taken his father out to lunch.

"Wow, look at all those old people," Vincent said as Cheryl drove into the lot. He was staring at a dozen or so residents on the benches by the front entrance. "Are they waiting for a bus or something?"

"I think they just want to get some air—except for one," Cheryl said. "One of them is waiting for us."

"Oh, you mean Laurie," he said, his forehead against his window. "I see her."

Adam Holbrook was standing at her side. He was holding Joey. Both Laurie and the baby looked very comfortable with him. They were talking to an old man with a bandage on his nose and his arm in a sling. It was hard for Cheryl to imagine this was the young man named Dino who had saved their lives forty-four years ago.

She and Vincent got out of the car. Laurie spotted them and waved. Mr. Holbrook grabbed hold of his cane and pulled himself up off the bench. He was smiling at them. Cheryl wondered if Laurie had told him who she and Vincent were.

She thought of all the times she'd tried to get into

this place to see Dean Holbrook, Sr., all those failed attempts. She'd had so many questions she'd wanted to ask him. She'd wanted names, dates, and explanations.

Now, here he was, waiting outside for her, looking a bit battered and feeble.

And all she wanted to do was thank him.

Cheryl put her hand on Vincent's shoulder as they approached Mr. Holbrook, Adam, Laurie, and Joey.

"We've been trying to get my dad to remember the last time he met you," Adam said, bouncing Joey in his arms. "But I'm afraid we're not getting anywhere . . ."

Laurie turned to Adam's father. "Mr. Holbrook— *Dino,* this is Cheryl and Vincent, they're the ones we were telling you about . . ."

Cheryl reached out to shake his hand. "I've waited a long time for this," she said.

He looked a bit confused as he shook her hand. Then he shook Vincent's hand.

"Pleased to meet you, sir," Vincent said.

Mr. Holbrook nodded, but didn't say anything.

"I'm sorry he doesn't remember you," Adam said. "It's not one of my dad's good days, I'm afraid."

Mr. Holbrook sat back down on the bench.

Cheryl reached into her purse and took out the "missing" bulletin—with her and Vincent's photos from forty years ago. She showed it to him. "This was us," she said with a nod toward Vincent at her side. "These pictures are from about three years after you saved our lives. Do you recall? It was at the Biggs Farm when Trent Hooper and the others were . . ." With a look at Vincent, she trailed off. He still didn't know the whole story. She didn't want him to know.

Mr. Holbrook gazed at the photo—and then at the two of them.

"We were hiding in the back of an old Vista Cruiser," Cheryl went on. "And you told me to keep the baby quiet. You didn't give us away. It's thanks to you we're both alive today . . ."

"Thank you," Vincent said.

With a sigh, Cheryl folded up the piece of paper and slipped it back inside her purse. "Anyway, it doesn't really matter whether or not you remember what happened—or if you remember us. I just want to thank you, Mr. Holbrook. We both thank you."

She bent down and kissed him on the cheek.

When she straightened up again, Cheryl saw the tears in his eyes. He nodded.

Dino Holbrook cleared his throat. "Adam, you were wrong," he said, his voice hoarse. He smiled up at Cheryl. "This is a good day."